Les aventuriers des Bahamas

Du même auteur
aux Éditions J'ai lu

LA BELLE SCANDALEUSE
N° 7572

PATRICIA

CABOT

Les aventuriers des Bahamas

ROMAN

Traduit de l'américain
par Catherine Plasait

J'AI LU

Titre original
AN IMPROPER PROPOSAL

St. Martin's Paperbacks, New York

Pour Benjamin

Merci encore à mon éditrice Jennifer Weis, à mon amie Jennifer Brown et à mon agent littéraire Laura Langlie. Merci également à Joan Druett, auteur de *Hen Frigates, Wives of Merchant Captains Under Sail*, à laquelle j'ai emprunté beaucoup des informations sur la navigation contenues dans ce livre.

1

Juin 1830, Shropshire, Angleterre

— Bon sang, Payton, explosa Ross Dixon, je n'arrive pas à nouer cette satanée cravate ! Viens m'aider.

Trop occupée avec le nœud de cravate de son deuxième frère, Payton lança sans se retourner :

— Attends ton tour !

— Ton *fichu* tour ! rectifia Hudson qui, le menton en l'air, devait baisser les yeux pour voir sa petite sœur s'affairer et n'apercevait que le sommet de son crâne. Attends ton *fichu* tour, répéta-t-il.

— Attends ton fichu tour, se corrigea Payton.

La cravate pendant autour du cou, Ross se détourna du miroir, courroucé.

— Bon Dieu, Hudson, ne l'encourage pas à jurer ! Tu veux qu'elle dise au premier type qui l'invitera à danser ce soir d'attendre son fichu tour ?

— Personne ne l'invitera à danser, intervint Raleigh, depuis l'embrasure de la fenêtre.

Sa cravate déjà nouée, il avait été relégué à l'autre bout de la pièce par sa sœur qui lui avait ordonné de ne plus bouger. Appuyé au chambranle, il observait les attelages qui se succédaient devant la maison.

— Elle est trop laide, reprit-il.

— Ferme ton fichu clapet, lui conseilla Payton.

— Payton, grinça Ross, cesse de jurer. Tu n'es pas chez toi, ni en mer. Tu te rappelles nos accords ? Tu peux te comporter comme un garçon manqué sur le bateau ou à la maison, mais lorsque nous sommes invités, tu dois...

— Tu sais, coupa Hudson, Payton n'est pas si vilaine que ça. C'est seulement ses sacrés cheveux.

De sa position dominante, il se sentait qualifié pour donner son avis.

— Quand tu nous as rasé la tête, l'été dernier, pourquoi n'as-tu pas fait la même chose avec elle, Ross ? Il aurait peut-être mieux valu se débarrasser de tout ça, repartir de zéro.

— Et pourquoi as-tu engagé un cuisinier qui avait des poux ? contra Ross, irrité. Si tu t'étais abstenu, nous n'aurions pas été obligés de nous raser, et Georgiana cesserait de me tanner pour que j'achète un postiche à Payton.

— Un postiche ! releva la jeune fille en plissant le nez. Qu'est-ce que je ferais d'un postiche ? Porter les cheveux d'une autre sur la tête ? Merci bien ! Je préfère attendre que les miens repoussent.

— Avoue que tu adores les porter court, rétorqua Hudson. La paresseuse que tu es avait horreur de les démêler.

Payton leva vers lui ses yeux noisette.

— Attention ! l'avertit-elle en faisant mine de serrer sa cravate. Je n'ai peut-être plus mes nattes, mais je sais encore étrangler quelqu'un.

— Monstre assoiffé de sang, va !

Hudson tira sur l'une des boucles que Payton avait tenté – sans succès – de discipliner à l'aide de peignes en écaille.

— Si tu veux trouver un mari, tu aurais intérêt à dompter un peu tes penchants pour la violence, lui conseilla-t-il.

Payton eut une moue dégoûtée.

— Je ne vois pas pourquoi j'aurais besoin d'un mari alors que je vous ai déjà, vous trois, pour me dicter ma conduite.

— Parce que Hudson et Raleigh finiront par suivre mon exemple et se marier, et que tu te retrouveras toute seule.

— Comment ça, seule ? Il y aura toujours papa.

— C'est Georgiana et moi qui nous occupons de papa, lui rappela Ross. Et ni l'un ni l'autre n'avons envie de nous charger de surcroît de ma vieille fille de sœur.

— Si tu cessais enfin de te montrer aussi entêté et que tu me confiais le commandement d'un navire, répliqua froidement Payton, tu n'aurais plus à me supporter, et moins encore à me trouver un mari.

Ross eut l'air horrifié.

— Il faudrait me passer sur le corps pour que je te confie un navire !

— Pourquoi ? Je suis meilleure que Raleigh, or il a son propre bateau depuis huit ans déjà... Bien qu'il ait passé la plupart de ces années à errer, complètement *perdu*.

Raleigh se détacha de la fenêtre pour déclarer tranquillement :

— Je n'étais pas perdu, ma chère. J'explorais des territoires inconnus. Il y a une légère différence !

— Tu étais *perdu*, Raleigh, s'entêta-t-elle. Ta cargaison pourrissait pendant que tu pataugeais en essayant de trouver un chemin autour du cap de Bonne-Espérance. Seulement, tu n'étais pas au cap de Bonne-Espérance, c'est ça ?

Raleigh agita une main désinvolte.

— Cap Horn, cap de Bonne-espérance, ils se ressemblent tous. Pas étonnant que je me sois trompé.

Payton se tourna vers l'aîné de ses frères, qui s'affairait sur son col devant le miroir de la coiffeuse.

— Tu vois ? Tu lui confies un commandement et pas à moi. Pourtant, je sais faire la différence entre les continents !

— La compagnie s'appelle *Dixon et Fils*, Payton, expliqua Ross d'un ton patient, comme s'il s'adressait à une enfant. Et, s'il te plaît, ne me dis pas qu'elle pourrait s'appeler *Dixon, Fils et Fille*. Je n'ai aucunement l'intention de devenir la risée des transports maritimes en nommant des femmes capitaines, ajouta-t-il, pour couper court à ses protestations.

— Et où serait le problème ? rétorqua-t-elle. J'ai dirigé des équipages assez souvent, et tout à fait correctement, merci beaucoup, quand vous étiez tous les trois trop ivres pour prendre la barre. Je ne vois pas pourquoi je serais obligée de me marier avec le premier imbécile venu alors que j'ai au moins autant d'expérience que chacun de vous…

Hudson toussota.

— Dis-moi, Payton, tu comptes nouer ma cravate, ou te disputer avec Ross ?

Elle lui décocha un regard noir, et il recula d'un pas.

— Peu importe. Continue donc à te battre avec lui.

— Ne t'inquiète pas, Payton, lança Raleigh, toujours à la fenêtre. Ross sera bien obligé de te donner un commandement, à la fin. Pas un type ne te demandera en mariage. Tu es trop disgracieuse.

— Elle n'est pas disgracieuse ! riposta Ross, qui se détourna du miroir. Enfin, elle ne l'est plus. Pas alors que je viens de dépenser presque cent livres pour cette satanée robe qu'elle a sur le dos !

— Sans oublier les mules assorties, renchérit Hudson. Et le chapeau, et la cape…

— Encore cent livres.

Ross s'empara d'une carafe sur la coiffeuse et en vida le contenu d'une traite.

— Et pourquoi ? reprit-il. J'aimerais bien le savoir ! Il n'y a même pas assez de tissu pour la couvrir décemment !

Payton baissa les yeux sur son décolleté qui était en effet assez osé. Elle n'avait pas grand-chose à montrer, mais c'était nettement mis en relief.

Hudson avait suivi la direction de son regard.

— Oui, Payton. J'ai remarqué que tu avais de la poitrine. C'est arrivé quand ?

— Je n'en sais rien, répondit-elle honnêtement. L'été dernier, je pense. Quelque part entre New Providence et les Keys.

— Je n'ai rien remarqué pendant que nous étions à Nassau, déclara Ross.

En tant qu'aîné, il s'irritait dès que Payton faisait quelque chose sans demander l'autorisation – grandir, par exemple.

— C'est parce qu'elle a passé tout l'été avec cette veste et cet affreux pantalon à rayures, intervint Raleigh, le dandy de la famille, d'un air dégoûté. Tu te souviens ? Georgiana a pratiquement dû le lui arracher de la peau quand nous sommes rentrés à Londres.

— Si je portais un pantalon, expliqua sa sœur d'un ton sec, c'est parce que je ne voulais pas qu'on regarde sous mes jupes lorsque je grimpais au mât de misaine…

— C'est raisonnable, approuva Hudson.

Ignorant l'interruption, elle poursuivit :

— Et la veste, c'était parce que je n'avais rien pour soutenir ce qui se trouvait sous ma chemise. Grâce à vous…

— Les sous-vêtements, acquiesça Ross. Encore une centaine de livres, j'avais oublié. Et pourquoi, je vous le demande ?

À cet instant, la porte de la chambre s'ouvrit sur Georgiana Dixon qui répondit le plus naturellement du monde :

— Pour la marier, évidemment.

Constatant que la cravate de son mari n'était pas encore attachée, elle soupira.

— Je suppose qu'il n'est venu à l'esprit d'aucun d'entre vous que la plupart des hommes utilisent un valet pour nouer leurs cravates, pas leur petite sœur !

— Je refuse qu'un type me touche ! protesta Hudson avec un haut-le-corps indigné. Ni moi ni mes habits.

— Franchement, Georgiana !

Payton avait remarqué que Ross était moins patient avec sa jeune épouse que lorsqu'il la courtisait, quelques mois auparavant. Maintenant qu'ils étaient mariés, elle ne pouvait plus lui échapper, alors il lui faisait clairement comprendre que les idées modernes qu'elle avait apportée de Londres avec elle ne seraient plus tolérées.

— Il y a quelque chose de... d'anormal dans le fait qu'un homme en aide un autre à s'habiller. C'est une tâche de femme.

Georgiana acquiesça. Elle s'était accoutumée, Payton l'avait noté, à cette logique rétrograde si chère aux membres de la famille.

— Je vois, dit-elle. Ainsi, la pauvre Payton doit vous habiller tous avant de s'occuper d'elle-même.

Elle se permit un claquement de langue réprobateur avant d'aller ôter les peignes des cheveux de la jeune fille.

— Vous devriez avoir honte, reprit-elle. Pour l'amour du Ciel, apprenez à nouer vos cravates vous-mêmes ! Le capitaine Drake y arrive bien, alors pourquoi pas vous ? Vous n'êtes pas handicapés, tout de même !

— Oh, le capitaine Drake ! fit Hudson en levant les yeux au ciel.

— Le capitaine Drake réussit en tout ! renchérit Raleigh d'une voix haut perchée.

Difficile de dire qui il imitait. Mais Payton, qui se doutait qu'il s'agissait d'elle, lui lança un regard mauvais. Et se promit de lui envoyer un bon coup de poing à la première occasion.

À l'aide des peignes d'écaille, Georgiana se mit en devoir de discipliner les courtes boucles de Payton. En les posant juste au bon angle, ses cheveux pouvaient paraître un peu plus longs, alors qu'en réalité, ils étaient coupés sous l'oreille.

— Je viens de croiser le capitaine dans le corridor, et il était fort présentable, assura-t-elle. Beaucoup plus que vous, Ross, la veille de notre mariage.

— Sûrement, approuva Hudson en riant. Mais Ross avait, je crois, avalé la presque totalité d'une bouteille de rhum, ce soir-là, aussi était-il normal qu'il ne soit pas au meilleur de sa forme.

— Je pense, continua Georgiana, négligeant cette interruption, que le capitaine Drake n'a pas de valet. J'en déduis donc qu'il est capable de s'habiller seul.

— À moins que Mlle Whitby ne l'ait aidé, suggéra Raleigh.

Payton sursauta et fit volte-face en direction de son frère.

— Non ! cracha-t-elle, méprisante.

Mais elle avait beau faire, elle se demandait si c'était vrai ou pas. Malheureusement, le doute avait dû s'entendre dans sa voix, car Georgiana, avec un regard sévère pour Raleigh, déclara :

— Bien sûr que non. Mlle Whitby ne ferait jamais une chose pareille. Franchement, Raleigh, pourquoi faut-il toujours que vous provoquiez votre sœur ?

Payton se sentit rougir. Elle se tourna de nouveau vers sa belle-sœur.

— Peu importe, lâcha-t-elle. Je me moque complètement de savoir qui habille le capitaine Drake. Il peut bien avoir tout un harem à sa disposition, cela m'est bien égal !

Georgiana se remit à la tâche. Après trois mois de mariage, elle commençait à être habituée aux piques que s'envoyaient son mari et ses frères – et parfois même leur sœur. Elle s'efforçait simplement de désamorcer les conflits en les ignorant ou, comme en ce moment, en les prenant avec calme.

— Quelle que soit la personne qui ait aidé le capitaine, ce n'était pas Mlle Whitby, conclut-elle. Je l'ai vue en bas il n'y a pas une demi-heure, et elle était avec votre père qui lui montrait les derniers fleurons de sa collection.

Les quatre Dixon poussèrent un soupir. Sir Henry Dixon avait été un homme heureux en affaires, le fondateur de *Dixon et Fils*, une compagnie de marine marchande qui lui avait rapporté une confortable fortune.

Mais depuis la mort de son épouse bien-aimée, il avait perdu tout intérêt pour la société et l'avait léguée à ses fils. Il passait maintenant la majeure partie de son temps à se souvenir de sa femme et à rassembler divers objets sur le thème de la piraterie. L'orgueil de sa vie était une collection de balles de mousquets qu'il avait achetée à Nassau – des balles provenant de pistolets ayant appartenu à des pirates célèbres, dont Barbe Noire. Il emportait sa collection partout avec lui, et la montrait à quiconque avait la mauvaise idée de manifester un peu d'intérêt.

Payton fut secrètement ravie d'apprendre que l'insupportable Mlle Whitby s'était fait piéger. Elle en aurait pour une bonne heure à supporter les explications de Sir Henry sur les calibres et la composition chimique des balles, ce que Payton n'aurait souhaité qu'à son pire ennemi. Mlle Whitby étant cet ennemi, elle se sentait soudain toute joyeuse.

— Et que porte Mlle Whitby, ce soir ? demanda-t-elle à sa belle-sœur avec une feinte indifférence.

— Oh, une toilette aérienne ! Bleu ciel, ornée de petits choux roses. J'ignore où elle l'a dénichée, mais si vous voulez mon avis, c'est beaucoup trop jeune pour elle. En outre, le rose jure abominablement avec ses cheveux roux !

Payton était plutôt petite, et Georgiana dut se pencher afin de lui murmurer à l'oreille :

— La vôtre est bien plus jolie.

Malgré ses efforts, son mari l'avait entendue.

— J'espère bien, commenta-t-il. Vu le prix que je l'ai payée !

Embarrassée, Payton tira sur les manches ballon de sa robe de satin blanc. Elle avait envie aussi de tirer sur les pointes de son corset, qui lui meurtissaient les cuisses, mais elle n'osa pas devant ses frères. Ils se seraient carrément moqués d'elle s'ils avaient su qu'elle portait un corset, et ils n'auraient pas manqué d'en informer tout un chacun.

Jamais Payton n'avait mis de corset, moins encore des boucles d'oreilles et du parfum, et elle ne pouvait s'empêcher de s'émerveiller de sa transformation. Honnêtement, une belle-sœur dans une famille n'était pas une plaie, comme le lui avaient assuré Hudson et Raleigh. Au contraire, les belles-sœurs connaissaient des tas de choses, et elles ne rechignaient pas à partager ces connaissances.

L'information concernant la robe de Mlle Whitby, par exemple. Jamais ses frères n'auraient été assez observateurs pour la lui communiquer. Raleigh aurait parlé de la couleur, sans doute, Hudson aurait émis un commentaire sur ses seins, mais c'était tout. Les femmes étaient décidément fort utiles ! Payton, qui avait vécu toute sa vie entourée d'hommes, le découvrait avec stupéfaction.

— Donc, elle est fin prête, dit-elle. Que porte-t-elle sur son mât principal ?

— Vous parlez de sa coiffure, je suppose, répondit Georgiana. Eh bien, elle a les cheveux sur les épaules.

— Mlle Whitby, par-ci ! Mlle Whitby, par-là ! Je vais entendre parler de cette satanée Mlle Whitby jusqu'à la fin de mes jours ? tonna Ross. Personne ne peut donc nouer cette maudite cravate ?

Georgiana en avait terminé avec les cheveux de Payton.

— Vraiment, Ross, êtes-vous obligé de jurer pour un oui ou pour un non ?

— C'est vrai, Ross, renchérit Payton qui s'efforçait d'imiter le comportement convenable de sa belle sœur. Ferme ton satané clapet.

Hudson, qui était en train de boire une gorgée d'alcool, pouffa, pulvérisant le liquide dans la pièce. Quelques gouttes atterrirent sur la veste neuve de Raleigh qui se leva d'un bond en lâchant un juron bien plus vert que celui de sa sœur. Les deux hommes en vinrent aussitôt aux mains, tandis que Ross continuait à exiger que sa femme, ou sa sœur, peu lui importait, s'occupe enfin de lui.

Pour la centième fois, Georgiana suggéra que les frères Dixon engagent un valet. Ayant décidé que la moquerie de Raleigh méritait des représailles, Payton, de son côté, sauta sur le dos de son frère, et s'affaira à dénouer la cravate qu'elle avait eu tant de mal à nouer une demi-heure plus tôt.

Avec un grognement, celui-ci lui agrippa les poignets. Payton s'aperçut trop tard qu'elle aurait mieux fait de réfléchir avant d'agir, comme le lui répétait souvent sa belle-sœur. Il était bien plus difficile de se battre en tenue de soirée qu'en pantalon. Alors qu'elle enroulait les jambes autour de la taille de Raleigh, elle sentit les baleines du corset lui rentrer dans les côtes et les cuisses. Le laçage serré l'entravait, telle la plus passionnée des étreintes – non qu'elle y connût quoi que ce fût en matière d'étreintes, passionnées ou non.

Petite et deux fois plus légère que ses frères, elle avait toujours compté sur sa souplesse pour échapper aux tortures qu'ils inventaient pour elle. Mais cette souplesse était à présent bridée par le corset.

Sa belle-sœur dut s'en rendre compte, car elle s'écria :

— Raleigh ! Posez-la sur le sol. Ce n'est pas drôle. Vous allez vous blesser. *Lâchez-la*, Raleigh !

— Je vais la lâcher, répliqua-t-il. La tête la première !

Avec un ricanement diabolique, il fit mine de la balancer par-dessus son épaule.

Payton refusait de le supplier. Elle était une Dixon, tout de même ! Mordre, griffer, supplier était indigne des Dixon – de même que frapper dans les parties génitales, ce qui, elle l'avait appris très jeune, était extrêmement efficace pour se débarrasser d'un assaillant, mais le mettait dans une rage noire.

Raleigh n'avait sûrement pas manqué de remarquer que sa tenue n'était pas idéale pour une bagarre. Elle ferma les yeux, maudissant le jour où elle s'était laissé persuader par sa belle-sœur de porter un corset. Elle se résignait à finir en petit tas lamentable sur le parquet... quand un bras énergique lui encercla la taille. Oh, sûrement Ross ! Grâce à Dieu, au moins l'un de ses frères avait compris son handicap, même s'il le devait à son épouse.

Mais lorsque l'homme parla, Payton s'aperçut qu'il ne s'agissait pas de Ross.

— Combien de fois devrai-je te le répéter, Raleigh ? tonna Connor Drake. Laisse ta petite sœur tranquille !

— Petite, tu parles ! rétorqua Raleigh sans lâcher Payton. C'est elle qui m'a attaqué, si tu veux savoir.

— Tu vas quand même la lâcher.

— Et pourquoi ? protesta Raleigh. Elle...

— Parce que je te le dis !

Payton ne voyait pas ce que faisait Drake de son autre main, mais son frère poussa un cri de douleur, et elle se retrouva libre, littéralement arrachée de son dos, et plaquée contre un corps musclé, infiniment viril. Un corps qu'elle avait appris à bien connaître au fil des années... Quoique de vue seulement, hélas ! Et de sentir ce corps moulé contre le sien – même à travers les épaisseurs de jupon et de corset – lui fit tourner la tête, comme si elle était tombée effectivement sur le sol.

— Quant à vous, reprit Drake tout contre son oreille, je vous ai conseillé cent fois de ne vous en prendre qu'à des adversaires à votre taille.

Dès que ses pieds touchèrent le parquet, il la lâcha, et elle en éprouva un regret aussi vif qu'une douleur physique.

Cependant, elle ne voyait pas comment elle aurait pu s'attarder davantage contre lui. À sa place, Mlle Whitby aurait sans doute tourné de l'œil, ou quelque chose de ce genre. Seulement, Payton ne s'était jamais évanouie, et elle ne savait absolument pas comment faire semblant.

Elle se tourna donc vers son sauveur, et déclara aussi sèchement qu'elle put :

— Je vous remercie de votre aide, mais je vous assure qu'elle n'était pas indispensable. J'avais la situation bien en main.

Du moins pensa-t-elle avoir dit cela. Car dès qu'elle leva les yeux vers Drake, si grand, plus encore que ses frères, son esprit se vida de toute pensée cohérente, et elle ne put que le contempler.

Nonchalamment appuyé à une colonne du lit, il avait croisé les bras et la contemplait de ses yeux incroyablement bleus, un léger sourire aux lèvres. Il était magnifique, en tenue de soirée noire et gilet de satin blanc. Son pantalon était peut-être un peu trop serré. Au point d'être extrêmement perturbant pour une jeune femme comme elle, que ce genre de détail intéressait

Mais elle pensait cela de tous les pantalons du capitaine Drake. Pourtant, sa belle-sœur lui avait assuré qu'ils étaient coupés tout à fait normalement, et lui avait conseillé de porter son attention ailleurs.

C'était sans doute un conseil avisé, toutefois, Payton était incapable de le suivre.

— Vraiment ? fit-il d'un ton moqueur. Eh bien, j'espère que vous me pardonnerez. Je vous croyais en mauvaise posture.

— Pas du tout !

Payton secoua la tête avec véhémence, et s'aperçut, contrariée, que l'un de ses peignes, qui avait glissé dans la bagarre, se balançait au-dessus de son épaule nue. Elle tenta de le remettre en place.

— Je suis parfaitement capable de prendre soin de…

La fin de sa phrase mourut dans sa gorge, non parce que ses frères continuaient à se battre derrière elle, mais parce que, lorsqu'elle avait levé les bras pour remettre son peigne en place, le regard de Drake s'était fixé sur son décolleté. Elle baissa les yeux, et constata qu'il était à présent plus qu'osé. Rien d'intime n'était dévoilé, certes, mais il en montrait beaucoup plus qu'il n'était convenable… Et tout cela à cause de ce satané corset !

Elle s'efforça aussitôt de remettre tout en place. Elle n'avait pas énormément de poitrine – toutes les femmes en avaient plus qu'elle, apparemment -, mais ce qu'elle avait était difficile à discipliner. En tout cas pour une jeune fille qui n'y était pas accoutumée.

Le petit tressaillement de sa belle-sœur lui indiqua qu'elle aurait peut-être mieux fait de rester tranquille, surtout avec un étranger dans la pièce.

Georgiana se précipita vers le capitaine qu'elle prit par le bras, afin de détourner son attention.

— Oh, capitaine Drake, s'écria-t-elle, nous vous avons dérangé ? Encore une petite discussion de la famille Dixon, je le crains.

Comme le regard du capitaine ne changeait pas de direction, Georgiana l'entraîna vers la porte qu'il avait laissée ouverte quelques minutes auparavant. Sans doute une diversion, afin qu'elle ait le temps de remettre de l'ordre dans sa toilette, décida Payton, qui en profita donc pour tirer un bon coup sur son corset.

— Ils sont si puérils parfois, n'est-ce pas, capitaine ? reprit Georgiana avec un rire cristallin, tandis que ses beaux-frères continuaient de rouler sur le plancher. Je me demande comment vous avez réussi à les supporter toutes ces années. Raleigh ! Hudson ! ajouta-t-elle. Notre hôte est là. Relevez-vous.

Raleigh se redressa le premier.

— Notre hôte, marmonna-t-il en rajustant ses vêtements. Ce n'est que Drake, pour l'amour du Ciel !

Hudson fit écho à son frère.

— Franchement, Georgiana, c'est lui donner trop d'importance que de le traiter ainsi. Il va finir par se prendre pour un baronnet, ou je ne sais quoi.

— En fait, intervint Drake, je *suis* baronnet.

Hudson gratifia sa belle-sœur d'un regard sombre.

— Vous voyez…

— Hudson, répondit-elle, patiente, le capitaine Drake est *réellement* baronnet. Rappelez-vous, je vous ai expliqué dans la voiture qu'il avait hérité du titre à la mort de son frère…

— Je n'en crois rien, coupa Hudson.

— Je ne veux pas le croire non plus, renchérit Raleigh. Nous n'avons tout de même pas à te vouvoyer, maintenant, Drake, j'espère ? Parce que, après tout ce que nous avons vécu ensemble, je ne le supporterai pas.

— Je ne crois pas, enchaîna Hudson, pensif, que je pourrais appeler « monsieur » un homme que j'ai aussi souvent battu aux cartes !

Drake s'inclina profondément.

— Messieurs, déclara-t-il avec une feinte gravité, je suis certain qu'aucun de vous ne laissera mon changement de statut social ternir le respect que vous m'avez toujours témoigné.

— Tu parles ! s'écria Hudson en émettant un vilain bruit de bouche.

— Mon Dieu ! murmura Georgiana en agitant son éventail devant ses joues rouges d'indignation.

Drake se redressa en souriant – l'un de ces sourires que Payton trouvait époustouflant.

— Cela fait du bien de savoir que si certaines choses changent, d'autres sont immuables, observa-t-il.

Ross porta la main à son col encore ouvert.

— Il paraît que tu noues ta cravate toi-même, Drake. C'est vrai ? Tu me montreras, vieux ; moi, je n'y parviens pas.

— Les hommes se retrouveront dans la salle de billard, les informa Drake sans se départir de son sourire. Je vous y rejoindrai, et je t'expliquerai volontiers tout ce que je connais à ce sujet.

— Une salle de billard ! s'exclama Hudson. Ce sale type possède une salle de billard. C'est pas mal d'être baronnet, Raleigh.

— Je parie qu'il y a du whisky, répondit ce dernier. Il y en a toujours, dans les salles de billard.

Aucune porte n'était assez large pour laisser passer les frères Dixon de front lorsqu'ils étaient en quête de whisky, et celles de Daring Park ne faisaient pas exception à la règle. Payton les vit se bousculer dans leur hâte à quitter la pièce. Lorsqu'ils furent sortis, Drake, les sourcils haussés, se tourna vers Georgiana et annonça sur le ton de la conversation :

— Les dames se réuniront au salon avant le souper, madame Dixon.

— Oh !

La jeune femme ne s'était pas encore remise de l'impertinence de son beau-frère.

— Merci, capitaine. C'est très aimable… de vous être arrêté… pour nous en informer en personne.

— C'était un plaisir, madame Dixon. Je suis ravi de vous avoir tous ici, à Daring Park. J'espère que vos chambres vous conviennent ?

— Elles sont charmantes, comme toute la maison, d'ailleurs.

Georgiana semblait pressée d'échapper à ce regard pénétrant, et Payton la comprenait. Elle-même y avait été soumise plus souvent qu'à son tour.

— Venez, Payton, continua Georgiana, nerveuse. Nos ferions mieux de rejoindre vos frères avant qu'ils ne s'attirent des ennuis…

— J'arrive, répondit Payton. Dans une minute.

L'occasion qu'elle cherchait lui était enfin offerte, et elle espérait avoir mis suffisamment de douceur dans sa voix pour que sa belle-sœur ne devine pas qu'elle n'avait aucune envie de descendre tout de suite.

Elle réussit.

Georgiana disparut dans le couloir, trop choquée par la mauvaise éducation de sa nouvelle famille pour se soucier des agissements de son plus jeune membre. Heureusement, car elle n'aurait guère apprécié de voir Payton attraper le bras du baronnet, alors que celui-ci s'effaçait pour la laisser passer, et siffler :

— Merci pour fichtrement rien !

Visiblement fort surpris qu'on s'adresse à lui sur ce ton, Drake haussa de nouveau les sourcils.

— Je vous demande pardon ?

— Comment croyez-vous que j'arriverai à convaincre Ross de me laisser commander un bateau si vous ne cessez de vous en mêler ? lança-t-elle avec fougue.

— M'en mêler ?… Oh, je vois. Vous voulez dire qu'en empêchant votre frère de vous balancer par-dessus son épaule, je me suis mêlé de ce qui ne me regardait pas ?

Il eut un sourire exaspérant.

— J'espère que vous me pardonnerez, Payton. Je pensais vous éviter ainsi une chute sur le crâne. Quelle atroce erreur de ma part, je l'avoue !

Payton refusait de se laisser ébranler par le charme du capitaine ou par son physique à couper le souffle. Et c'était particulièrement difficile en cet instant précis, alors que le soleil allumait des reflets d'or dans ses cheveux qui formaient comme un halo autour de son beau visage. Par chance, le capitaine n'avait pas été contaminé par le cuisinier, aussi n'avait-il pas été tondu. Ses cheveux frôlaient son col de chemise, mais il les attachait parfois sur la nuque avec un ruban de velours noir, ce que Payton approuvait sans réserve.

Seigneur ! Que fabriquait-elle, plantée là, à admirer ses cheveux ?

Les poings sur les hanches, elle le fusilla du regard.

— Ce n'est pas drôle, s'écria-t-elle. Nous parlons de mon avenir. Vous êtes au courant, je suppose, que Ross a décidé de me marier plutôt que de me confier le *Constant*.

— En effet, répondit Drake qui semblait avoir toutes les peines du monde à afficher l'air sérieux qui convenait. Le *Constant*. Le dernier et plus rapide de la flotte Dixon. Et vous pensez que votre frère devrait vous en donner le commandement ?

— Pourquoi pas ? rétorqua Payton en tapant du pied. J'aurai dix-neuf ans le mois prochain. Hudson et Raleigh ont eu leurs propres navires pour leur dix-neuvième anniversaire. Pourquoi serais-je traitée différemment ?

De nouveau, le regard de Drake glissa vers son décolleté.

— Eh bien, peut-être parce que vous êtes une…

— Ne le dites pas, coupa Payton en levant la main. Surtout pas !

— Pourquoi ? demanda Drake, sincèrement décontenancé. Il n'y a rien de mal à ça, vous savez, Payton. Cela présente même des avantages.

— Oh ? Citez-m'en un seul. Et si j'entends le mot « maternité », je vous jure que je me mets à hurler.

Drake hésita. Soit il ne trouvait rien d'avantageux au fait d'être une femme, soit il considérait que sa réponse ne serait pas convenable en présence d'une jeune fille, aussi changea-t-il abruptement de sujet.

— Peut-être votre frère considère-t-il qu'il vous a déjà offert votre cadeau d'anniversaire. Ne portez-vous pas l'une de ces nouvelles robes qui lui ont coûté si cher ? Elle est d'ailleurs ravissante.

Payton en demeura bouche bée.

— Quoi ? *Une robe* ? Une fichue robe ? Vous plaisantez ! Je suis censée me satisfaire d'une robe quand je pourrais avoir le commandement d'un *voilier* ?

— Eh bien, je suppose que cela vous paraît injuste, mais pour être tout à fait honnête, je suis plutôt de l'avis de Ross à ce sujet. C'est une chose de naviguer avec vos frères – après tout, ils sont là pour vous protéger –, en revanche, une femme seule avec un équipage masculin…

— Me *protéger* ? répéta Payton, dégoûtée. Depuis quand mes frères me protègent-ils ? Vous venez de les voir. Raleigh ne songeait guère à me protéger ! Il avait plutôt envie de me tuer. Non…

Elle lui agrippa de nouveau le bras, priant pour qu'il ne remarque pas l'émoi que ce simple geste suscitait en elle. Mais elle n'avait pas le choix. C'était peut-être sa dernière chance.

— Promettez de m'aider à convaincre Ross de m'accorder le *Constant*. Je vous en prie, Drake. Ross vous écoute, vous le savez. Me promettez-vous d'essayer ?

Déterminée à le regarder, cette fois, sans ciller jusqu'à ce qu'il se détourne, Payton leva les yeux vers lui. Son regard, d'un bleu semblable à celui de la mer au large des Bahamas, ne manquait jamais de la troubler. Sauf que celui de la mer était si transparent qu'elle voyait jusqu'au fond de l'océan. Alors qu'elle ne pouvait – n'avait jamais pu – discerner ce qui se cachait au fond des yeux, pourtant si clairs, du capitaine.

Elle ignorait ce qu'il lui aurait répondu s'ils n'avaient été interrompus.

— Connor ?

La voix musicale les fit sursauter tous les deux. Dans le couloir se tenait une ravissante jeune femme rousse en robe bleu pâle brodée de choux roses identiques à ceux qui ornaient ses souliers et ses cheveux.

— Il me semblait bien vous avoir entendu, Connor, reprit-elle d'une voix douce en pénétrant dans la pièce. Bonsoir, mademoiselle Dixon. Je viens de passer un délicieux moment avec votre père. Il m'a montré sa collection de balles de mousquet. Quel homme charmant ! Je l'adore.

Payton parvint à sourire, quoique sans grand enthousiasme.

— Vous m'en voyez ravie.

Mlle Whitby se tourna vers le capitaine.

— Descendez-vous, très cher ? J'ai cru comprendre que votre grand-mère venait d'arriver, et demandait à vous voir.

Le sourire que le capitaine avait du mal à contrôler l'instant d'avant avait disparu, tandis que le soleil, qui jouait avec sa chevelure une seconde plus tôt, accentuait ses traits. Deux rides profondes allaient des ailes du nez à la bouche. Il paraissait soudain plus que ses trente ans, songea Payton.

— Je serai en bas dans quelques minutes, répondit-il.

Mlle Whitby ne bougea pas.

— Vous ne devriez pas faire attendre votre grand-mère, mon amour.

Le capitaine resta silencieux un instant. Il paraissait fort intéressé par les motifs du tapis. Puis il leva la tête, et transperça Payton de son regard lumineux.

— Nous accompagnerez-vous, mademoiselle Dixon ?

Encore stupéfaite par la transformation que le visage de Drake avait subi depuis que Mlle Whitby était apparue, Payton secoua la tête.

— Heu… merci, murmura-t-elle, la bouche sèche, mais j'ai encore besoin d'un petit moment.

À son grand soulagement, il se détourna enfin.

— Très bien, fit-il en offrant le bras à la jeune femme rousse.

— Bonsoir, mademoiselle Dixon, lança cette dernière d'un ton doucereux.

Ils se dirigèrent vers la porte, et Payton regarda Mlle Whitby glisser sa main gantée sous le bras du capitaine avant de le gratifier d'un sourire éclatant.

— J'imagine que votre grand-mère a hâte de rencontrer votre fiancée.

— Oui… sans doute, répondit-il.

2

Une fois le capitaine et sa fiancée sortis, Payton se dirigea vers le miroir.

Le peigne d'écaille, que la bagarre avec son frère avait malmené, pendait lamentablement derrière son oreille. Sans doute était-il déjà là lorsqu'elle s'entretenait avec le capitaine. À coup sûr, il l'était devant Mlle Whitby.

Avec un soupir, elle tenta de le remettre en place. Mais en dépit de ses efforts, elle ne parvint pas à le planter aussi judicieusement que Georgiana. Il se dressait de façon plutôt cocasse sur le côté de sa tête. Elle leva les yeux au ciel et se détourna.

Franchement, sa coiffure était le cadet de ses soucis. Même avec ses taches de rousseur sur le nez, sa peau dorée par le soleil, sa petite taille et son relatif manque de poitrine, elle savait, contrairement à ce que son frère avait aimablement déclaré, qu'elle n'était pas laide. Si elle l'avait été, il n'aurait pas eu la méchanceté d'en rire. Mais elle savait aussi parfaitement qu'elle ne ressemblait pas aux jeunes filles de son âge. Pas du tout à Mlle Whitby, en tout cas, avec son teint de lys et sa longue chevelure auburn. Elle ne se comportait pas non plus comme elle.

À l'instant, par exemple. Jamais elle n'aurait été capable de dire sérieusement : « Descendez-vous, très cher ? » à Connor Drake. Le capitaine lui était plus cher qu'il ne le serait jamais à Mlle Whitby – elle aurait solidement boxé quiconque lui aurait dit le contraire –, mais elle se serait coupé la langue plutôt que de l'appeler « très cher ». Sans doute parce qu'elle n'avait jamais entendu aucun de ses frères parler de leur « très cher » ami Drake.

En outre, elle pensait que les hommes n'aimaient pas qu'on les appelle « très cher ». Le capitaine, pour sa part, ne semblait guère apprécier cela. En entendant prononcer ces mots, ainsi que « mon amour », il s'était nettement rembruni.

Cela dit, Ross ne changeait pas d'expression lorsque Georgiana l'appelait « chéri ». Probablement parce que cela n'arrivait que lorsqu'il faisait quelque chose qui déplaisait à son épouse. Payton les soupçonnait d'être différents lorsqu'ils étaient seuls. Elle en était même sûre, car elle les avait surpris un jour dans le salon, et Ross appelait Georgiana son « petit ouistiti ». Un surnom qu'elle-même n'aurait pas supporté si quelqu'un – y compris le capitaine Drake – l'en avait affublée.

Donc, peut-être que Connor Drake et Mlle Whitby étaient différents en privé. Peut-être aimait-il les mots tendres, peut-être que Mlle Whitby adorait être traitée de ouistiti.

La vision des fiancés seuls lui donna la nausée, et elle se hâta de la chasser de son esprit.

Elle fit une révérence, battit des cils et débita d'une voix haut perchée :

— J'imagine que votre grand-mère a hâte de rencontrer votre fiancée.

En se redressant, elle flanqua un coup de pied rageur dans le vide. Ce qu'elle regretta aussitôt, car le corset lui pinça douloureusement la hanche.

— Bon sang de bois ! pesta-t-elle.

Jugeant enfin que le capitaine et sa fiancée devaient être arrivés au rez de chaussée, elle s'y risqua à son tour. Elle n'avait jamais visité cette demeure, et sa curiosité était telle qu'elle n'avait presque pas dormi de la nuit.

Et, hormis le fait que le maître de maison fût sur le point d'épouser une femme qu'elle ne supportait pas, Payton ne fut pas déçue.

Daring Park était le domaine sur lequel Connor avait été élevé, où il avait vécu le plupart du temps jusqu'à ce qu'un différend avec sa famille l'envoie chercher fortune à Londres. Les deux étages du manoir étaient ornés de ravissants meubles anciens. Bien différents de ceux qui meublaient leur propre maison, à Londres. Ils avaient tous été achetés peu après la naissance de Payton, lorsque leur père avait fêté ses premières cinq mille livres. Ils semblaient encore neufs, car les Dixon, qui passaient presque tout leur temps en mer, n'y séjournaient que quelques semaines par an.

Payton adora Daring Park. Il lui semblait que c'était l'un des rares endroits sur terre où l'on pût marcher pieds nus sans se blesser sur un objet pointu.

Et, bien qu'elle ne vît pas trace de Drake, pas d'initiales sculptées sur la balustrade, pas de portrait de lui au mur, elle l'imaginait sans peine galopant à travers les couloirs, martyrisant ses précepteurs, faisant pleurer son frère aîné, avec lequel il ne s'était jamais entendu. Elle n'en aimait le manoir que davantage.

Drake ne parlait certes guère de son enfance, mais cela n'empêchait pas Payton de laisser vagabonder son imagination. Elle le voyait sauter de poutre en poutre avec la même énergie qu'il mettait à sauter dans les gréements du *Virago*, le bateau qu'il commandait pour *Dixon et Fils* depuis plus de cinq ans. Et qu'il commanderait sans doute encore une bonne dizaine d'années.

Non qu'il eût besoin de ce travail, sans parler du salaire. La mort de son frère, deux mois auparavant, avait fait de lui un homme riche. En fait, il n'avait plus du tout besoin de naviguer… en tout cas, pas pour gagner sa vie. À lui de décider s'il y tenait encore.

À lui et à la femme qu'il allait épouser le lendemain, naturellement.

À en croire les informations glanées par Payton, Mlle Whitby n'était pas fascinée par la mer. Elle avait un jour déclaré, avec un regard appuyé dans sa direction, que l'air marin était très nocif pour la peau.

Mais si le teint de Payton avait souffert des années passées à accompagner son père, puis ses frères, en mer, il était clair que M. Matthew Hayford ne s'en était pas aperçu. Soit il aimait les femmes hâlées, soit il n'était pas assez superficiel pour laisser de tels détails interférer dans ses amitiés. Car, comme Payton atteignait le palier, elle le vit qui l'attendait au pied de l'escalier, bien différent en tenue de soirée de ce qu'il était dans son uniforme de second.

— Ohé, mademoiselle Dixon ! s'écria-t-il, visiblement ravi. Le capitaine m'a averti que vous arriviez. Je dois dire que cela valait la peine de patienter. Vous êtes superbe !

Un peu déconcertée par cet accueil enthousiaste, Payton jeta un coup d'œil derrière d'elle afin de s'assurer qu'il s'adressait bien à elle. Mais il n'y avait personne, l'admiration du jeune homme lui était donc destinée. Elle connaissait pourtant Matthew depuis des années, et jamais il ne lui avait dit qu'elle était superbe ! Était-ce dû au corset ? Au décolleté, plutôt. Les hommes étaient de bien étranges créatures ! Peut-être devrait-elle écouter le conseil de Drake, et réfléchir à deux fois avant de se retouver seule femme à bord d'un navire...

Rejoignant Matthew, elle lui adressa son plus lumineux sourire.

— Bonsoir, monsieur Hayford, fit-elle en lui donnant une vigoureuse poignée de main. Quand êtes-vous arrivé ?

— À l'instant. Cet endroit est magnifique ! Avez-vous vu les cygnes, sur le lac ?

— Oh, et ce n'est rien, répondit Payton en désignant une partie du grand hall. Regardez ces armures ! Georgiana affirme qu'elles sont *authentiques*. Qu'il y a eu des *vrais* chevaliers dedans. Les ancêtres de Drake, probablement. Le croiriez-vous ?

Matthew suivit la direction, de son regard.

— Seigneur, souffla-t-il. Les ancêtres du capitaine étaient plutôt petits, non ?

— Pas du tout ! rétorqua-t-elle, avant de s'apercevoir que quelques armures auraient été à sa taille. Vous savez, à l'époque, ils ne se nourrissaient pas très bien, se reprit-elle. Ce qui explique leur taille.

Matthew posa sur elle un regard admiratif.

— Existe-t-il un domaine que vous ne connaissiez pas, mademoiselle Dixon ?

Elle réfléchit sérieusement à la question. Pour être tout à fait honnête, elle avait l'impression d'en connaître bien davantage que les jeunes filles de son âge. À quoi s'intéressaient-elles, hormis leurs toilettes et les potins mondains ? Elle savait comment affaler une voile dans la tempête, établir un itinéraire en ne s'aidant que du soleil et des étoiles, tuer, préparer et faire cuire une tortue avec pour seuls ustensiles un couteau, quelques pierres et des algues sèches. Si elle ne l'avait pas vu faire du pont des navires de la famille, elle en avait au moins entendu parler par Mei-Ling, la cuisinière chinoise qui avait accompagné les enfants Dixon dans presque tous leurs voyages. Quand elle était retournée dans son pays, pour une retraite bien méritée, Payton s'était aperçue que la principale lacune dans son éducation concernait l'amour et le mariage.

Ainsi, qu'aurait dit Mei-Ling du fait que Connor Drake, qui aurait pu avoir n'importe quelle femme au monde, ait choisi d'épouser l'odieuse Mlle Whitby ?

Comme elle n'était pas prête à partager sa contrariété à propos du mariage à venir, ni à avouer qu'elle s'y connaissait plus en matière de compas que de cœur, elle haussa les épaules et répondit :

— Non.

Elle fut une peu surprise d'entendre Matthew partir d'un éclat de rire sonore qui se répercuta dans la vaste pièce. En fait, elle dut le frapper sur l'épaule pour qu'il se calme

— Ce n'est pas drôle à ce point, dit-elle.

Elle était sidérée de constater combien les hommes devenaient différents dès qu'une poitrine était en vue. Certains, en tout cas. Le capitaine Drake, malheureusement, avait semblé conserver tous ses moyens lorsque son corsage avait glissé.

— Écoutez, mademoiselle Dixon, reprit Matthew quand il fut de nouveau en mesure de s'exprimer, je parlais il y a une minute au capitaine, et savez-vous ce qu'il m'a dit ?

Payton, qui s'escrimait encore avec l'un de ses peignes, répondit :

— Je n'en ai pas la moindre idée, monsieur Hayford.

— Qu'après le dîner, on danserait. Un vrai bal, avec un orchestre, pas seulement un type qui joue de l'accordéon.

— J'ai vu, en effet, des musiciens arriver.

— Eh bien, mademoiselle Dixon, serait-il trop hardi de ma part de vous demander de me réserver une danse ?

Payton faillit s'enfoncer le peigne dans le crâne. Elle se tourna vers le second, bouche bée. Attitude que Georgiana lui avait fortement déconseillée.

Grand Dieu ! Un homme l'invitait à danser ! Pour la première fois de ses presque dix-neuf années d'existence, un homme l'invitait à danser. Elle n'arrivait pas à le croire. Au temps pour Hudson et Raleigh !

Elle s'efforça de se souvenir de ce qu'elle devait faire en une telle circonstance. Georgiana l'avait prévenue que cela lui arriverait un jour, mais elle lui avait rétorqué qu'elle était trop garçon manqué pour qu'un homme lui propose de danser. Elle se mordilla la lèvre. Elle aimait bien Matthew Hayford, jeune homme de vingt ans promis à une brillante carrière, dont la belle chevelure brune n'avait pas souffert de l'épidémie de poux.

Mais elle l'aimait comme un camarade. Il était habile à la voile et excellent joueur de whist, passe-temps favori des officiers à bord. Elle n'hésiterait pas une minute à le prendre comme second le jour où elle aurait enfin son navire. Mais *danser* avec lui ? C'était une autre histoire !

Cela dit, il ne s'agissait là que d'une invitation à danser. Pas d'une demande en mariage, tout de même ! Alors, qu'attendait-elle ?

Lui, murmura une petite voix dans sa tête. *Lui*.

« Allons ! se morigéna-t-elle. Il épouse Mlle Whitby demain, alors tu ferais sacrément mieux de regarder ailleurs ! »

— Merci, monsieur Hayford, répondit-elle poliment. Ce sera avec plaisir.

— Oh !

Matthew semblait un peu étonné, mais il lui secoua la main avec force.

— Parfait, mademoiselle Dixon. Parfait ! À tout à l'heure, alors ?

— À tout à l'heure.

Les deux jeunes gens se séparèrent, Matthew pour se rendre dans la salle de billard, et Payton au salon où les dames devaient se réunir.

Elle n'eut aucun mal à trouver la pièce, car le son d'un pianoforte et la voix de soprano de Mlle Whitby qui chantait *La Frênaie* en sortaient. Mlle Whitby adorait cette ballade, bien que Payton ne comprît pas pourquoi. Il s'agissait en effet de l'histoire d'un jeune homme qui découvrait la jeune fille qu'il aimait morte sous un arbre. Il faut dire que Payton avait tendance à trouver les chansons d'amour morbides. Elle préférait les chants de marins, surtout ceux qui donnaient envie de taper du pied en mesure sur le pont.

Le salon, découvrit-elle, était un peu moins masculin dans sa décoration que le reste du manoir. Elle y pénétra discrètement, et prit place sur un confortable sofa.

Mlle Whitby n'avait pas une vilaine voix, mais Payton la soupçonnait d'aimer chanter parce que cela mettait en valeur sa généreuse poitrine. Elle était spectaculaire, dans sa robe bleue, avec ses seins qui menaçaient de jaillir de son décolleté à chaque inspiration. Payton baissa les yeux sur sa propre poitrine, et se sentit plutôt déprimée. Y avait-il une chance que Mlle Whitby ait rembourré son décolleté avec des mouchoirs ? s'interrogea-t-elle.

— « Les êtres chers dont je porte le deuil sont de nouveau réunis ici », chantait Mlle Whitby.

Payton était étonnée qu'elle gâche une si belle exhibition pour un public exclusivement féminin. Elle aurait mieux fait de chanter après le dîner, quand les messieurs les auraient rejointes au salon.

Certes, la poitrine de Mlle Whitby avait déjà rempli son rôle : elle lui avait valu d'attraper dans ses filets le plus beau parti d'Angleterre. En tout cas, c'était sûrement ce qui avait attiré Drake, car Payton n'imaginait pas qu'une telle peste eût d'autres attraits aux yeux d'un homme.

Cette chanson était affreusement ennuyeuse, songea-t-elle en regardant autour d'elle. Elle aperçut Georgiana, évidemment, qui feignait de s'intéresser au récital – elle lui avait avoué qu'elle trouvait que Mlle Whitby abusait des vibratos. Il y avait aussi quelques épouses et filles d'officiers avec lesquels Drake avait navigué naguère. En fait, hormis la vieille dame élégante qui franchissait la porte à cet instant, Payton connaissait tout le monde. Où diable se trouvaient les invités de Mlle Whitby ? Même si elle n'avait plus de famille, la fiancée avait dû convier au moins une personne pour cette occasion exceptionnelle !

À l'évidence, il ne s'agissait pas de la vieille dame qui venait d'entrer. Après avoir jeté un coup d'œil à Mlle Whitby à travers son face-à-main, celle-ci s'était dirigée vers la place libre près de Payton.. Après s'y être installée, en s'appuyant sur sa canne, et avoir lissé sa jupe autour d'elle, elle se pencha vers Payton, les yeux brillants, et lui demanda dans un murmure :

— Qui est-ce, je vous prie ? La créature qui chante si abominablement ?

Payton, qui pensait la même chose au même moment, ne put s'empêcher d'éclater de rire. Elle porta aussitôt la main à sa bouche, mais Georgiana l'avait entendue, et lui lança un regard d'avertissement.

Cependant, la vieille dame ne semblait pas le moins du monde gênée.

— C'est *celle-ci* qu'il épouse demain ?

Les mains de la vieille dame, fort racées en dépit des taches brunes qui les parsemaient, étreignaient la canne d'ébène sculptée.

— Celle qui chante ? insista-t-elle.

— Oui, madame, murmura Payton. C'est Mlle Becky Whitby.

— Whitby ? Je n'ai jamais entendu un nom pareil. D'où vient sa famille ?

— Elle n'en a pas, madame, chuchota Payton à l'oreille de la vieille dame. Toute sa famille est décédée.

— Toute ? C'est bien pratique. Je m'attendais à ça. Comme je dis toujours : « Mariage à la hâte, regrets toute la vie. » Continuez. Vous semblez au courant. Où l'a-t-il rencontrée ?

En effet, Payton savait tout, à son grand regret. Elle s'était rendu compte, après le mariage de Ross, que ses autres frères, et même ses amis, étaient destinés à se marier un jour, mais jamais elle n'aurait imaginé que la prochaine noce à laquelle elle assisterait serait celle de Connor Drake.

Rien que d'y penser, elle avait un nœud à l'estomac. Et celui-ci n'avait pas disparu une seule minute depuis qu'elle avait appris que le capitaine Drake devait épouser Mlle Whitby. Elle était allée jusqu'à consulter le médecin de bord, qui avait déclaré qu'il ne voyait aucune raison physique à cet inconfort. La cause pouvait-elle en être émotionnelle ?

Payton s'était récriée, et avait mis cette indisposition sur le compte des huîtres qu'elle avait mangées à La Havane. Et elle le répéterait jusque sur son lit de mort.

— Nous étions à Londres, commença-t-elle, assez bas pour ne pas s'attirer un nouveau regard sévère de sa belle-sœur. Nous rentrions d'une course dans les Caraïbes. Drake – je veux dire le capitaine – avait appris dès notre arrivée au port que son frère venait de mourir et qu'il était attendu chez son notaire, à Downing Street. Nous ne voulions pas le laisser y aller seul, parce que c'était triste, même s'il n'aimait guère son frère. Nous l'avons donc accompagné, et alors que nous sortions de chez le notaire, une bagarre a éclaté, juste devant l'auberge de l'autre côté de la rue. Une femme – Mlle Whitby – s'était fait attaquer par des gredins. Naturellement, nous avons volé à son secours. J'en ai assommé un avec une queue de billard…

— Je vous demande pardon ?

La vieille dame étudia Payton avec attention.

— Eh bien, il y avait un billard, à la taverne…

— Bien sûr. Une queue de billard. Que je suis sotte ! Poursuivez !

— Bref, nous avons réussi à mettre les attaquants en déroute – sauf celui que Hudson a tué – et nous avons emmené Mlle Whitby à l'intérieur parce qu'elle s'évanouissait. Lorsqu'elle est revenue à elle, elle nous a appris que les hommes avaient volé son réticule, qui contenait toute sa fortune, et qu'elle était orpheline, sans aucune famille.

La vieille dame scrutait Payton, le visage indéchiffrable. Ses yeux, d'un bleu très vif, semblaient vaguement familiers à la jeune fille.

— Vous devez être la petite Dixon, lâcha-t-elle finalement.

— Payton Dixon, madame, fit aimablement Payton en tendant la main. Enchantée.

— Payton ? Quel prénom est-ce là ?

Habituée à cette question, Payton répondit :

— Celui que mon père m'a donné, madame. En référence à l'amiral Payton. Mes frères et moi tirons nos noms de héros maritimes, ou d'explorateurs des mers. Ross est le nom d'un excellent ami de mon père, le capitaine Ross, qui a été tué par des indigènes alors qu'il cherchait une route nord-ouest, et Hudson, c'est à cause de Henry Hudson, qui…

— J'aurais dû le deviner au premier regard, coupa la vieille dame, ignorant la main offerte. Vous avez un hâle tout à fait disgracieux, mais à voir vos taches de rousseur je pensais que vous étiez beaucoup plus jeune. Vous avez vraiment dix-huit ans ?

Payton reposa sa main sur ses genoux. Elle avait dû heurter la vieille dame avec ses manières directes, et elle pria pour que celle-ci ne soit pas quelqu'un d'important, auquel cas, elle allait entendre Georgiana…

— J'aurai dix-neuf ans le mois prochain.

— Extraordinaire ! On ne vous donnerait pas plus de douze ans.

Payton ne s'était pas offusquée que son interlocutrice eût mentionné ses taches de rousseur, ni qu'elle eût refusé de lui serrer la main, mais l'accuser de paraître douze ans ! Là, c'était trop !

— Je n'ai peut-être pas les rondeurs de certaines personnes, riposta-t-elle avec un regard mauvais en direction de Mlle Whitby qui continuait à s'époumonner, mais je vous assure que je ne suis plus une enfant.

La vieille dame fit claquer sa langue.

— Alors votre père ne devrait pas vous laisser… assommer des gredins, comme vous dites, avec des queues de billard. Vous devriez vous consacrer aux activités des jeunes filles de votre âge.

Payton fit la grimace.

— Si vous entendez par là chercher un mari et tout ça, ne vous inquiétez pas. Ross, mon frère aîné, m'a déjà prévenue que je ferais mon entrée dans le monde cette année, et que je n'étais pas près de remettre les pieds sur un navire.

La vieille dame eut un hochement de tête approbateur.

— Il a entièrement raison.

— Ce n'est pas mon avis, marmonna Payton. J'ai passé la majeure partie de ma vie en mer, et tout s'est bien passé.

— C'est une question d'opinion. J'ai entendu parler de vous, mademoiselle Dixon.

Ravie de constater que ses talents de marin faisaient l'objet de discussions, Payton inclina la tête modestement.

— Eh bien, il m'est arrivé une fois de rejoindre les Caraïbes en moins de dix-sept jours, mais j'avoue que j'étais aidée par mon frère Hudson…

— Ce n'est pas ce à quoi je pensais, mais plutôt à ces… idées révolutionnaires que, paraît-il, vous nourrissez.

— Oh… Si vous faites allusion au fait que je suis persuadée qu'il n'y a pas de métier qu'une femme ne puisse exercer aussi bien qu'un homme, voire mieux, alors, c'est vrai. Ross me conseille de ne pas trop l'espérer, mais je compte bien obtenir le commandement d'un navire pour mon prochain anniversaire. Je souhaiterais le *Constant*, qui est le plus rapide de nos voiliers, mais je devrai sans doute me contenter d'un bateau plus ancien, pour me faire la main, jusqu'à ce que…

La vieille dame frappa énergiquement le sol de sa canne. Dieu merci, Mlle Whitby était si concentrée qu'elle ne s'en aperçut pas, contrairement à d'autres invités, dont Georgiana, qui se retournèrent.

— Jeune fille, déclara la vieille dame d'un ton sévère, seule une personne qui a passé sa vie enfermée sur un bateau avec un équipage masculin peut souhaiter un sort tel que celui-ci !

— Oh, mais je pense que je ferai un bon capitaine ! Excepté les travaux les plus durs physiquement, car les femmes ne sont pas bâties pour, il n'y a rien que nous ne puissions réussir aussi bien qu'un homme. Avantage supplémentaire, nous sommes capables de donner la vie…

La canne frappa de nouveau le plancher. Cette fois, Georgiana parut véritablement inquiète.

— Mademoiselle Dixon…

Les lèvres de la vieille dame tremblaient, et ce n'était pas d'amusement.

— J'avoue que je trouve très léger de la part de votre famille de vous permettre d'aborder de tels sujets. Sans parler d'assommer des gens…

— Mais si je ne l'avais pas cogné, il aurait pu blesser quelqu'un, objecta Payton.

— Quoi que vous en pensiez, il n'est guère convenable pour une jeune femme de se prétendre l'égale des hommes. Et je ne trouve pas très avisé de votre part d'aller attaquer… comment les appelez-vous déjà ? Des gredins.

Payton ouvrit de grands yeux.

— Que devais-je faire, alors ?

— Vous évanouir, comme Mlle Whitly.

Payton lui décocha un coup d'œil contrarié.

— Whit*by*, corrigea-t-elle, avant d'ajouter : Et à quoi cela sert-il de s'évanouir ? À part embêter tout le monde, et obliger les gens à aller chercher des sels, et tout ça. En outre, si Mlle Whitby avait eu la bonne idée de s'emparer d'une queue de billard, comme moi, elle aurait sans doute pu récupérer son argent.

— Oui. Bon. Quoi qu'il en soit, à choisir, les hommes préfèrent la femme qui s'évanouit à celle qui frappe avec une queue de billard.

— C'est faux.

Payton allait insister, mais la vieille dame leva un index impérieux afin de la faire taire.

— Ce n'est pas *vous* que le capitaine épouse, n'est-ce pas ? C'est *elle* !

Payton suivit la direction de son regard. Mlle Whitby en avait terminé avec l'atroce découverte sous les frênes, et gémissait sur son triste sort.

La vieille dame n'aurait pu faire souffrir plus atrocement Payton si elle lui avait enfoncé un poignard dans le cœur et l'avait retourné dans la plaie. Car elle avait raison, naturellement. Ce n'était pas Payton qu'épousait le capitaine. Celui-ci n'avait sans doute jamais, au grand jamais, considéré l'Honorable Mlle Payton Dixon comme un parti possible. C'était Mlle Whitby qu'il voulait pour femme.

Bon sang de bois !

Il fallait qu'elle se sorte cette idée de la tête. Si c'était Mlle Whitby que Connor Drake voulait, elle ferait de son mieux pour qu'il l'ait. Elle l'aimait trop pour contrarier ses désirs – même si ceux-ci la crucifiaient.

Du reste, s'il était assez stupide pour jeter son dévolu sur une femme telle que Mlle Whitby, alors il la méritait bien.

— Que s'est-il passé ensuite ? s'enquit la vieille dame, impérieuse.

Payton cligna des yeux.

— Quoi ?

— Ne dites pas « quoi » mon enfant. Demandez-moi pardon, et racontez-moi ce qui est arrivé après que vos frères et vous avez sauvé la malheureuse Mlle Whitby.

— Oh...

Payton ne comprenait pas pourquoi elle se conduisait de façon aussi idiote. La chaleur, peut-être. Le salon était orienté à l'ouest, aussi les rayons du soleil couchant pénétraient-ils à flots par les larges portes-fenêtres qui ouvraient sur les pelouses de Daring Park. Les éventails allaient bon train, et même Georgiana, d'habitude si fraîche, semblait se flétrir un peu.

En revanche, la vieille dame ne paraissait pas souffrir le moins du monde de la chaleur, bien qu'elle fût vêtue d'une robe de velours à manches longues.

— Eh bien, poursuivez, s'impatienta-t-elle.

Payton soupira. C'était à ce moment de l'histoire qu'elle avait, lui semblait-il, commis une erreur fatale. Car lorsque la jeune femme qu'ils avaient secourue était revenue à elle, elle semblait si démunie, si vulnérable, que Payton n'avait vu aucune objection à ce que ses frères l'invitent à résider chez eux jusqu'à ce que sa santé et sa situation financière s'améliorent.

Le problème, bien sûr, c'est que la santé de Mlle Whitby était excellente. Pour une personne qui se prétendait sans famille ni revenus, la jeune femme était même remarquablement exubérante. Et comme elle ne savait rien faire, sa situation financière ne risquait pas d'évoluer.

— Je vois, murmura la vieille dame lorsque Payton eut achevé son récit. Le capitaine Drake s'est-il entiché d'elle dès le début ? Ou bien est-ce arrivé d'un seul coup ?

Très brusquement, en vérité. C'était plutôt Hudson et Raleigh qui manifestaient de l'intérêt pour leur invitée. Ils la promenaient en ville et flirtaient outrageusement avec elle. Ils en étaient même venus aux mains, ce qui, assura Payton à sa compagne, ne signifiait rien, vu qu'ils se bagarraient à tout bout de champ. L'une de leurs querelles les plus spectaculaires avait pour cause une paire de chaussettes !

— Un matin, il y a quinze jours, expliqua Payton, nous prenions le petit déjeuner, et Drake – je veux dire le capitaine Drake – est descendu nous rejoindre. Vous ai-je précisé qu'il résidait chez nous ? Il a annoncé que Mlle Whitby et lui allaient se marier, et qu'il serait très honoré de nous recevoir tous à Daring Park pour la cérémonie. Il a ajouté… que cela paraissait évidemment un peu subit, et que bien des gens seraient choqués qu'il se marie si peu de temps après la mort de son frère, mais qu'il espérait que nous comprendrions.

Payton passa la suite sous silence, à savoir qu'elle avait failli s'étrangler avec le scone qu'elle était en train de manger, si bien que Hudson avait dû la frapper énergiquement dans le dos. Quoique vexée de s'être conduite aussi peu élégamment, cela lui avait cependant permis de justifier les larmes qui lui montaient aux yeux.

— Voilà toute l'histoire, conclut-elle en haussant les épaules.

La vieille dame plissa les yeux.

— Et il n'avait fait montre d'aucune attirance particulière pour cette jeune femme jusque-là ?

Ce ne fut pas la jalousie qui dicta la réponse de Payton.

— Non.

— Étrange… Ainsi vous me dites que Mlle Whitby n'a ni famille ni fortune ? Rien d'autre que son joli visage ?

— Je suppose, répondit Payton en haussant de nouveau les épaules.

« Si *joli* est le terme », ajouta-t-elle intérieurement.

— Cessez de hausser les épaules, c'est très vilain. Et vous, vous l'aimez bien ?

— Je vous demande pardon ?

— C'est mieux. Je vous ai demandé si vous l'aimiez bien. Mlle Whitby, vous l'appréciez ?

Payton jeta un coup d'œil à la jeune femme qui avait enfin terminé son récital. Les dames applaudissaient poliment, mais on les sentait pressées d'aller prendre l'air sur la terrasse.

Mlle Whitby se leva et salua avec modestie, puis elle rassembla ses jupes et s'éloigna du piano.

Sa chevelure rousse, qui n'avait sûrement jamais connu les poux, brillait dans le couchant, et sa peau, qu'aucune tache de rousseur ne venait gâcher, semblait plus laiteuse que jamais. Payton se rappela qu'elle lui avait ouvert sa porte, qu'elle lui avait prêté des robes – qu'on avait dû retoucher au niveau de la poitrine –, qu'elle lui avait permis d'emprunter sa jument favorite pour aller se promener dans Hyde Park…

Et elle l'en avait remerciée en lui volant ce à quoi elle tenait la plus au monde.

— À dire vrai, répondit-elle, je crois que je la déteste.

La vielle dame pinça les lèvres.

— C'est fâcheux.

— Vraiment ? Pourquoi ?

À cet instant, une voix beaucoup trop familière s'éleva, timide :

— Je vous demande pardon, mais n'êtes-vous pas Lady Bisson ?

La vieille dame adressa un mince sourire à Mlle Whitby qui était venue se planter devant elle.

— En effet, dit-elle fraîchement. Et vous devez être la jeune personne qui épouse mon petit-fils demain.

Payton blêmit.

Sacré bon sang !

3

Drake se tenait dans l'encadrement de la porte-fenêtre, exhalant un petit nuage de fumée, tandis que le soleil basculait à l'horizon.

— J'ai parlé au jardinier, comme vous me l'aviez demandé, monsieur.

Gerald McDermott, majordome à Daring Park depuis seulement un an, s'efforçait de satisfaire son maître. Il avait été enchanté d'obtenir ce poste chez Sir Richard, d'autant que cela le rapprochait de sa mère, cuisinière au presbytère du village. Il espérait que le nouveau baronnet le garderait à son service.

On racontait aux cuisines que Sir Connor avait l'intention de renvoyer tous les domestiques et de fermer la maison dès le lendemain de son mariage, tant il avait hâte de repartir en mer. Mais McDermott se méfiait des rumeurs. Où résiderait l'épouse du baronnet, dans ce cas ? Car un homme, même aussi aventureux que Sir Connor, ne pouvait s'attendre que sa femme risque sa santé et sa sécurité en l'accompagnant dans ses voyages. Il y avait tant de dangers ! L'idée était absurde.

Non, McDermott était convaincu qu'il vivrait à Daring Park – et continuerait à apprécier les délicieux quatre-quarts de sa mère – pour quelque temps encore. Il avait rencontré la future Lady Drake, et elle ne lui semblait pas du genre à passer sa vie sur le pont d'un navire, aussi solides, confortables et sûrs que fussent ceux de la flotte Dixon.

— Et, selon vos instructions, continua-t-il, les jardiniers cueilleront demain matin des bouquets de fleurs d'oranger afin de garnir les quatre premières travées de la chapelle…

— Avez-vous changé de chambres les invités dont je vous ai parlé ? coupa Drake, les yeux rivés sur les ombres des arbres qui s'allongeaient sur la pelouse.

— Certainement, monsieur

Contrairement aux autres serviteurs, McDermott refusait de se laisser impressionner par le regard froid de son nouvel employeur. Ce qui était certes plus facile lorsque le baronnet ne le fixait pas, comme en cet instant.

— J'ai donc mis M. Raybourne et le capitaine Gainsforth dans l'aile est…

— Parfait, dit Drake en tirant sur son cigare. Merci.

McDermott, qui ouvrait la bouche pour poursuivre, ravala ce qu'il s'apprêtait à dire. Sir Richard, qui était pourtant d'un commerce agréable, ne l'avait jamais remercié durant le peu de temps qu'il avait passé à le servir. Les nobles jugeaient généralement inutile de remercier la domesticité. À quoi bon remercier des gens que l'on rémunérait ?

Le fait que Sir Connor ait pris la peine de le faire frappa McDermott. C'était à ses yeux le comble de la courtoisie. Il éprouva un élan de sympathie envers son maître et s'apprêtait à répondre « De rien, monsieur », quand Sir Connor le devança.

— C'est tout pour l'instant, McDermott.

Déconcerté, le majordome consulta sa liste. Il avait encore six ou sept points à traiter avec le baronnet.

— Hum, monsieur…

— Je suis certain, déclara Drake de cette voix profonde qui terrorisait les femmes de chambre, que vous avez du travail ailleurs, monsieur McDermott.

Bien que prononcées aimablement, il émanait de ces paroles une note d'autorité indiscutable. L'homme qui les prononçait était habitué à ce qu'on lui obéisse au doigt et à l'œil. McDermott comprenait mieux pourquoi Sir Connor était un capitaine aussi respecté. Quel marin, aussi endurci fût-il, oserait désobéir à un ordre donné d'un ton aussi impérieux ?

McDermott esquissa un salut maladroit, et faillit lâcher sa liste dans sa hâte à s'exécuter.

— O... oui, monsieur.

Il s'éloigna comme s'il avait le diable aux trousses. Il avait bien besoin d'une gorgée du porto qu'il faisait décanter pour les invités. Sa mère le désapprouverait sans doute, mais il ne fallait pas que ses mains tremblent lorsqu'il annoncerait que le souper était servi.

Appuyé au chambranle de la porte-fenêtre, Drake contemplait le jardin, inconscient du malaise qu'il avait provoqué chez son majordome. L'aurait-il été qu'il n'y aurait pas accordé plus d'attention qu'à une mouche qu'on chasse du revers de la main. Il avait bien d'autres soucis en tête. Le bout du cigare qu'il serrait entre ses dents était aussi rouge que le soleil qui s'enfonçait derrière les chênes, tandis qu'il se demandait comment il allait se tirer de ce pétrin.

Connor Drake était habitué aux soucis. Depuis sa naissance, il n'avait rien connu d'autre, lui semblait-il. Sa mère était morte en le mettant au monde. Il était né prématuré, si bien que la sage-femme avait cru qu'il ne vivrait pas. Ignoré par son père, qui le tenait pour responsable de la disparition de sa chère épouse, Connor avait été élevé par des nourrices. Enfant chétif et de santé fragile, méprisé par son frère et rejeté par son père, il avait fini par quitter cette triste demeure à l'âge de dix-sept ans.

Personne ne fut plus surpris que lui lorsque ses prières pour être engagé comme mousse furent prises au sérieux par un capitaine qui avait perçu la volonté de fer dans le regard du frêle adolescent qu'il était.

Henry Dixon se vantait souvent de n'avoir jamais regretté sa décision, surtout après le premier été en mer, au cours duquel Connor Drake avait grandi de quinze centimètres et gagné des kilos de muscles. Le visage si pâle avait pris la couleur des noix de coco, et les épaules s'étaient considérablement étoffées. Lorsque Drake était retourné à Daring Park, trois ans plus tard, afin d'assister aux obsèques de son père, personne n'avait reconnu l'homme qui se tenait au fond de la chapelle, rayonnant de force et de santé. Quel choc ce fut quand on s'aperçut qu'il s'agissait du freluquet que tout le monde plaignait ou méprisait.

Mais plutôt que de rester à Daring Park, comme son frère le lui avait suggéré, il avait repris aussitôt la mer et était resté absent durant dix ans. Il avait manqué l'enterrement de ce dernier, dont la mort avait été si soudaine qu'il n'avait pu être averti à temps.

Finalement, Drake était de retour, et pour ce qui était censé être une occasion heureuse... Un mariage, cette fois, et pas un enterrement.

Alors pourquoi regrettait-il de n'être pas ailleurs – n'importe où ailleurs – plutôt qu'ici ? Pourquoi ne pouvait-il contempler les prés verdoyants de son domaine sans les comparer aux vagues des Caraïbes ? Pourquoi mourait-il d'envie de se tenir sur le pont d'une frégate plutôt que sur le parquet d'une somptueuse demeure ?

Une demeure qui lui appartenait, désormais. Une demeure où on lui avait infligé tant de sermons sur la supériorité de son frère aîné.

Peut-être était-ce à cause de cela.

Il reconnut immédiatement la voix qui s'élevait derrière lui, bien qu'il ne l'eût pas entendue depuis dix ans.

— Eh bien, cette fois, c'est vraiment un beau gâchis.

Drake ne se retourna pas. C'était inutile, car il savait qu'il découvrirait une réplique de ce que sa mère aurait été si elle n'était morte en lui donnant la vie.

— Je ne vois à quoi vous faites allusion, grand-mère, rétorqua-t-il sans lâcher son cigare.

— Oh que si, tu le sais, espèce de démon !

La canne heurtait le plancher à coups réguliers tandis que la vieille dame approchait.

— Je viens de faire sa connaissance.

— Ah, fit Drake en soufflant un filet de fumée. Ne sera-t-elle pas une épouse parfaite pour un homme de mon rang et de ma fortune ?

— Cesse de proférer des âneries.

Lady Bisson se tenait près de lui, à présent. Il sentait ce parfum d'eau de rose qui ne présageait rien de bon, car depuis l'enfance, chacune de ses rencontres avec son aïeule se terminait invariablement par de sévères remontrances.

— Et jette cet horrible cigare. Tu as peut-être passé la moitié de ta vie au milieu des pirates, mais ce n'est pas une raison pour te conduire comme eux. Fumer est un vice déplorable, et je te prierai de ne pas t'y adonner en ma présence.

Incapable de réprimer un sourire, Drake lança le cigare de toutes ses forces vers le bassin. Les deux cygnes qui s'y ébattaient plongèrent aussitôt afin d'aller y voir de plus près Qu'ils l'avalent donc ! songea-t-il. Il n'éprouvait guère de tendresse pour ces volatiles, qui le pourchassaient lorsqu'il était petit. C'étaient, avait-il décrété alors, les créatures les plus acariâtres qui fussent, et plusieurs voyages autour du monde n'avaient pas modifié son opinion.

— Je ne te demanderai pas pourquoi tu l'épouses, reprit Lady Bisson tout en s'éventant avec énergie, car je crois connaître la réponse. En revanche, je te demande si tu n'as pas envisagé une façon moins… définitive de régler le problème.

— Le problème, grand-mère ?

Pour la première fois de la journée – hormis lors de son échange avec Payton, dont le comportement le faisait toujours sourire –, Connor s'amusait. Lady Bisson condescendait à lui transmettre un peu de son immense sagesse. Voilà qui promettait d'être intéressant !

— Nous savons tous deux de quoi je parle. La petite Dixon m'a tout raconté.

Drake haussa les sourcils.

— Vraiment ? Et qu'a-t-elle dit précisément sur le problème ?

— Elle ne connaît rien au *problème*, grâce à Dieu. Mais c'est seulement parce qu'elle te vénère et que jamais elle n'imaginerait son précieux capitaine Drake capable d'un acte indigne.

Drake regarda enfin sa grand-mère, et raidit les épaules, mal à l'aise.

— Payton ne me vénère pas, répliqua-t-il, se rappelant les nombreuses fois où elle s'était fort impertinemment moquée de lui.

Lady Bisson eut un geste agacé.

— Je suppose qu'il ne t'est pas venu à l'esprit, reprit-elle, négligeant l'interruption, qu'il serait plus simple de la dédommager que de l'épouser.

Drake fut de nouveau amusé. Jamais il n'aurait imaginé avoir un jour une conversation de ce genre avec sa si convenable grand-mère !

— L'idée m'en est venue, répondit-il, ironique, mais mon offre a été fermement rejetée. La dame était même fort choquée…

Lady Bisson renifla légèrement.

— C'est que tu n'as pas proposé assez. Ce n'est pas le moment de se montrer mesquin. Elle est rusée comme un renard, Connor. Comment as-tu pu être stupide au point de te laisser prendre à sa petite comédie de jeune fille sans ressources ?

— Trop de mois passés en mer, sans doute, dit Drake en feignant un soupir de regret. Je devais être destiné à sauver les malheureuses jeunes filles.

Lady Bisson lâcha son éventail pour ajuster son face-à-main et examiner son petit-fils.

— Tu te moques de moi. Tu ne prends pas cette histoire au sérieux. Pourtant, je t'assure, Connor, qu'elle est tout ce qu'il y a de sérieux. Il s'agit de ton nom, de ta réputation. Cette fille risque de les compromettre gravement.

Le sourire de Drake s'effaça.

— Je sais, grommela-t-il. Pourquoi pensez-vous que je l'épouse ?

— Elle te compromettra de la même façon quand vous serez mariés, crois-moi. Il te faudra la surveiller de près.

— Ce ne sera pas facile, fit remarquer Drake.

Lady Bisson ouvrit de grands yeux.

— Oh, non, Connor ! Tu ne me la laisseras pas sur les bras. Je ne passerai pas le restant de mes jours à réparer tes bêtises !

— Rassurez-vous, grand-mère, dit-il en se tournant de nouveau vers le bassin où les cygnes se disputaient son mégot. Je ferme définitivement cette maison tout de suite après la cérémonie. Je l'installerai dans la villa de Nassau et vous n'aurez plus l'occasion de la voir de votre vie… ni de vous soucier des autres *gâchis* dont je pourrais être responsable.

Lady Bisson ne put s'empêcher d'être alarmée, non seulement par les paroles de son petit-fils, mais par l'amertume qui perçait dans sa voix. Si Connor avait été un enfant timoré, il était devenu un homme dur, sarcastique. À vrai dire, elle le reconnaissait à peine. Il ne ressemblait en rien à son frère, Richard, qui avait toujours été un garçon doux, facile à manipuler.

Le cadet, en revanche n'était pas homme à obéir mais à commander, et il ne semblait pas tolérer que quiconque le détourne de la voie qu'il s'était tracée.

— Eh bien, fit-elle, hésitante, je ne te suggérais pas de l'emmener aux Bahamas. Il me semblait peut-être judicieux de l'éloigner du voisinage, pas de toute l'Europe.

— Merci pour la précision, répondit-il avec un sourire qui n'atteignit pas ses yeux.

Il n'avait pas bien compris ses paroles, elle s'en rendit compte.

— J'accueillerais volontiers mes arrière-petits-enfants, Connor. Avec une femme qui te convienne, naturellement.

— Vous oubliez que ce genre de femme ne voudrait pas de moi, grand-mère.

Drake s'appuya de nouveau au chambranle, cherchant quoi dire de suffisamment choquant pour qu'elle le laisse tranquille. Mais il sentait confusément que rien ne la découragerait.

— Je ne suis pas exactement ce qu'une femme de votre milieu jugerait acceptable, reprit-il. Certes, j'ai un titre, à présent, et de la fortune, mais à quoi peut servir un mari qui n'accoste au port que lorsqu'il y est obligé ? Je suis certain que vous ne connaissez personne qui permettrait à sa fille de passer la majeure partie de sa vie de femme mariée en mer.

— Mais si, j'en connais, riposta Lady Bisson. Et toi aussi. Que reproches-tu à la petite Dixon ?

Drake se redressa, surpris.

— Seigneur ! Vous plaisantez ?

— Pas du tout ! rétorqua la vieille dame en martelant le sol de sa canne. Eh bien ? Quel est le problème ? Elle adore la mer autant que toi, et elle semble t'être très attachée.

— C'est une enfant ! lâcha Drake.

— Elle aura dix-neuf ans le mois prochain. À son âge, j'étais déjà mariée depuis deux ans. Et ta mère était née.

— C'était il y a longtemps. Les choses sont différentes, de nos jours.

Il savait à peine ce qu'il disait tant la suggestion de sa grand-mère le perturbait. Tout le monde était-il devenu fou ? C'était l'impression qu'il avait depuis l'arrivée de ses invités. Il avait été complètement déconcerté lorsqu'il avait entendu deux de ses vieux amis, Raybourne et Gainsforth, s'extasier sur les charmes d'une certaine jeune femme. Il avait supposé qu'il s'agissait d'une jeune personne des environs. Et lorsqu'il avait découvert que c'était de Payton qu'il était question, il avait eu de la peine à le croire. Il savait que Raybourne était un chaud lapin, mais de là à convoiter une enfant…

Persuadé que ses amis avaient perdu l'esprit, Drake s'était arrangé pour qu'on leur attribue une nouvelle chambre, à l'opposé de celles des Dixon, à tout hasard.

Cela dit, lui aussi s'était aperçu que ce n'était plus une enfant. Ses frères avaient beau la traiter comme telle, une personne au moins dans la famille – Georgiana, sans doute – avait remarqué qu'elle avait grandi et l'avait poussée à s'habiller en jeune fille. En vérité, Payton Dixon en corset était bien différente de la Payton en veste et pantalon qu'il connaissait depuis toujours. Elle n'avait plus rien d'une gamine, il en avait eu la preuve lorsqu'il était intervenu dans la bagarre avec son frère. Ce que l'altercation avait dérangé était bel et bien des seins de femme, de *jeune* femme, mais de femme, indiscutablement.

Quand, se demanda-t-il pour la centième fois depuis l'incident, la poitrine de Payton s'était-elle transformée ?

— Les choses n'étaient pas si différentes, à l'époque.

La voix de sa grand-mère le tira de ses réflexions.

— Dix-neuf ans est un âge tout à fait raisonnable pour se marier. Je ne vois pas pourquoi tu la trouves trop jeune.

Drake s'ébroua. Ce n'était pas bien de penser à Payton de cette manière. Elle était la petite sœur de ses meilleurs amis, et une invitée dans sa demeure. Il la protégerait de toutes les avances, dût-il reléguer Raybourne et Gainsforth dans la lingerie !

— Cette discussion est sans objet, décréta-t-il un peu plus sèchement qu'il ne l'aurait souhaité. J'épouse Becky Whitby demain et, pardonnez-moi, grand-mère, mais je ne me soucie guère de votre opinion sur le sujet. Après la cérémonie, je vous assure que vous ne nous reverrez jamais plus ni l'un ni l'autre.

Lady Bisson baissa son face-à-main.

— Je vois, fit-elle, mortifiée. Ainsi, ce qui est dit est dit, n'est-ce pas ?

Drake se détourna. Le soleil déclinait rapidement, il serait bientôt temps de rejoindre ses invités pour le dîner.

— En effet.

— C'est ce que nous verrons ! déclara-t-elle d'une voix ferme, puis, redressant la tête d'un air hautain, elle se dirigea vers la porte.

Drake la suivit du regard. Il n'aurait pu dire qu'il aimait sa grand-mère, mais il la respectait. Par bien des côtés, elle était aussi butée que lui.

Mais elle n'avait pas la moindre idée de ce à quoi elle s'attaquait.

Et lui, qui le savait, savait aussi que tout combat était futile.

Il jeta un dernier coup d'œil au bassin – les cygnes avaient disparu ; avec un peu de chance, ils s'étaient étouffés en avalant son cigare – , et il haussa les épaules. Il était temps de retrouver ses invités.

Et sa fiancée.

4

— Oh, non ! gémit le voisin de droite de Payton en découvrant qu'on lui avait assigné la place près d'elle.

— Pas *toi* ! renchérit celui de gauche.

— Pas question, grinça Payton. Je refuse de m'asseoir entre vous ! C'est injuste.

— *Tu* trouves ça injuste ? rétorqua furieusement Hudson qui parcourait la salle à manger du regard. Il y a quantité de jolies femmes à cette réception, et nous nous retrouvons à côté de notre *sœur* ? Tu crois que ça nous plaît ?

— Mais à quoi a pensé Drake ? fit Raleigh en lançant un coup d'œil meurtrier à leur hôte. Ce doit être une erreur. Vite, voyons si nous pouvons changer…

Mais déjà les gens s'installaient, il était trop tard. Assise à la droite de Hudson, Lady Bisson leur avait glissé un étrange regard tandis son petit-fils l'aidait à s'installer. Ce regard aurait pu être dirigé sur la seule Payton, déjà fort embarrassée d'avoir admis qu'elle n'aimait pas la future épouse. Les deux frères le prirent pour eux et se hâtèrent de s'asseoir.

— Eh bien, marmonna Hudson en dépliant sa serviette, charmant accueil.

— En effet, approuva Raleigh. Payton, tâche de ne pas nous embarrasser, cette fois.

— *Moi ?* Quand l'ai-je jamais fait ?

— Voyons, dit Hudson qui feignit de réfléchir. Une fois, à Canton tu as planté ta fourchette dans la main d'un serveur.

— Il le méritait, se défendit la jeune fille. Il avait tenté de voler le portefeuille de Drake. Et puis, ce n'était pas une fourchette mais des baguettes.

— Et l'année où tu as refusé de manger tout ce qui était jaune ?

— Dois-je te rappeler que j'avais huit ans, à l'époque ?

— Nous étions aux Caraïbes, pour l'amour du Ciel ! Toute la nourriture est jaune, là-bas !

— Ne vous inquiétez pas, je ne vous embarrasserai pas ce soir. Je suis certaine que c'est la raison pour laquelle Drake m'a placée entre vous. Il a peur que je crève les yeux du maître d'hôtel avec ma fourchette à poisson.

— Sûrement, grimaça Raleigh. Encore plus que de nous voir traîner autour de ses cousines, hein, Hudson ?

Ils échangèrent un regard entendu par-dessus la tête de leur sœur.

Payton leva les yeux au ciel. Elle n'en voulait pas à Drake de l'avoir placée entre ses frères, qui étaient d'incorrigibles amateurs de femmes. D'autant que ses nombreuses jolies cousines étaient présentes. Mais elle doutait que ce fût là la seule raison. Il était plus probable que Connor Drake la considérait comme une petite fille et estimait qu'il lui fallait un adulte près d'elle. S'attendait-il qu'elle se lève pour jeter des boulettes de pain pendant le repas ? S'il y avait eu une table réservée aux enfants, elle s'y serait sans doute retrouvée !

Du reste, il était normal qu'il la considère comme une gamine, vu qu'elle se comportait comme telle. Pas plus tard que cet après-midi, elle se bagarrait avec Raleigh. Sans parler de cette déclaration intempestive qu'elle avait faite à sa grand-mère. Raconter qu'elle détestait la fiancée… Mais comment aurait-elle su qu'ils étaient parents ? Évidemment, elle aurait dû le deviner, entre les questions que posait la vieille dame, et son regard perçant, si semblable à celui de Drake.

Bien sûr qu'il la considérait comme une enfant ! Elle ne se conduisait jamais en adulte.

Elle s'agita sur sa chaise, contrariée. Georgiana pouvait bien lui faire porter tous les corsets du monde, jamais personne ne la prendrait pour une femme, avec un corps de femme, et un cœur de femme.

Découragée, elle se tassa sur son siège et risqua un regard vers le haut bout de la table où Drake s'était levé, une coupe de champagne à la main. Elle était assise non loin, car ses frères, en tant que témoins, faisaient partie des convives d'honneur.

Elle s'aperçut que les rides remarquées en fin d'après-midi n'avaient pas disparu ; au contraire, la lumière des chandeliers les accentuait. Il semblait plus que jamais contrarié ! Mais c'était sans doute normal. Tous les hommes étaient nerveux, la veille de leur mariage. Elle se rappelait que Ross avait vomi à plusieurs reprises. Encore que ce devait être plutôt dû au rhum qu'il avait ingurgité sans compter.

— Votre attention, s'il vous plaît, commença Drake de sa voix chaude et grave.

Les quelque cinquante personnes réunies autour de la table se turent et se tournèrent vers leur hôte. Il esquissa un sourire assez peu convaincant. Payton l'avait vu s'adresser à des indigènes hostiles plus chaleureusement.

Cela dit, ce devait être éprouvant d'être ainsi flanqué de sa fiancée et de sa grand-mère. Mlle Whitby arborait un petit sourire que Payton trouva triomphant. Quant à Lady Bisson, elle fronçait les sourcils, d'agacement semblait-il, parce que les domestiques ne servaient pas le champagne assez vite à son gré.

— J'aimerais tous vous remercier de vous joindre à moi pour cette occasion, poursuivait Drake. Je sais que certains d'entre vous viennent de loin...

— Oui ! s'exclama le père de Payton, d'humeur joviale. Toute cette route depuis Londres !

Il donna un coup de coude à Georgiana, qui avait la malchance de se trouver à côté de lui.

— Depuis Londres, n'est-ce pas, ma chère ?

— En effet, reprit Drake, solennel. Certains sont venus de Londres. Et Becky, Mlle Whitby, et moi voulons vous remercier de tout cœur d'être là pour célébrer avec nous ce qui sera, je l'espère, une très heureuse journée.

Mlle Whitby s'était joliment empourprée.

— À votre santé ! s'écria Raleigh en levant sa coupe.

— À la vôtre ! hurla Hudson.

Tout le monde leva son verre en direction des fiancés. Même Payton. Puis elle se demanda si elle allait rôtir en enfer, car elle avait prié en silence pour que Mlle Whitby meure dans son sommeil. Rapidement et sans douleur, bien sûr.

Était-ce très mal ? Oui, sûrement. Elle pria de nouveau, afin d'implorer le pardon du Seigneur.

Lorsqu'elle reposa sa coupe, elle s'aperçut qu'elle en avait avalé le contenu d'une traite.

— Ralentis, Payton, lui conseilla Raleigh, sinon tu seras pompette avant l'arrivée du consommé.

— Elle ne serait pas la seule, remarqua Hudson en envoyant un coup de coude dans les côtes de son frère. Regarde Drake.

Drake avait en effet vidé sa coupe, lui aussi. Avec un sourire un peu plus sincère, il se rassit en haussant les épaules.

Les valets se précipitèrent, et le champagne coula à flots.

Le menu était somptueux, et les vins à l'avenant, toutefois, Payton était incapable d'apprécier les talents du cuisinier de Daring Park, ou de partager la bonne humeur qui régnait autour de la table. Et elle s'en voulait terriblement. Pourquoi – et quand – lui était venue cette faiblesse intolérable pour Connor Drake ? Elle n'aurait su le dire exactement, mais le résultat était aussi limpide que les bulles du champagne qu'on lui servait constamment.

Elle aimait cet homme. Et il en épousait une autre.

Non seulement cela, mais il n'avait jamais pris la peine de regarder l'Honorable Mlle Payton Dixon !

Oh, il s'était bien montré galant à une ou deux reprises. Ainsi, cette nuit où elle s'était allongée sur le pont du *Virago* pour contempler les étoiles filantes qui se succédaient tel un feu d'artifice. Alors que tous les autres s'étaient retirés pour la nuit, et qu'elle était restée seule, Drake était soudain réapparu avec une couverture et un oreiller.

Elle avait cru, l'espace d'un instant de joie ineffable, qu'il avait l'intention de se joindre à elle. Hélas, le rêve n'avait pas duré. Il avait simplement insisté pour qu'elle se couvre et pose la tête sur l'oreiller.

Elle en avait été presque aussi émue que s'il était resté avec elle, car il s'agissait de *son* oreiller et de *sa* couverture. Ils sentaient cette odeur qu'elle avait appris à reconnaître. Lovée dans la couverture, la tête sur l'oreiller, elle s'était émerveillée du sacrifice qu'il avait consenti pour elle, car cela signifiait qu'il allait dormir sans rien sur sa dure couchette.

Certes, ses frères lui avaient précisé le lendemain qu'il était trop ivre pour s'en soucier. Ils avaient tous bu, ce soir-là, surtout Drake, et s'il avait, dans un instant d'absurde sentimentalité, prêté à Payton son oreiller et sa couverture, c'était parce qu'il ne savait plus trop ce qu'il faisait. Drake s'en était dignement défendu, mais aux yeux de Payton cela n'avait pas d'importance. Ivre ou sobre, il avait pensé à elle, et c'était tout ce qui comptait.

Il y avait eu d'autres moments où Drake avait prouvé sa supériorité sur tous les hommes, bien sûr. La fois où ils s'étaient retrouvés pris dans une rixe à La Havane, par exemple. Un pirate l'avait saisie par la taille et avait tenté de la jeter dans la baie. Drake l'avait tué d'une balle entre les deux yeux, avec – Payton aimait à le penser – une sauvagerie presque amoureuse.

Elle se rappelait aussi ce jour où il se remettait d'une désastreuse aventure avec une indigène – elle était mariée, et bien que son mari eût plusieurs épouses, leur union était tout de même illégale. Ivre une fois de plus, il prétendait qu'il ne trouverait jamais de femme. Payton avait alors proposé ses services s'il n'avait toujours personne quand elle serait en âge de se marier. Malgré les lazzis de ses frères, Drake lui avait galamment baisé la main en affirmant qu'il la prendrait au mot.

Cela se passait quatre ans auparavant. Elle était à présent en âge de se marier et la proposition n'était pas venue !

Parce qu'il avait déniché une épouse beaucoup plus séduisante, tout simplement.

Elle regarda Mlle Whitby, de l'autre côté de la table, et dut admettre que, sans le sou ou pas, elle ferait une épouse enviable pour n'importe quel homme. Douce, féminine, aimable, Mlle Whitby ne jurait jamais, n'avait ni poux ni taches de rousseur. Elle ne chahutait pas, ne plantait pas de baguettes dans les mains des serveurs, ne déclarait pas à une grand-mère qu'elle détestait la future épouse de son petit-fils. Elle ne savait pas non plus, Payton en était certaine, charger un pistolet, et moins encore s'en servir.

Mlle Whitby était parfaite.

Ce fut pour cette raison que Payton s'empara du ruban noué à son menu et, sans en défaire le nœud, le glissa à son poignet. Elle espérait ainsi se souvenir que l'objet de son désir était définitivement hors d'atteinte. Le capitaine Connor Drake ne l'avait jamais considérée autrement que comme la petite sœur de ses meilleurs amis. Il n'avait jamais pensé à elle en tant que femme, il épousait Mlle Becky Whitby, point final.

Plus vite elle se fourrerait cela dans le crâne, mieux cela vaudrait.

Et cela lui fut d'une grande aide. Elle le regardait chaque fois que l'un de ses frères se levait pour porter un toast à l'heureux couple, toasts qui devenaient de plus en plus égrillards à mesure que la soirée avançait. Elle le regardait chaque fois que Mlle Whitby se cachait derrière son éventail en battant des cils. Chaque fois que Drake levait son verre en même temps qu'elle, que leurs doigts se touchaient et qu'il murmurait en arborant la tête d'un homme qui monte à l'échafaud : « Je vous demande pardon. »

Elle le regardait tellement que Hudson finit par s'en apercevoir.

— Tu aimes à ce point les colifichets, Payton, pour porter le ruban du menu ?

Heureusement, personne ne l'entendit. Tout le monde parlait en même temps, mais Payton, après des années de pratique, était capable d'isoler la voix de Drake malgré le brouhaha.

Il s'entretenait avec sa fiancée et sa grand-mère. Et de quoi parlait-il, la veille de ce qui aurait dû être le plus beau jour de sa vie ? Pas de leurs projets d'avenir. Il n'expliquait pas à Lady Bisson comment il avait connu sa fiancée – il ne pouvait savoir qu'elle était déjà au courant. Non. Il leur racontait son dernier voyage aux îles Sandwich.

Payton n'en croyait pas ses oreilles. Il expliquait en détail les mœurs des indigènes comme s'il n'y avait pas de sujet plus intéressant au monde. Et il le faisait d'une voix étrange, qu'elle ne lui connaissait pas. Une voix dénuée de cette intonation si particulière qui faisait qu'elle savait toujours où il se trouvait sur un navire, quelle qu'en fût la taille.

Payton, qui connaissait un peu les indigènes des îles Sandwich, ne trouvait pas le sujet vraiment approprié à la circonstance. Il y avait tellement plus important ! Par exemple, Connor avait-il l'intention de renoncer à sa carrière de marin maintenant qu'il était baronnet ? Ou bien, pourquoi avait-il décidé d'épouser cette femme qu'il connaissait à peine, hormis le fait qu'elle eût un joli visage et une silhouette voluptueuse ?

En proie à une irritation croissante, Payton finit par l'interrompre en suggérant qu'il raconte à sa grand-mère comment les indigènes emprisonnaient toute femme soupçonnée d'acte licencieux et la forçaient, le soir, à se plier aux désirs des officiers locaux. N'était-ce pas charmant ?

Ses propos réduisirent Drake au silence. Hélas, tous ceux qui se trouvaient assez près pour entendre se turent aussi. Payton, qui n'était intervenue que pour obliger Drake à reprendre sa voix normale, et non ce ton poli et détaché, cligna des yeux. Le capitaine semblait pétrifié. Lady Bisson se pencha pour examiner Payton à travers son face-à-main, comme s'il s'agissait d'un animal curieux. Georgiana avait enfoui le visage entre ses mains, tandis que Ross, Raleigh et Hudson évitaient de regarder leur sœur. Seuls son père et l'odieuse Mlle Whitby semblaient satisfaits. Sir Henry parce qu'il était fier de sa fille, quoi qu'elle dise, et Mlle Whitby parce que Payton s'était ridiculisée… une fois de plus.

Mais celle-ci n'avait pas l'intention de battre en retraite. Elle se tamponna les lèvres de sa serviette et reprit d'un ton guindé :

— C'est vrai.

Elle jeta un regard de reproche à Drake.

— Vous ne devriez pas laisser croire aux gens qu'il n'y a que des seins nus et des cascades idylliques.

Le silence qui suivit cette déclaration ne dura qu'une seconde, mais il parut interminable à Payton. Enfin Hudson, qui n'en pouvait plus, éclata d'un rire sonore, imité aussitôt par Raleigh. Bientôt, l'hilarité gagna toute la tablée – à l'exception de Mlle Whitby et de Lady Bisson.

Tout le monde riait, y compris Drake.

Pourtant, Payton n'avait pas cherché à être drôle.

Néanmoins, elle ne put s'empêcher de sourire – surtout après que Hudson lui eut flanqué une grande claque dans le dos, qui lui fit recracher une bouchée de viande sur ses genoux.

Elle prit prétexte d'aller nettoyer sa jupe pour quitter la table – à vrai dire, elle avait une envie pressante depuis un moment déjà.

Alors qu'elle redescendait l'escalier, consciente d'avoir beaucoup trop bu, une voix l'arrêta net. Baissant les yeux, elle découvrit la grand-mère de Drake au pied des marches.

— Alors, lança Lady Bisson comme si elles continuaient une conversation jamais interrompue, que comptez-vous faire ?

Payton la fixa, bouche bée. Un peu plus tôt, elle avait pris Georgiana à part pour lui raconter sa bévue avec la vieille dame.

— Ne vous inquiétez pas, avait répondu celle-ci, de manière tout à fait inattendue.

— Comment ? Je lui ai dit que je détestais la fiancée de son petit-fils, et vous voudriez que je ne m'inquiète pas ? Vous ne vous rendez pas compte de ce que j'ai fait !

— Si. Vous avez été honnête avec une femme qui ne l'était pas avec vous. Si elle décide de partager vos confidences avec Drake, ou avec Mlle Whitby, c'est son affaire. Vous pourrez toujours nier.

— Vous voulez dire *mentir* ?

— Oui, mentir. Vous faites une menteuse très convaincante, Payton, avait riposté Georgiana d'un air entendu.

Cet échange de paroles avait été presque aussi pénible que celui qu'elle avait eu avec Lady Bisson. Et voilà que la vieille dame remettait cela !

— Ce que je compte faire ? répéta-t-elle enfin.

Elle supposait que Lady Bisson faisait allusion aux malheureuses incarcérées dans les îles Sandwich.

— Je doute de pouvoir faire grand-chose, à part militer pour des réformes…

— Je ne parle pas de cela, petite sotte ! s'impatienta Lady Bisson en frappant le sol de sa canne. Mais de mon petit-fils qui va épouser une femme que vous détestez.

— Oh… Eh bien, rien.

— Rien ?

Appuyée sur sa canne, Lady Bisson attendit que Payton l'eût rejointe, puis elle la regarda de haut. Drake devait tenir sa haute taille de sa grand-mère qui, en dépit de son âge, demeurait une fort imposante personne.

— Ce n'est pas la réponse que j'attendais d'une femme qui a fait je ne sais combien de fois le tour du monde.

— Je ne peux *rien* faire, se défendit Payton qui évita de hausser les épaules. Il l'a choisie. Il l'aime, ajouta-t-elle d'une voix qu'elle ne put empêcher de trembler.

— Vous croyez ? répliqua la vieille dame d'un ton glacial. Vous le croyez vraiment, mademoiselle Dixon ?

Déconcertée, Payton chercha de l'aide autour d'elle. En vain. Quelques domestiques repoussaient les armures afin de faire de la place pour le bal, et un orchestre s'accordait dans un coin du grand hall.

Qu'est-ce qui clochait chez cette femme ? Pourquoi la harcelait-elle ainsi au sujet de son petit-fils ? C'était Mlle Whitby qu'elle aurait dû assommer de questions. C'était Mlle Whitby qui allait épouser Drake.

— S'il ne l'aime pas, répondit enfin Payton, pourquoi l'épouse-t-il ?

— C'est exactement la question que je me pose, déclara Lady Bisson. Connnor est un homme indépendant, viril, dans la force de l'âge. Pourquoi se marierait-il avec une femme qu'il n'aime pas, pour laquelle il ne semble même pas éprouver d'affection ? Elle n'a vraiment rien pour elle…

— Oh, mais elle est belle ! coupa Payton.

— Sottise !

Lady Bisson prouva qu'elle n'avait nul besoin de sa canne en la brandissant dans la direction de Payton qui l'esquiva juste à temps.

— Vous êtes tout aussi jolie, et vous avez de l'argent ! reprit la vieille dame. Vingt mille livres que votre père a placées sur un compte pour le jour où vous vous marierez, d'après ce que je sais. Et cinq mille livres par an après son décès. En outre, vous hériterez de l'entreprise à part égale avec vos frères.

Payton haussa les sourcils. Lady Bisson en savait beaucoup, pour une personne qu'elle n'avait rencontrée que quelques heures plus tôt.

— Alors, poursuivit-elle, pourquoi ne vous épouse-t-il pas, *vous* ? C'est ce que j'aimerais comprendre. Pourquoi ne vous épouse-t-il pas ?

C'était précisément la question que Payton n'avait cessé de se poser de toute la soirée, aussi se contenta-t-elle de murmurer :

— Je crois que nous devrions retourner à table, madame...

— Est-ce là une réponse ? Non ! C'est à vous de jouer, à présent. Vous êtes la seule à pouvoir empêcher cela

Cette fois, c'en était trop. Payton tapa du pied sans se demander si Lady Bisson la trouverait impertinente, et rétorqua :

— Je ne ferai rien de tel ! Il ne l'épouserait pas s'il n'en avait pas envie. Et s'il la veut, je n'irai pas contre sa volonté. Je suis même prête à l'aider, en vérité.

— Seigneur ! Vous l'aimez trop pour le priver de quelque chose qu'il souhaite, c'est cela ? railla Lady Bisson.

Payton la fusilla du regard.

— À peu près, oui.

Curieusement, elle n'éprouvait aucune gêne à avouer à cette femme qu'elle aimait son petit-fils. Cela lui semblait normal, c'était un fait.

— Quel esprit de sacrifice, ma chère, commenta Lady Bisson, toujours aussi sarcastique. Vous êtes stupide, vous savez. Vous sacrifier ne servira à rien, et surtout pas à avoir l'homme que vous aimez.

Payton ne se laissa pas désarçonner.

— Puisque l'homme que j'aime ne veut pas de moi, le sujet est clos, non ?

— Oh, je vois. Vous ne le voulez que s'il vous veut, c'est cela ? Ignorez-vous que, la plupart du temps, les hommes ne savent ce qu'ils veulent que lorsqu'il est trop tard ?

— Que savez-vous de Drake ?

Payton était consciente de se montrer grossière, mais elle s'en moquait.

— Vous avez toujours préféré son frère !

— Évidemment ! Richard était à la maison, lui. Je n'ai jamais eu l'occasion de connaître Connor. Il a quitté la demeure familiale à peine adolescent, et depuis, il passe sa vie en mer. Mais c'est un homme, à présent, et il se trouve que je sais une ou deux choses sur les hommes... En tout cas bien plus que vous, en dépit du temps que vous avez passé à naviguer avec eux. Or je vous assure, mademoiselle Dixon, qu'il ne veut pas de cette femme. L'épouser le rendra malheureux, et si vous l'aimez autant que vous le prétendez, alors vous ferez en sorte que cette parodie de mariage n'ait pas lieu.

Payton ne savait absolument pas quoi répondre à cette déclaration extravagante. Lady Bisson avait visiblement perdu la tête. Car elle ne se sentait pas plus capable d'empêcher le mariage de Drake avec Mlle Whitby que d'arrêter la course du soleil !

Dieu merci, elle fut dispensée de répliquer, car les portes de la salle à manger s'ouvrirent soudain sur leur sujet de conversation en personne.

— Ah, grand-mère ! s'écria-t-il. Vous voilà. Revenez à table, s'il vous plaît. Ross Dixon va prononcer un discours. Il assure que c'est extrêmement important, et que vous devez l'entendre.

Lady Bisson jeta un dernier regard désapprobateur à Payton, avant de se diriger vers la salle à manger. Drake, qui avait attendu Payton à la porte, se pencha pour lui murmurer à l'oreille :

— Je suis désolé. Elle vous a tarabustée ?

Troublée de le sentir si proche, Payton se contenta de hocher la tête.

— C'est bien ce que je craignais, soupira-t-il en lui prenant le coude afin de l'accompagner à sa chaise. Il faut lui pardonner. Elle a été bouleversée par la mort de Richard. Elle n'est pas encore remise. J'aurais dû attendre avant…

Il ne termina pas sa phrase, mais Payton devina qu'il faisait allusion à son mariage précipité.

Ils étaient arrivés à la table, et Drake reprit :

— Enfin, on n'y peut plus rien, n'est-ce pas ?

Payton ne voulait certes pas provoquer de scène, mais elle était suffisamment irritée – et éméchée, à vrai dire – pour risquer d'une voix mal assurée :

— Pourquoi ? Je ne comprends pas, Drake. Pourquoi êtes-vous si pressé de vous marier ?

Il lui tapota le bout du nez. Cette fois, son sourire n'avait rien de forcé.

— Ne vous tracassez pas pour ça, Payton. Ah regardez, votre frère va porter un toast.

Elle avait envie de crier qu'elle s'en fichait, que Ross pouvait bien renverser le verre sur sa tête au lieu de le lever vers les fiancés… quand elle s'aperçut que Mlle Whitby la fixait. Elle avait les yeux aussi bleus que son futur mari, mais ils étaient dépourvus de toute chaleur. En cet instant, même, le regard de Mlle Whitby était de glace, sans doute parce que Drake avait posé la main sur une autre… Sur le nez, au nom du Ciel ! Cet homme ne cessait de lui pincer le nez comme si elle avait quatre ans !

Mais, manifestement, Mlle Whitby ne semblait pas faire la différence, car le coup d'œil qu'elle adressa à Payton était rien moins que venimeux.

— Votre attention, s'il vous plaît !

Ross s'était levé et il tapait sur son verre avec une cuillère. Il était tellement ivre qu'il oscillait dangereusement. Georgiana le dévisageait avec appréhension, comme si elle s'attendait qu'il s'effondre sur elle à tout moment.

— Votre attention, s'il vous plaît ! répéta-t-il.

Les dîneurs se tournèrent vers lui. Excepté Mlle Whitby, qui garda les yeux rivés sur Payton.

— Merci. Je voudrais profiter de cette occasion pour dire au nom de mes frères et au mien… oh, et de mon père…

— Et de Payton, coupa Raleigh.

— Oui, et de ma sœur. Au nom de tous les Dixon, nous…

— Non, non, non !

Sir Henry, un peu moins saoul que ses enfants, tira sur la queue de pie de son fils aîné avec assez de vigueur pour le contraindre à se rasseoir.

— Ça ne va pas du tout. Laisse-moi faire.

Sir Henry prit le verre des mains de son fils, médusé, et se leva afin de porter lui-même le toast.

— Il y a un peu moins de quinze ans, commença-t-il avec un salut solennel en direction de Drake qui avait repris sa place et le contemplait avec affection, un gamin frêle est venu me demander du travail. J'ai eu pitié de cet avorton…

Il y eut un éclat de rire général, et Sir Henry poursuivit, un peu embarrassé :

— Alors je l'ai engagé comme mousse. Depuis, il est devenu l'un des meilleurs marins que j'aie jamais connus… non, je devrais dire l'un des meilleurs *hommes* que j'aie jamais connus. Il est capable de hisser la grand-voile en un rien de temps. Plus encore, c'est un navigateur infaillible, le seul homme à ma connaissance qui ait réussi à dresser une carte de ces îlots traîtres et des récifs qui composent ce que nous appelons les Bahamas..

— C'est pourquoi nous l'aimons ! hurla Hudson d'une voix pâteuse. Pour ses sacrées cartes !

— Finalement, renchérit Raleigh dans un hoquet, nous prenons l'avantage sur ce salaud de Marcus Tyler !

— Ce sacré salaud de Marcus Tyler, rectifia son frère.

Sir Henry gratifia ses fils d'un regard irrité.

— Connor Drake est un homme que je suis fier d'employer, continua-t-il comme s'il n'avait pas été interrompu. Un homme que je serais fier d'appeler mon fils. Et pour cette raison, j'aimerais offrir au capitaine Drake une participation égale à celle de mes propres enfants chez *Dixon et Fils*...

Il y eut un hoquet de surprise général. Et les invités n'étaient pas les seuls étonnés. Drake lui-même n'en revenait pas.

Mais il n'était pas aussi stupéfait que Payton.

— En outre, en guise de remerciement pour ses années de bons et loyaux services, je prie le capitaine d'accepter le *Constant* en gage de ma gratitude. Il pourra en prendre immédiatement le commandement, puisqu'il est à quai à Portsmouth. Il attend le capitaine et son épouse pour les emmener en voyage de noces à Nassau...

Si les invités réunis autour de la table trouvèrent plutôt curieux que le propriétaire d'une compagnie maritime propose un partenariat dans son affaire à un baronnet, ainsi qu'un navire qu'il avait dix fois les moyens de s'offrir, ils n'en applaudirent pas moins chaleureusement.

Hormis, évidemment, la plus jeune des Dixon, qui était pétrifiée.

Son navire. Son père venait d'offrir au capitaine Drake – qui n'avait même pas le moindre lien de sang avec la famille – une participation dans la société. Ainsi que *son* bateau.

Pas n'importe lequel, le *Constant*, le plus récent et le plus rapide de toute la flotte Dixon. Celui qui aurait dû lui revenir de droit, celui qu'elle avait demandé cent fois au cours des derniers mois, et qui, si elle n'était née femme, aurait été à elle pour ses dix-neuf ans.

Un long moment, elle demeura immobile, abasourdie. Lorsqu'elle réussit enfin à détacher les yeux de son père, ce fut pour regarder Ross. Le traître ! Il l'avait fait. Il l'avait toujours dit, mais Payton refusait de le croire. Même quand les robes et autres colifichets avaient été livrés, elle ne l'avait pas cru. Son frère finirait par se ressaisir, elle en était sûre. Il le fallait. Payton Dixon n'était pas faite pour épouser qui que ce fût, mais pour commander le *Constant*.

Mais il l'avait fait. Il avait agi comme si elle n'existait pas, et avait donné à son ami ce qui lui revenait de droit à *elle*.

Comme elle tournait la tête en direction de cet ami, elle s'aperçut qu'il la fixait. Tout le monde le félicitait en levant son verre, mais Drake ne souriait pas. Pour la première fois, Payton eut l'impression qu'elle lisait dans ce regard d'ordinaire indéchiffrable. Et quand il desserra les lèvres pour esquisser trois mots à son intention, elle sut qu'elle ne s'était pas trompée. *Je suis désolé*, disait-il.

Mais ce n'était pas seulement du regret qu'elle avait vu dans ses yeux. C'était un sentiment qu'elle ne supportait pas… lorsqu'elle en était l'objet.

De la pitié.

C'en était trop ! Non content d'en épouser une autre, l'homme qu'elle aimait la privait de la seule chose qu'elle désirât dans la vie… en dehors de lui, évidemment. Et il avait le toupet de s'apitoyer sur elle !

Elle ne put en supporter davantage. Se levant brusquement, elle jeta sa serviette roulée en boule et quitta la table.

Elle eut toutefois le temps d'apercevoir l'expression triomphante de Mlle Whitby.

5

— Non ! répéta Payton pour la centième fois. Je ne descendrai pas. Je n'ai aucune envie de me retrouver dans la même pièce que mes frères, merci bien ! En fait, si je le pouvais, je rentrerais à Londres dès ce soir. Mais comme je suppose que vous ne m'y autoriserez pas, je me contenterai de rester ici.

Georgiana baissa les yeux sur son intraitable belle-sœur qui s'était jetée sur son lit deux heures plus tôt, et avait refusé de se lever depuis.

— Franchement, Payton, dit-elle, je comprends votre déception. Mais je pense que vous êtes trop dure avec Ross. Vous n'espériez tout de même pas qu'il vous offre un *bateau* pour votre anniversaire !

Payton lui lança un regard dégoûté.

— Pas un bateau, un navire. Eh bien, si, figurez-vous, je l'espérais ! Hudson en a eu un pour son dix-neuvième anniversaire. Et Raleigh aussi.

Elle flanqua un coup de poing rageur dans son oreiller.

— Peut-on me blâmer d'avoir pensé que, peut-être – peut-être seulement –, il y avait une justice en ce bas monde et que j'aurais également droit à un navire pour mon anniversaire ?

Georgiana secoua la tête.

— Enfin, Payton, ce n'est qu'un bateau, après tout.

— Non, ce n'est pas qu'un bateau ! C'est le *Constant*.

Comment faire comprendre à Georgiana ce que cela signifiait ?

— Après tout ce que j'ai fait pour la compagnie, je le méritais, Georgiana. Et voilà que Ross arrive et le donne à Drake. C'est *injuste* !

Georgiana s'assit près d'elle et repoussa quelques mèches de ses yeux.

— Mais, ma chérie, dit-elle doucement, les femmes ne deviennent pas capitaines de bateaux.

— Certaines, si.

— Oui, sans doute. Mais uniquement par nécessité. Et ces femmes ne sont pas… eh bien, elles ne sont pas charmantes.

— Qu'en savez-vous ? Avez-vous déjà rencontré une femme capitaine, Georgiana ?

— Ma foi, non. Mais il n'en demeure pas moins, Payton, qu'il n'est pas convenable qu'une femme parte en mer avec un équipage masculin et aucun parent pour la protéger…

— La protéger contre quoi ? s'énerva Payton. Oh, je sais à quoi vous faites allusion, Georgiana. Mais je pense qu'il serait idiot de la part d'un équipage engagé par une femme de la violer dès la haute mer. Après tout, c'est elle qui les paie, et ils ne toucheraient pas un sou après avoir fait *ça*.

— Et supposez qu'ils ne puissent pas se retenir…

Georgiana tapota nerveusement la colonne du lit de son éventail. Les discussions de ce genre, fréquentes avec Payton, la mettaient toujours mal à l'aise. Parfois, elle regrettait l'époque d'avant son mariage avec Ross, où les mots comme « bon sang » et « viol » n'étaient jamais prononcés en sa présence.

— Les hommes ne sont pas comme nous, Payton, reprit-elle. Nous pouvons nous contrôler, eux pas.

— Raison de plus pour que *nous* soyons responsables, rétorqua Payton.

Georgiana parut sceptique.

— Vous avez voyagé de par le monde, Payton. Vous avez vu des pays, des cultures dont je n'ai entendu parler qu'à travers les livres. Pensez-vous honnêtement pouvoir prendre la mer avec un équipage masculin – des marins brutaux, mal élevés – et être certaine que rien de fâcheux ne vous arrivera ?

— Oui ! Parce que je suis persuadée que les hommes dans leur ensemble sont de tristes sires, mais que pris individuellement, on peut faire appel à leur raison…

— Oh, vraiment, Payton.

— Bon, d'accord. J'en appellerai à leur raison, mais je porterai en permanence une arme chargée.

Georgiana eut un petit sourire navré.

— J'admire votre ténacité, Payton, sincèrement. Cependant, je pense qu'il vaudrait mieux que vous renonciez à cette folle idée de devenir capitaine et que vous veniez avec moi boire une coupe de champagne. Tout le monde passe une délicieuse soirée – à part Matthew Hayford qui était désolé quand je lui ai dit que vous refusiez de descendre.

— Matthew Hayford, répéta Payton, amère. J'imagine que cela vous arrangerait bien que Matthew me demande en mariage, ainsi vous seriez débarrassée de moi.

— M. Hayford est un charmant garçon, mais ce n'est pas un parti pour vous, déclara Georgiana en jouant avec les boutons de ses gants. Il n'est qu'officier, ma chérie. Il vous faut quelqu'un avec un titre, des terres. Je ne comprends pas pourquoi le capitaine n'a pas invité quelques-uns de ses pairs, ce soir. Enfin, Matthew Hayford ne possède même pas sa propre maison !

— S'il obtenait un commandement, suggéra Payton, nous pourrions vivre sur le bateau.

— Vivre sur un bateau ! Quelle idée ! Au fait, Payton, pourquoi portez-vous ce ruban ? Enlevez-moi cela tout de suite.

— Non.

— Comment ça, non ? Mais… n'est-ce pas le ruban du menu ?

— Si. Et non, je ne l'enlèverai pas. Il me sert à me souvenir.

— À vous souvenir de quoi ?

Payton roula sur le dos et s'empara d'un oreiller qu'elle se plaqua sur le visage.

— Je n'ai pas envie d'en parler, dit-elle d'une voix étouffée.

Georgiana leva les yeux au ciel.

— Je ne sais pas à quoi pensait le capitaine quand il vous a placée entre vos frères. Je lui avais pourtant demandé de vous mettre entre le capitaine Gainsforth et M. Raybourne. Ce sont d'excellents partis, et cela vous aurait donné un aperçu de ce que serait la saison à Londres. Mais non, il vous a coincée entre vos frères. Et en plus, ils vous ont laissée vous enivrer ! Quoique vous pensiez, Payton, vous n'êtes pas un homme, vous ne tenez pas l'alcool aussi bien que vos frères.

Payton souleva un coin de l'oreiller.

— Je ne suis pas ivre.

— Quand nous serons à Londres pour votre entrée dans le monde, Payton, il faudra vous rappeler que les soirées mondaines ne sont pas des concours de boisson. Vous ne devrez pas essayer de faire boire vos chevaliers servants jusqu'à ce qu'ils roulent sous la table, c'est compris ? Seigneur, je retire ce que je viens de dire sur le fait que le capitaine n'ait pas invité ses pairs. Nous n'avons certes pas besoin que des gens aillent colporter des ragots sur votre compte dans la capitale… Je suppose, de toute façon, que sitôt après le décès de son frère, il aurait été de mauvais goût de célébrer le mariage en grande pompe. Et même si Richard n'était pas mort, il aurait été choquant de…

— Pourquoi ?

On frappa à la porte, et, sans attendre la réponse, Ross passa la tête dans l'entrebâillement.

— Ah, vous êtes là, fit-il en voyant son épouse.

Il ouvrit davantage, révélant une chemise tachée de brun.

— Bien fait pour toi, espèce de traître ! lança Payton en se redressant.

— Ross ! s'écria Georgiana. Que vous est-il arrivé ?

— Rien de grave, répondit-il en se débarrassant de sa veste. Hudson m'a lancé un bol de crème au chocolat. Je crois qu'il visait Raleigh, mais je me trouvais dans sa ligne de mire.

— Seigneur !

Georgiana se précipita pour aider son mari à ôter sa chemise.

— Franchement, Ross, reprit-elle, contrariée, vous devriez leur parler. Ils vont gâcher les chances de Payton de trouver un mari convenable, avec leurs pitreries. Il faut faire quelque chose.

— J'y ai déjà réfléchi, dit Ross tandis que Georgiana déboutonnait son plastron. Je vais les envoyer en Extrême-Orient. À leur retour, Payton sera fiancée.

— Quoi ?

Payton se leva d'un bond.

— Qu'est-ce que tu racontes ? Tu m'as promis que je participerais au prochain voyage en Extrême-Orient. D'abord tu me prives de mon navire, et maintenant de la traversée ?

Ross lui lança un coup d'œil par-dessus son épaule.

— Cela n'a jamais été ton navire, répliqua-t-il calmement. Je ne sais pas d'où tu tiens cela. Quant à l'Extrême-Orient, tu ne peux pas y aller. Georgiana affirme que tu dois demeurer à Londres jusqu'à ce que tu aies trouvé un mari.

— Pour la dernière fois, je ne veux *pas* de mari ! hurla Payton.

— Payton, chérie, ne criez pas ainsi, intervint Georgiana. Nous en avons déjà parlé. Vous allez rester à Londres avec moi, et nous vous trouverons un charmant vicomte. Peut-être même un duc, avec un peu de chance.

— Je ne veux pas d'un duc ! décréta Payton. Je veux… je veux…

Elle s'interrompit, sidérée. Seigneur, que lui arrivait-il ? Elle avait failli se trahir – et devant son frère, en plus !

— Je sais ce que vous voulez, murmura Georgiana. Mais vous ne pouvez l'avoir.

— Pourquoi ?

— Vous le savez, chérie. C'est la raison pour laquelle nous sommes ici.

— Mais c'est justement ce que je ne comprends pas, fit Payton, qui secoua si vigoureusement la tête que ses peignes tombèrent. Pourquoi l'épouse-t-il ?

— Vous parlez de Drake, toutes les deux ? s'enquit Ross, curieux.

— Oui ! répondit son épouse, exaspérée.

Presque simultanément, Payton cria :

— Non !

— Il me semblait que la raison de leur mariage crevait les yeux, non ? ricana Ross.

— Ross, fit Georgiana d'un ton d'avertissement.

— Non, intervint Payton. J'aimerais entendre la suite. Pourquoi l'épouse-t-il, Ross ? Parce qu'elle est belle ? Ou gentille ? Parce qu'elle dit toujours « oui, mon chéri », ou « comme vous voudrez, mon chéri » ? J'aimerais savoir ce qu'il y a d'admirable là-dedans ! Si vous voulez mon avis, ce doit être sacrément ennuyeux !

— Ça n'a rien à voir avec tout ça, lâcha son frère, écœuré. Il est évident que c'est parce que…

— Ross ! s'exclama Georgiana, la main sur la gorge.

— … elle porte son moutard, conclut-il néanmoins.

Payton cligna des yeux. Elle avait sûrement mal entendu. Il avait dû dire « mouton ».

Mais cela n'avait aucun sens. Pourquoi Mlle Whitby porterait-elle le mouton de Drake ? Non, il avait bien dit « moutard ».

Pourtant, cela n'avait pas davantage de sens.

— Un moutard ? répéta-t-elle.

Georgiana fusilla son mari du regard.

— Vraiment, Ross ! Je vous avais prié de ne pas…

— Pourquoi ne le saurait-elle pas ? coupa son mari en haussant les épaules. Elle a dix-neuf ans, que diable ! Et si vous voulez la mettre sur le marché du mariage, il vaudrait sacrément mieux qu'elle apprenne comment ces choses-là fonctionnent. Du reste, ce n'est pas comme si elle ignorait tout de la vie, Mei-Ling a été un bon professeur. Pas vrai, Payton ?

Cette dernière était trop éberluée pour répondre, aussi Ross poursuivit-il :

— Vous vous rappelez ce qui s'est passé au petit déjeuner, le matin de notre mariage, Georgie ? Payton a impressionné vos sœurs en leur racontant que si elles prenaient une éponge, qu'elles la coupent et qu'elles la trempent dans je ne sais quelle potion avant de l'insérer dans leur…

— *Ross !*

Georgiana était écarlate.

Ross sourit à sa petite sœur.

— Dommage que tu n'aies pas partagé tes connaissances avec Mlle Whitby, hein, Payton ?

— Enfin, Ross ! le tança Georgiana, avant de se tourner, inquiète, vers sa belle-sœur. Ça va, Payton ?

Indigné par le regard furibond de sa femme, Ross protesta.

— Mais, bon sang, qu'est-ce que j'ai fait ? C'est *Drake* qui n'a pas su se tenir correctement, pas *moi* !

Payton avait soudain horriblement chaud. Certes, on était en été, mais jusqu'à présent, elle avait trouvé la maison très fraîche. Il lui semblait tout à coup que les murs se refermaient sur elle, que la langouste lui remontait à la gorge.

— Tu veux dire… tu veux dire que Mlle Whitby…

Elle s'interrompit et se tourna vers sa belle sœur. Compatissante, celle-ci s'approcha d'elle et la prit dans ses bras.

— Je suis désolée, ma chérie. Je leur avais fait promettre de ne pas en parler devant vous. Ce n'est vraiment pas le genre de chose qu'une jeune fille de votre âge devrait savoir. Mais je ne m'étais pas rendu compte à quel point vous… Je sais à présent qu'il vaut mieux que vous soyez au courant. Cela ne vous rendra pas la vie plus facile, mais au moins, vous saurez pourquoi…

Par chance, Ross se tenait derrière son épouse, en bonne position pour observer le visage de sa sœur. Il avait suffisamment voyagé avec elle, dans toutes les circonstances possibles, pour connaître ses expressions par cœur, et celle-ci ne lui était que trop familière.

En un clin d'œil il sortit la cuvette de son meuble et se précipita vers Payton, à l'instant où elle restituait son souper, ainsi que tout le champagne qu'elle avait ingurgité.

6

Bien plus tard, assise dans l'embrasure de la fenêtre de sa chambre, Payton contemplait le jardin empli d'ombres.

Elle s'en voulait toujours d'avoir réagi comme elle l'avait fait aux paroles de son frère. Franchement, parfois, elle se comportait comme un bébé. Pas étonnant que Ross ne lui eût pas confié le commandement du *Constant*. Elle n'avait pas fait montre d'une grande dignité, c'était le moins qu'on pût dire! Certes, elle n'avait pas lancé des objets, ni brisé des vitres comme l'auraient fait ses aînés, mais elle était allée dans sa chambre pour *bouder*. Bouder était presque aussi méprisable que s'évanouir! Les femmes adultes de boudaient pas. Elles exprimaient leur déception en étant distantes, mais elles ne boudaient jamais.

Et elles ne vomissaient pas lorsqu'elles apprenaient qu'un homme qu'elles admiraient avait fait un bébé à une autre.

Pas une minute elle n'avait imaginé que ce pût être là la raison du mariage de Drake. Quelle naïveté! Mais jamais elle n'aurait pensé cela de Drake. Non qu'elle doutât de sa virilité. Elle savait parfaitement où ses frères et lui disparaissaient lorsqu'ils acccostaient après un long séjour en mer.

Toutefois, c'était une chose de fréquenter les maisons closes, une autre de faire l'amour à une femme qui dormait dans la chambre voisine...

Et Mlle Whitby ? Payton l'avait méprisée pratiquement au premier regard, à cause de sa mièvrerie, de sa fadeur, de son air de merlan frit.

Or, elle n'était pas douce du tout, et moins encore insipide. Elle savait ce qu'elle voulait et elle l'avait obtenu, de la façon la plus perverse, la plus sournoise qui fût – du moins aux yeux de Payton.

Tout s'éclairait, à présent, et elle se demandait comment elle avait pu être aussi aveugle. Sans doute parce qu'elle était totalement ignorante de ces choses. Oh, en théorie, elle savait comment on faisait l'amour – difficile de l'ignorer après tout ce temps passé en compagnie de marins – et, grâce à Mei-Ling, elle savait aussi comment éviter d'être enceinte.

Mais elle n'avait encore jamais eu l'occasion de passer à l'acte. Du reste, il y a seulement quelques mois, on la prenait pour un garçon la plupart du temps. Personne ne risquait donc de la courtiser

Mais s'il s'était passé des choses derrière son dos, elle ne pouvait s'en prendre qu'à elle-même ! N'était-ce pas elle qui avait invité Mlle Whitby à résider chez eux ? Ils avaient vécu sous le même toit pendant des semaines, et pas une seconde elle ne s'était doutée de ce qui se tramait la nuit derrière les portes closes. Elle avait toujours eu un sommeil très lourd. Drake et ses frères auraient bien pu recevoir des douzaines de prostituées qu'elle ne s'en serait pas aperçue.

Et comment aurait-elle pu deviner quoi que ce fût ? Personne ne s'était jamais glissé dans sa chambre la nuit. Personne n'avait même essayé !

Pourquoi l'aurait-on fait ? Elle était si laide, si peu féminine ! Qui voudrait d'elle ?

Elle s'en était plainte un peu plus tôt auprès de Georgiana qui lui bassinait les tempes et essayait de l'extirper de son corset.

— Là, là, avait répondu la jeune femme, apaisante. C'est faux. Beaucoup d'hommes vous désireront. Des quantités !

Le problème, c'est que Payton ne voulait pas de quantités d'hommes. Elle en voulait un seul. Et il allait se marier le lendemain.

Alors pourquoi voulait-elle encore de lui ? Comment pouvait-elle désirer ce débauché ?

Sans doute parce que, envers et contre tout, elle ne parvenait pas à croire le capitaine Connor Drake capable d'avoir commis un acte aussi vil que celui dont Ross l'accusait. Faire un enfant à une pauvre orpheline ? Connor Drake ? Impossible ! Même si cette orpheline avait au moins vingt-cinq ans, des cheveux couleur de flamme et une silhouette sur laquelle les hommes se retournaient dans la rue. Connor Drake n'était pas du genre à abuser d'une femme. Jamais il ne se comporterait ainsi ! Jamais !

— Il n'a pas pu faire une telle chose, avait affirmé Payton à sa belle-sœur qui l'encourageait à se coucher. Ce n'est pas vrai.

Elle s'était ensuite adressée à son frère qui venait d'entrer avec un bol de tisane.

— Est-ce qu'il te l'a dit lui-même ?

Ross avait secoué la tête. Il était quelque peu perdu et avait décidé qu'il était inutile de chercher à comprendre.

— Tu me demandes si Drake m'a dit qu'il avait mis Becky Whitby enceinte ? Eh bien, pas précisément. Mais, bon sang, pourquoi l'épouserait-il, dans ce cas ?

Payton avait ignoré la question.

— Il ne l'a pas fait, je le *sais*.

Georgiana avait soufflé la bougie sur la table de nuit.

— D'accord, Payton. D'accord. Buvez ceci, et dormez. Vous avez eu une soirée éprouvante, vous vous sentirez mieux demain.

Ils étaient sortis, et Payton avait entendu, derrière la porte close, son frère chuchoter :

— Qu'est-ce qui lui arrive ? Je ne l'ai jamais vue dans cet état. Pas même le jour où ce sacré pirate de

La Fond s'était glissé à bord pour trancher la gorge de Drake...

— C'est votre faute! avait répliqué Georgiana, furieuse. La vôtre et celle de vos frères. Ils l'ont poussée à boire plus que de raison, et ensuite vous lui avez raconté ces histoires sur Drake, alors que je vous l'avais interdit.

— Hum! Je ne vois pas ce que ça peut lui faire. Laissons donc Drake épouser cette petite garce. Il regrettera bien vite de ne pas avoir attendu de trouver la perle rare, comme moi...

Il y avait eu un petit bruit de tape, suivi de :

— Non! Je suis sérieuse, Ross. Lâchez-moi. Je suis très en colère contre vous, pour l'instant...

— Sommes-nous obligés de retourner à cette satanée soirée? avait demandé Ross. J'ai en tête autre chose de beaucoup plus agréable...

Leurs voix se fondirent en murmures et rires étouffés, puis Payton entendit la porte de leur chambre se refermer.

Malgré leurs disputes incessantes, elle avait la conviction que son frère et sa belle-sœur s'aimaient profondément. Et elle était tout aussi certaine que Drake et elle auraient aussi pu être heureux ensemble, si l'on oubliait deux détails : le fait qu'il ne semblât pas conscient de son existence...

Et, bien sûr, Mlle Becky Whitby.

Il était plus de minuit, et Payton ne parvenait pas à trouver le sommeil. Elle entendait la musique, les rires, des bruits de verre brisé – sans doute par Hudson et Raleigh -, et se demandait dans combien de temps le silence reviendrait. La cérémonie était prévue à 10 heures, le lendemain.

Dans moins de dix heures, Connor Drake serait marié!

Et comment réagissait-elle? Elle boudait dans son lit. Elle *boudait*.

Mais qu'était-elle censée faire d'autre ? Descendre et se jeter à son cou ? Même si elle ne croyait pas à cette histoire de bébé, il avait forcément une raison pour épouser Mlle Whitby. Et une sacrément bonne, même ! Connor n'était pas du genre à agir sans réfléchir, c'était entre autres ce qui faisait de lui un si bon navigateur. Ses frères l'accusaient en riant d'être trop méthodique, voire laborieux, mais jamais il n'avait mené son navire sur un récif, même dans les régions où ils pullulaient. Aussi, quel que fût le motif pour lequel il épousait Becky Whitby, il savait ce qu'il faisait. Payton n'en doutait pas.

Contrairement à sa grand-mère. Qu'avait-elle déclaré, dans l'escalier ? Qu'elle était la seule capable de l'arrêter ? De toute évidence, Lady Bisson n'était pas au courant, pour le bébé – si tant est qu'il existât. Si elle l'avait été, elle n'aurait certes pas reproché à son petit-fils d'agir noblement. Connor Drake n'était pas de ces hommes qui utilisent les femmes puis les rejettent ensuite sans se soucier des conséquences S'il avait fait un enfant à Becky Whitby, alors il l'épouserait. Il n'essaierait pas de se débarrasser d'elle en lui offrant de l'argent, et moins encore de l'abandonner. C'était un vrai gentilhomme.

C'est parce qu'elle en avait assez de se tourner et de se retourner dans son lit que Payton était allée à la fenêtre. Elle avait besoin de respirer un peu d'air frais.

Le menton dans les mains, elle laissait son regard errer sur le jardin en songeant combien Becky Whitby avait de la chance d'épouser Connor Drake et de vivre dans une aussi belle demeure, alors qu'elle-même venait de perdre en une seule soirée le navire dont elle rêvait *et* l'homme qu'elle aimait.

La vie était sacrément injuste, parfois !

Combien de temps Payton serait-elle restée là, à se morfondre sur son sort ? Elle l'ignorait. Sans doute pas très longtemps. Elle était de nature optimiste et n'aurait pas tardé à battre la mesure du pied tout en rêvant que ses prières soient exaucées et que l'odieuse Mlle Whitby meure dans la nuit. Drake, le cœur brisé, serait incapable de reprendre la mer. Généreuse, elle lui proposerait alors de le débarrasser du *Constant*. Puis, au bout d'un an ou deux, quand son chagrin…

Payton nageait dans ses rêves exquis quand elle sentit, mêlée à celle du chèvrefeuille, une odeur de cigare. Ceux que fumait Drake.

S'agrippant des deux mains au rebord de la fenêtre, elle se pencha, et aperçut Connor qui sortait de sous le couvert d'un arbre. Silhouette solitaire, les mains dans les poches, un fin nuage de fumée dans son sillage, il remontait l'allée. Il semblait perdu dans ses pensées – des pensées qui ne devaient pas être très agréables à en juger par ses épaules voûtées.

Mais de quel droit était-il malheureux ? En deux mois, il avait acquis un titre de noblesse, une ravissante épouse et un navire bien à lui. Tandis qu'elle, elle avait… quoi ?

Rien. Absolument rien.

Comment osait-il errer ainsi, l'air de ployer sous un lourd fardeau alors qu'il possédait tout ce dont un homme peut rêver ?

Sans plus réfléchir, Payton releva le bas de sa chemise de nuit, enjamba le rebord de la fenêtre et se laissa glisser le long du treillage.

Ce n'était pas vraiment un exploit, car la fenêtre n'était qu'au premier étage. Un mât de misaine était autrement plus élevé… Certes, elle n'y grimpait pas en chemise de nuit.

Bien que le treillage n'ait pas été conçu pour qu'un être humain s'y accroche, elle parvint au sol sans incident, et sans qu'aucun des invités qui dansaient derrière la porte-fenêtre la remarque.

Elle remonta le col de sa chemise de nuit, un vêtement extrêmement virginal que Georgiana lui avait offert lorsqu'elle avait appris, choquée, qu'elle avait l'habitude de dormir nue.

Regardant autour d'elle, elle repéra Drake qui s'approchait d'une petite fontaine à quelques mètres de là.

Il semblait plongé dans ses pensées. Et pourquoi pas ? Il devait songer à la vie heureuse qui l'attendait en tant qu'époux, père de famille et maître du *Constant*.

« C'est ce que nous verrons ! » se dit-elle en se dirigeant vers lui, les poings serrés.

Sa colère était telle qu'elle en oublia que Connor Drake avait passé la moitié de sa vie sur un bateau. Qu'il avait navigué dans des eaux infestées de pirates. Et qu'il n'était pas judicieux d'arriver en catimini dans le dos d'un homme accoutumé à prendre le quart dans les mers du Sud.

Si absorbé fût-il, Drake, lui, n'avait pas oublié. Lorsqu'elle lui tapa sur l'épaule, il se retourna d'un bond et, vif comme l'éclair, la saisit à la gorge.

— Bon Dieu, Drake, coassa-t-elle, ce n'est que moi !

Il la lâcha aussitôt, à la fois furieux et contrit.

— Payton ! Que faites-vous ici ? Vous êtes folle ? Je vous ai fait mal ?

Oh, oui ! Elle avait l'impression que ses doigts avaient laissé un anneau de feu autour de son cou. Se massant avec précaution, elle répondit d'une voix étranglée :

— Bon sang, qui vouliez-vous que ce soit ? Le Français qui avait projeté de vous assassiner ?

Il secoua la tête.

— Ça ne va pas du tout. Je vais faire venir un médecin.

— Un médecin ? répéta-t-elle.

Elle se remettait peu à peu. Elle se risqua prudemment à avaler sa salive, toussota. Tout semblait en ordre.

— Je n'ai pas besoin de médecin.

— Georgiana, alors. Laissez-moi appeler Georgiana.

Franchement contrariée, elle lui lança un regard noir. Elle allait se ressaisir, il lui fallait seulement un peu de temps. Et elle devrait porter une robe à col montant pour le mariage, car elle aurait certainement des ecchymoses.

— À quoi bon réveiller Georgiana ?

Il la regardait, apparemment incapable de justifier cette suggestion, mais Payton en devina la raison. Il avait lu la fureur dans ses yeux. Il tournait le dos à la lune et son visage était dans l'ombre, pourtant elle savait qu'il pensait : « Oh, non ! Pas ça. Pas maintenant. »

Il avait des soucis plus importants que la petite sœur de ses meilleurs amis. Eh bien, tant pis pour lui !

— Je suis désolé, Payton.

Elle l'affronta, les mains sur les hanches.

— Je vous l'ai dit, ça va.

— Je ne parlais pas de votre gorge, bien que je sois désolé aussi pour cela, mais du *Constant*. Je sais combien vous y teniez…

— Vous auriez pu refuser, coupa-t-elle.

— Comment l'aurais-je pu, alors qu'ils semblaient tous si contents, votre père, vos frères…

— Pas moi, il me semble !

— J'avais l'intention de le leur dire demain, expliqua-t-il. Après la cérémonie. Quand nous serons seuls, je leur annoncerai que je n'en veux pas.

Elle fut sincèrement surprise. Émue, elle se dit qu'elle ne le frapperait peut-être pas, finalement…

Elle se rendit soudain compte que tous ses sens étaient en alerte. Elle ne sentait plus le chèvrefeuille, mais lui. La fumée du cigare qui s'attardait sur ses vêtements alors même qu'il l'avait jeté dès qu'il avait compris qui elle était. La façon dont ses doigts rugueux lui avaient brûlé la peau… Sa large carrure qui l'empêchait de voir quoi que ce fût en dehors de lui…

— Et vous leur conseillerez de me le donner, à la place ? s'enquit-elle poliment.

Elle crut le voir sourire.

— Non. C'est à vous de jouer, Payton.

Elle n'en croyait pas ses oreilles.

— Pourquoi ? Si vous souhaitez y renoncer, pourquoi ne pas leur suggérer de me le confier ?

— Parce que je suis d'accord avec eux. Ce n'est pas votre rôle de commander un navire.

Ses paroles lui firent mal, bien plus que lorsqu'il avait failli l'étrangler.

— Que voulez-vous dire ? Drake, vous savez parfaitement que j'en suis capable !

— Je n'en doute pas un instant. Mais ce dont je doute, en revanche, c'est qu'un équipage vous en donne l'occasion. Vous êtes une très jeune fille, Payton...

— J'ai presque dix-neuf ans, au nom du Ciel !

— C'est bien ce que j'ai dit, rétorqua-t-il avec une pointe d'amusement. Croyez-vous vraiment que des hommes – des hommes comme vos frères, comme moi – accepteraient d'obéir à une fille de dix-neuf ans ?

— Si c'est elle qui les paie, la réponse est *oui*.

Il secoua la tête, et se permit un petit rire.

— Vous savez que vous m'avez fichu la trouille en vous faufilant comme ça derrière moi, Payton ? Vous êtes *sûre* que tout va bien ?

Il riait, à présent !

— N'essayez pas de détourner la conversation, gronda-t-elle. Vous trouvez peut-être cela très drôle, Drake, mais il s'agit de ma vie ! Si je n'obtiens pas ce bateau, je serai obligée d'épouser un duc !

Il cessa de rire.

— Quel duc ? voulut-il savoir.

Son brusque changement d'attitude la prit par surprise. Elle battit des paupières avant de répondre :

— Aucun en particulier. Pas encore. Georgiana a juste dit que je devrai épouser un duc, ou un vicomte, ou quelqu'un d'autre. Enfin, n'importe qui sauf Matthew Hayford...

— Vous souhaitez épouser Hayford ?

Il avait posé la question d'un ton pressant. Seigneur, quel était son problème ? Il était devenu particulièrement obtus depuis leur dernier entretien.

— Non, répondit-elle patiemment. Bien sûr que non. Ce que je voulais simplement dire, c'est que même si j'en avais envie, je ne le pourrais pas. Je n'ai aucune influence sur mon propre destin. Mais écoutez, Drake, j'ai une idée.

Elle en avait une, en effet, et bien meilleure que toutes celles auxquelles elle avait songé jusqu'à présent. Sa belle-sœur lui avait expliqué récemment qu'on en obtenait plus d'un homme par la douceur qu'avec ses poings. L'heure était venue de mettre cette théorie à l'épreuve.

— Au lieu de rendre le *Constant* à mes frères, pourquoi ne pas le mettre simplement à mon nom ? suggéra-t-elle d'un voix caressante.

Il secoua la tête.

— Je vous le répète, Payton, je suis du même avis que vos frères.

— Oh !

Elle se détourna, atrocement déçue. Georgiana avait tort. Elle aurait mieux fait de le frapper quand elle en avait l'occasion.

La voix grave de Drake la tira de ses sombres pensées.

— C'est une *chemise de nuit* que vous portez, Payton ?

Elle lui décocha un regard mauvais par-dessus son épaule.

— Oui, et alors ?

— Vous avez descendu l'escalier dans cette tenue ?

— Vous me prenez pour une idiote ? Bien sûr que non ! Je suis passée par la fenêtre.

Drake se laissa lourdement tomber sur le rebord de la fontaine.

— Un jour, vous vous tuerez, Payton, observa-t-il d'un ton infiniment las.

Tout à coup, elle se sentait fatiguée, elle aussi. C'était dur, cette lutte perpétuelle... Elle vint le rejoindre sur le marbre frais, un peu humide.

— J'en doute, répondit-elle. Je suis très douée pour l'escalade. Vous vous rappelez les noix de coco que je faisais tomber, quand nous avons fait naufrage sur Inagua ?

— Bien sûr, fit-il d'une voix neutre. Comment pourrais-je l'oublier ?

Payton le scruta dans la semi-pénombre. Ce n'était pas le Drake qu'elle connaissait. Il semblait plus âgé, soudain. Certes il avait dix ans de plus qu'elle, mais jamais elle ne l'avait trouvé « vieux »... du moins pas autant qu'en ce moment. Et bien qu'il ait été moins bruyant et turbulent que ses frères, jamais il ne lui avait paru triste. Comme maintenant.

Qu'est-ce qui pouvait l'attrister ainsi ? Rien. C'était sa vie à *elle* qui allait tout de travers.

— Bien, dit-elle.

La main gauche de Drake reposait à plat sur le marbre entre eux. Une main si large que la sienne y aurait entièrement disparu. Il y avait, estima-t-elle, une vingtaine de centimètres entre elle et cette main. Vingt centimètres de marbre... et l'odieuse Mlle Whitby, évidemment. Elle traça un cercle dans la buée qui couvrait ces vingt centimètres.

— Qu'y a-t-il, Payton ? s'enquit-il d'une voix douce.

Elle leva les yeux, surprise, et il sourit.

— Je vous connais. Il y a autre chose, n'est-ce pas ?

La question la prit de court. Il était normal qu'il la pose. À bord, jamais il ne l'aurait fait – elle lui avait souvent tenu compagnie quand il prenait le quart, la nuit, et jamais il ne lui avait rien demandé de semblable. Mais ils n'étaient pas en mer. Ils étaient en Angleterre. L'ennuyeuse Angleterre tellement civilisée, où les jeunes filles ne s'asseyaient pas auprès de messieurs au milieu de la nuit… ou n'importe quand, sans chaperon. En tout cas pas si Georgiana avait son mot à dire.

Alors, qu'attendait-elle de lui ? Elle avait demandé le *Constant*, il avait refusé. Pourquoi ne retournait-elle pas dans sa chambre ? Être assise ici était très inconfortable. Il était plus de minuit, et sa chemise de nuit commençait à être plus qu'humide.

— Vous avez froid, dit-il brusquement.

Avant qu'elle pût réagir, il se débarrassa de sa veste et la lui posa sur les épaules.

— Voilà, fit-il. À quoi avez-vous donc pensé en sortant sans robe de chambre ? Vous auriez au moins pu prendre un châle. Je vous en ai acheté un, en soie, à Canton. Pourquoi ne le portez-vous pas ? Vous l'avez égaré ? Vous n'êtes heureuse que lorsque vous perdez tout ce qui vous appartient ! Je vous soupçonne d'avoir un peu de sang bédouin dans les veines.

Également bouleversée par la chaleur de sa veste et par celle de sa voix, Payton s'entendit demander :

— Pourquoi, Drake ?

Les grands doigts remontaient le col de la veste.

— Pourquoi quoi ?

« Oh, Seigneur ! Tais-toi, Payton, s'ordonna-t-elle. Tais-toi ! »

Mais elle continua :

— Pourquoi l'épousez-vous ?

Elle secouait la tête et ses courtes boucles caressèrent la main de Drake.

— Je ne comprends pas, reprit-elle. Vous aviez toujours dit…

Sa voix se brisa. Que lui arrivait-il ? Elle était en train de pleurer ? Non, elle ne pleurait jamais !

— Vous aviez toujours dit que vous vous marieriez avec moi.

Elle le distinguait à peine à travers ses larmes, mais elle le sentait. Il avait pris son visage entre ses mains, et ses paumes étaient calleuses contre ses joues.

Lorsqu'il parla, sa voix était aussi enrouée que la sienne.

— Je sais.

— Vous aviez promis, fit-elle, les dents serrées.

— Je sais.

— Alors pourquoi ? *Pourquoi* l'épousez-vous, *elle* ?

Si, dix minutes plus tôt, quelqu'un lui avait dit qu'elle serait assise dans le jardin avec Connor Drake, ses mains sur son visage, elle lui aurait conseillé une bonne douche froide. Et pourtant elle était là, sous la lune, près d'une fontaine. Quelque part, un rossignol lança ses trilles pour le simple plaisir de chanter. L'odeur de Drake, si familière depuis qu'il lui avait prêté son oreiller, montait de la veste. Les mains rudes étaient chaudes sur ses joues, et tout naturellement, elle se pencha vers lui, vers ce parfum enivrant, vers cette chaleur…

Rien n'aurait pu l'étonner davantage que de le voir s'incliner aussi, comme s'il venait à sa rencontre. Et ce fut exactement ce qui se produisit. Soudain, leurs visages furent proches à se toucher.

Elle voulut reculer, embarrassée, mais Drake la tenait fermement.

Alors elle reçut du marin plus de chaleur qu'elle n'en souhaitait, car ses lèvres couvrirent les siennes. Tout simplement.

Et cela n'avait rien à voir avec ces baisers fraternels qu'il lui donnait parfois, qui tombaient au hasard sur les cheveux, ou le bout du nez. Celui-ci était carrément sur la bouche, et il fut suivi d'un autre, ouis d'un autre encore. Son haleine sentait le whisky. Il avait bu, copieusement. Curieux, elle n'avait pas remarqué qu'il était ivre…

Mais il l'était à coup sûr, sinon il ne l'embrasserait pas ainsi. Elle avait déjà vu des gens s'embrasser – Ross et Georgiana, par exemple –, et ce n'était pas pareil. Drake ne l'embrassait pas, il la dévorait littéralement. Il avait forcé la barrière de ses lèvres et l'envahissait de la langue…

Fort heureusement, Mei-Ling lui avait parlé de cette façon d'embrasser. Aussi, bien qu'elle fût étonnée que Drake s'y adonne, et plus encore avec elle, elle ne songea même pas à lui envoyer un coup de poing dans l'estomac, comme elle l'aurait fait avec n'importe quel autre homme.

Ou peut-être pas, car ce que Drake faisait était infiniment agréable. Payton n'avait pas cru Mei-Ling lorsque celle-ci lui avait assuré qu'on y prenait grand plaisir, mais à présent, elle comprenait. Ce baiser éveillait une foule de sensations en elle. Entre autres l'envie d'avoir plus que sa langue en elle. C'était d'ailleurs le but de ce genre de baiser, lui avait affirmé Mei-Ling.

La preuve, Payton avait déjà noué les bras autour du cou de Drake pour l'attirer davantage à elle, sans se soucier de la veste qui avait glissé, et dont une manche trempait dans le bassin. Elle enfouit les mains dans ses cheveux, qu'elle découvrit d'une surprenante douceur. Puis soudain, sans trop savoir comment, elle se retrouva à genoux au bord de la fontaine, sans doute parce que les mains de Drake avaient quitté son visage pour la prendre à la taille, et qu'il s'était mis debout, la plaquant contre lui.

Payton ne s'attendait pas à la réaction explosive de son corps lorsque sa poitrine rencontra le torse musclé sous le plastron amidonné. Si ce n'avait été la chaleur qui émanait de lui, elle aurait pu le confondre avec le mât de misaine d'une frégate tant il était dur.

Ainsi, c'était ça, Drake. Elle n'en fut pas particulièrement surprise. Elle connaissait assez ses frères pour savoir qu'ils étaient bien différents des femmes, et même différents les uns des autres. Ni Ross ni Raleigh n'étaient aussi fermes que Drake. Hudson, peut-être, mais, Dieu merci, elle ne s'était jamais retrouvée à ce point pressée contre lui.

L'une des mains de Drake se referma sur ses fesses, et elle sursauta, étonnée de sentir sa chaleur… à un endroit que personne d'autre qu'elle n'avait jamais touché.

Il lui baisait la gorge, à présent, là où il l'avait serrée si fort quelques minutes auparavant. Sa bouche descendait dangereusement vers l'endroit où le col de sa chemise de nuit, qu'elle n'avait pas pris la peine de fermer, bâillait. Si, un peu plus tôt, elle s'était demandé comment il avait deviné qu'elle avait froid, elle eut la réponse à l'instant où elle se retrouva plaquée contre la poitrine de Drake : l'extrémité de ses seins s'était durcie comme si la température avait brusquement chuté. Dieu, que c'était embarrassant !

Toutefois, Drake ne semblait pas s'en soucier, sans doute parce qu'il souffrait de la même maladie. La main au bas de ses reins s'était crispée, et il resserra son étreinte jusqu'à ce qu'elle sente contre son ventre un renflement dur, et beaucoup plus imposant que ce qu'elle avait imaginé.

Ça, c'était tout bonnement incroyable ! Que Connor Drake l'embrasse, c'était une chose – magique, merveilleuse –, mais *ça*… pour *elle* ? C'était impossible. Elle était Payton Dixon, et cinq minutes plus tôt, Drake la regardait à peine…

Stupéfaite par cette découverte, elle trouva tout naturel de glisser une main curieuse entre eux. Elle éprouvait l'irrépressible besoin de vérifier que ce qu'elle sentait était bien réel. Elle n'avait rien d'autre en tête, mais lorsqu'elle y repensa ensuite, elle comprit la réaction de Drake.

Cependant, elle trouva humiliant qu'il la repousse brutalement, comme si elle l'avait brûlé.

7

Elle faillit basculer dans la fontaine, et se râpa la peau contre le rebord de marbre en tentant de reprendre son équilibre.

— Oh…

Elle leva les yeux, et l'expression horrifiée de Drake lui fit l'effet d'une douche froide. Il la fixait, le souffle court, le visage aussi pâle que le marbre sous son hâle.

Payton entreprit de se masser le tibia tout en jetant à Drake un coup d'œil incertain. Elle avait de toute évidence commis une grave erreur. Apparemment, les jeunes femmes convenables ne promenaient pas leurs mains sur les pantalons des messieurs.

Bon sang de bois ! Elle le savait ! Mais n'avait-il pas posé les mains sur ses fesses ? Cela était-il convenable ? Et ce n'était pas elle qui l'avait embrassé la première !

Ce baiser… Oh, pourquoi avait-il cessé de l'embrasser ? C'était le moment le plus glorieux de toute sa vie, et elle l'avait gâché en le touchant *là*. Mei-Ling lui avait raconté une fois que certaines femmes aimaient tant faire l'amour qu'elle s'y adonnaient dès qu'elles en avaient l'occasion. Mais jamais, au grand jamais, elle ne s'était doutée qu'elle était ce genre de femme. C'était pourtant la seule explication à ce qu'elle avait fait.

Cela expliquait pas mal de choses, en fait.

Quoique se tenant à distance respectable, Drake ne la quittait pas des yeux, si bien que Payton fit une grimace bien peu féminine et lâcha :

— Je suppose que vous allez vous sentir obligé de tout raconter à Ross. Cependant, je vous serais très reconnaissante de garder ceci pour vous. La situation est déjà suffisamment embarrassante sans que j'aie en plus à subir un sermon de sa part.

Drake la regardait toujours, la respiration difficile.

— Payton…

— Oh, je sais, vous pensez que j'aurais bien besoin d'une gouvernante, ou de je ne sais quel guide, mais je vous assure que cela ne se reproduira plus jamais. Franchement, vous êtes autant à blâmer que moi. C'est vous qui avez commencé. Je ne suis pas certaine que Ross aurait envie de vous garder comme associé s'il savait que vous embrassez sa petite sœur.

C'était faux, naturellement. Si elle racontait à ses frères ce qu'avait fait Drake, soit ils ne la croiraient pas, soit ils trouveraient le moyen de l'en rendre responsable, sans doute en décrétant qu'elle n'avait pas à se balader dans le jardin en chemise de nuit à une heure du matin.

Mais inutile de le dire à Drake.

— Du reste, qu'est-ce qui vous a pris ? demanda-t-elle en effleurant ses lèvres encore humides. Vous avez peut-être oublié, mais vous vous mariez demain.

— Je sais.

Il lui tourna brusquement le dos et s'éloigna.

Une seconde, elle crut qu'elle était allée trop loin et que, dans son effort pour dissimuler son embarras, ainsi que sa déception, elle l'avait fait fuir. Elle baissait la tête, les yeux brûlants des larmes qu'elle était parvenue à retenir par sa feinte indignation, quand il revint vers elle à grandes enjambées. Apparemment, il ne s'en allait pas, il marchait de long en large, comme toujours lorsqu'il était troublé.

— Vous croyez que je l'ignore ! s'écria-t-il d'un ton si furieux qu'elle sursauta. Vous ne croyez pas que c'est exactement ce qui… Il faut que vous me pardonniez, Payton.

Ce n'était pas précisément ce à quoi elle s'était attendue. Elle avait prévu des cris, des accusations. Elle s'y était préparée.

Et voilà qu'il lui demandait pardon. Et d'une voix si pleine de mépris pour lui-même, avec une expression proche du désespoir... Dieu qu'elle avait envie de pleurer !

— Ce que j'ai fait, continua-t-il sur le même ton, était inexcusable.

Il s'approchait d'elle. Il n'osait pas croiser son regard, de crainte d'éclater en sanglots. Tête baissée, elle fixait ses souliers. Des souliers noirs, bien cirés, élégants. Et pourquoi pas ? Il était riche, maintenant.

— Regardez-moi, Payton.

Elle secoua la tête sans mot dire.

— Cela n'aurait jamais dû arriver, poursuivit-il néanmoins d'une voix dure, où perçait à présent la colère. C'était entièrement ma faute. Je ne peux qu'implorer votre pardon, et vous assurer que cela ne se reproduira jamais.

Elle se risqua enfin à relever la tête, des larmes pleins les yeux.

— Pourquoi ? articula-t-elle d'une voix brisée, bien qu'elle connût déjà la réponse.

Il ne l'embrasserait plus, car elle n'était qu'une fille facile. Les hommes n'aimaient pas les femmes qui leur couraient après, qui se jetaient à leur tête ou qui promenaient les mains sur leur pantalon. Elle avait vu l'expression de Drake quand elle l'avait touché là. Il n'avait pas paru particulièrement heureux. Surpris, certes, et autre chose qu'elle ne parvenait pas à identifier. Mais pas heureux.

— Vous savez pourquoi, répliqua-t-il brutalement. Parce que demain je me marie, et qu'ensuite... ensuite je m'en vais.

— Mais vous reviendrez.

Elle essuya les larmes qui lui avaient échappé d'un revers de main.

— Vous reviendrez, et qu'est-ce qui empêchera que cela se reproduise ? Je crois vraiment...

Il fallait qu'elle le dise.

— Je crois vraiment qu'il vaudrait mieux que vous n'épousiez pas Mlle Whitby.

— Je suis *obligé* de l'épouser, Payton. Et cela ne se reproduira plus jamais parce que nous ne nous verrons plus, vous et moi.

Elle cligna des yeux, déconcertée.

— Pourquoi ?

— Je viens de vous le dire, répondit-il avec une infinie douceur. Parce que je m'en vais. Je tiendrai le bureau de *Dixon et Fils* à Nassau. Becky et moi vivrons à New Providence...

— À New Providence ?... Vous partez pour New Providence ?

— Oui, Payton. Je pensais que vous étiez au courant.

Elle serra les poings.

— Vous épousez cette femme. Vous m'avez embrassée en sachant que vous épousiez cette femme, et que vous partiez vous installer à New Providence ?

Drake semblait un peu inquiet. Il fit même un pas en arrière.

— Payton...

— Après m'avoir embrassée comme ça, répéta-t-elle, vous vous mariez et vous allez vivre à New Providence ?

Jamais elle n'avait ressenti une pareille fureur. Si, peut-être le jour où elle avait vu des hommes battre un chien sur le port de Shangai. Peut-être.

Sa réaction en tout cas fut tout aussi vive que celle qu'elle avait eue avec ces hommes de Shangai. Elle arma son poing droit et frappa Drake au plexus de toutes ses forces. Raleigh lui avait conseillé de viser cet endroit parce que c'était douloureux pour la victime, et qu'elle ne risquait pas de se briser les os de la main.

— Voilà ce que je pense de vous, l'informa-t-elle.

Elle eut le plaisir de constater que le coup l'avait pris totalement au dépourvu. Il se plia en deux et dut s'appuyer à la fontaine pour ne pas s'effondrer.

— De vous, de New Providence et de cette satanée Mlle Whitby ! conclut-elle.

Sur ce, elle tourna les talons et se dirigea d'un pas digne vers le manoir.

8

Elle était encore à portée de voix quand Drake se redressa. Il aspira de longues goulées d'air frais et se sentit enfin capable de parler.

Cependant, il ne la rappela pas. À quoi bon ? Il avait perdu tout contrôle une fois, il ne prendrait pas le risque de recommencer.

Il la suivit du regard, petit fantôme blanc dans sa chemise de nuit agitée par la brise, qui se dirigeait non vers la fenêtre de sa chambre, ni vers l'entrée principale, mais vers l'entrée de service, à l'arrière du manoir. Pour quelqu'un qui n'était arrivé que quelques heures auparavant, elle connaissait déjà bien les lieux.

Mais c'était Payton. Elle était aussi bonne navigatrice que les autres Dixon, et elle avait un sens inné de l'orientation. Elle était capable de trouver sa route dans le brouillard, par une nuit sans lune. Elle allait rentrer sans encombre dans sa chambre.

Il avait été stupide de déménager Gainsforth et Raybourne à l'autre bout de la maison. Payton était une jeune fille qui avait de la ressource !

Il venait d'en avoir un bel exemple.

Mais, dut-il admettre en se rasseyant au bord de la fontaine, il l'avait amplement mérité, ce coup. Que lui avait-il pris ? Jamais de sa vie il n'avait agi de façon aussi irréfléchie, sans aucun scrupule. Son comportement défiait toute logique. Il connaissait Payton pratiquement depuis toujours. Il l'avait vue grandir, devenir adolescente, Et là, simplement parce qu'elle portait un corset, il avait eu envie d'elle comme si elle était une catin et lui un marin en mer depuis trop longtemps.

Ce qui n'était certes pas le cas. Il avait nombre de femmes. Pour la plupart, il savait comment se comporter avec elles. Diantre, il allait en épouser une le lendemain ! S'il voulait, il pouvait prendre Mlle Whitby de toutes les manières possibles cette nuit-même.

Mais non, il avait fallu qu'il lutine la petite sœur de ses meilleurs amis. Bravo ! Qu'allait-il faire, maintenant ? Tuer leur père, peut-être ?

Il ne savait pas quelle folie s'était emparée de lui. Toute la soirée, il avait senti la fièvre monter. Cela avait commencé, pour autant qu'il s'en souvienne, lorsqu'il avait vu Payton dans sa robe de satin blanc. Jamais son père n'aurait dû l'autoriser à la porter, jamais Ross n'aurait dû la lui offrir ! Il n'y avait pas assez de tissu pour couvrir décemment un bébé, alors une jeune fille…

Néanmoins, elle l'avait portée, cette robe, attirant sur elle tous les regards masculins… hormis ceux de ses frères. Il avait vu l'expression de ces hommes, des hommes qui, l'été précédent, n'avaient pas accordé le moindre coup d'œil à Payton Dixon quand elle se promenait en pantalon et chemise de drap. Et voilà que soudain, l'Honorable Mlle Payton Dixon devenait fort intéressante.

Avait-il le choix ? En tant qu'hôte, il se devait de protéger ses invités. Il avait ordonné à McDermott de changer les attributions de chambres et avait volontairement placé la jeune fille entre ses frères au souper. En pure perte. Tout au long du repas, les hommes l'avaient contemplée, attendant, Drake en était certain, de se trouver seuls avec elle. Il avait quitté la table la première fois qu'elle s'était excusée, afin de s'assurer qu'elle regagnait sa chambre sans être importunée. Dieu merci, son frère avait porté ce toast, sinon, elle aurait passé toute la soirée sur la piste de danse. Peut-être même serait-elle encore en train de danser avec Matthew Hayford, ou un autre jeune officier.

Et au fond, il regrettait amèrement que cela n'ait pas été le cas. Ainsi, ce qui venait d'arriver entre eux n'aurait jamais eu lieu… À vrai dire, il aurait aimé que la journée entière n'ait jamais eu lieu.

Mais, bon sang, qui avait suggéré à Payton de porter un corset ? Sa belle-sœur, vraisemblablement. Sans elle, ni lui ni les autres invités masculins de Daring Park n'auraient remarqué que Mlle Dixon était devenue une femme… et pas n'importe laquelle, la plus séduisante qu'il eût rencontrée depuis des années. Y compris à Tahiti.

Pourtant, la beauté de Payton Dixon était loin d'être conventionnelle. Selon les critères occidentaux, Becky Whitby était la plus belle des deux, avec sa silhouette élancée, sa peau d'albâtre et sa longue chevelure rousse. Le charme de Payton résidait en grande partie dans son allure, sa démarche assurée, la grâce de chacun de ses gestes. Dans son incapacité à dissimuler ses sentiments, qui se lisaient dans ses grands yeux noisette. Dans sa franchise aussi, son rejet de tout artifice, la façon dont elle s'adressait à tout le monde, qu'il s'agisse d'une simple femme de chambre ou de l'intimidante Lady Bisson. Payton Dixon pouvait être intimidée, mais elle ne se laissait jamais malmener.

Drake aurait aimé pouvoir en dire autant de sa fiancée.

Cependant, certains appréciaient les femmes telle que Becky Whitby. Seigneur, que racontait-il ? Lui-même avait énormément admiré Becky Whitby, et pas seulement pour sa beauté. Il y avait quelque chose d'indéniablement attirant chez une jeune femme aussi ouvertement incapable de prendre soin d'elle-même, et qui ne cherchait qu'une épaule masculine sur laquelle s'appuyer. Drake, de même que Hudson et Raleigh Dixon, avait été séduit par Becky Whitby. Elle avait éveillé en lui le désir de la protéger, de la garder à l'abri des dangers du monde, comme on souhaite couver un enfant.

Mais c'était avant cette maudite fièvre. Cette fièvre qui avait changé la donne. À présent, il ne pouvait s'empêcher de se demander si la faiblesse était ce qu'il attendait d'une épouse. Souhaitait-il vraiment passer le restant de ses jours auprès d'une personne qu'il devrait dorloter, protéger ? Ne serait-il pas préférable de traverser l'existence avec une femme qui soit sa partenaire, son égale ? Une amante, certes, mais aussi une amie vers laquelle il pourrait se tourner lorsqu'il aurait besoin de réconfort, ou de conseils.

Ce n'était pas, il le savait, le genre de relations que la plupart des hommes entretenaient avec leur épouse. Lui-même ne soupçonnait pas que cela pût exister... jusqu'à récemment. Les hommes se mariaient avec l'idée qu'ils devraient s'occuper de leurs femmes, tant financièrement qu'émotionnellement. Dans aucune classe de la société le mariage n'était considéré comme un partenariat. Et c'était bien ainsi, dans la plupart des cas.

Mais pas pour une femme comme Payton Dixon.

C'était une maladie. Quoi d'autre, sinon ? Il avait contracté bien des maux au cours de ses voyages, les fièvres, le paludisme, dont certains avaient bien failli le tuer. Mais celui-ci ne ressemblait à aucun autre. C'était une fièvre sourde qui s'emparait de lui chaque fois que Payton Dixon entrait dans son champ de vision. Cela défiait toute analyse. Pas un médecin au monde n'aurait pu en diagnostiquer la nature exacte, moins encore lui prescrire un remède. Il ne lui restait plus qu'à souffrir...

Et souffrir encore. En silence. Dans un silence impuissant.

Parce qu'il avait fait son lit, ou plutôt on l'avait fait pour lui, et il ne lui restait plus qu'à s'y coucher.

Or ce n'était pas aussi simple. Car au lieu de se coucher tout simplement, comme l'homme mort qu'il était – qu'il devait être pour Payton –, il l'avait embrassée.

Il aurait pu s'éloigner, la laisser là, mais non ! Pas le capitaine Connor Drake, baronnet, et tout nouvel associé de *Dixon et Fils*. Non ! Il avait fallu qu'il l'embrasse. Et inutile de chercher des excuses, d'invoquer le clair de lune, ou les larmes qui brillaient dans les yeux de Payton, elle qu'il n'avait jamais vu pleurer. Sauf une fois, quand elle avait été blessée par un guerrier portugais. En réalité, il savait parfaitement ce qu'il faisait. Tout comme il savait que jamais encore elle n'avait reçu de baisers.

Il avait aimé ça, de même qu'il avait aimé sa réaction si purement instinctive... Comment aurait-il pu en être autrement ? Payton était beaucoup trop ingénue pour feindre.

Ce n'était que lorsqu'elle avait hardiment posé la main sur son sexe en érection qu'il avait retrouvé ses esprits. Son intérêt pour *ça* était aussi spontané que l'ardeur avec laquelle elle avait répondu à ses baisers. C'était probablement la raison pour laquelle il l'avait embrassée, au début. Il voulait se prouver qu'il ne commettait pas une erreur en épousant Becky Whitby. Se prouver que, aussi séduisante que fût Payton dans sa robe de bal, avec ses cheveux attachés, elle n'était encore qu'une enfant.

Eh bien, il avait eu la réponse. Il s'était trompé sur toute la ligne. Elle était femme jusqu'au bout des ongles. Une femme comme il n'en avait encore jamais rencontré. Une femme qui savait ce qu'elle voulait, et qui avait clairement exprimé que ce qu'elle voulait, c'était lui.

C'était bien fait pour lui. Toutes ces années il avait eu à ses côtés la femme de ses rêves, mais il s'en était aperçu trop tard.

Beaucoup trop tard.

Il se prit la tête entre les mains.

— Connor ?

La douce voix le fit se redresser comme si on l'avait piqué avec un aiguillon. Elle s'avançait vers lui dans l'allée, et il fourra les mains dans ses poches afin de masquer son désir pas encore tout à fait éteint.

— Becky, fit-il aimablement. Tout va bien ?

— J'allais vous poser la même question.

Elle repoussa une mèche de son front. Sa peau luisait sous la lune. Elle avait le pas aussi léger que le filet d'eau de la fontaine.

— Tout le monde vous cherche. Vous aviez disparu…

— Excusez-moi.

Seigneur, il passait son temps à s'excuser !

— J'avais besoin de prendre l'air.

Becky haussa ses sourcils délicats.

— Auriez-vous taché votre veste ?

— Pardon ?

Elle désignait la fontaine, derrière lui.

— Votre veste. Elle trempe…

Il l'en sortit d'un geste vif.

— Quel idiot, je n'avais pas remarqué !

Becky lui adressa un doux sourire

— En effet, Connor. Il me semble que…

— Oui ?

— Vous n'êtes pas obligé d'aller jusqu'au bout.

Le sourire n'était plus seulement doux mais courageux.

— Je veux que vous le sachiez, reprit-elle. Si vous ne souhaitez plus m'épouser, il est encore temps de reculer. Je peux partir…

— Pour aller où ? Vous ne voulez pas de mon argent. De quoi vivriez vous ?

Son sourire vacilla, mais elle redressa le menton.

— Je me débrouillerai. Je l'ai toujours fait.

L'espace d'un instant – un instant fou, miraculeux – il joua avec l'idée d'annuler le mariage. Qu'avait-il à perdre ? Rien. Rien du tout. Sa grand-mère avait clairement laissé entendre qu'elle apaiserait les rumeurs qu'une telle action ne manquerait pas de susciter. Et il serait libre. Libre de faire ce qu'il voudrait, d'aller où il voudrait... de courtiser qui il choisirait.

Mais non. S'il cédait à cette tentation, il serait considéré comme la pire des canailles, quelles que soient les raisons à l'origine de sa décision. Même des gens aussi peu conventionnels que les Dixon ne pourraient se permettre d'être vus en sa compagnie, sans parler de le garder dans leur entreprise.

Plus important encore, jamais Ross Dixon n'autoriserait sa petite sœur à frayer avec un homme qui avait abandonné sa fiancée devant l'autel. Ils étaient amis, certes, mais l'amitié avait des limites.

Pour Payton Dixon, Drake était un homme mort, qu'il épouse Becky Whitby ou pas.

— Non, dit-il aussi poliment que s'il refusait une tasse de thé. Tout va bien. Nous ne changerons rien à nos projets.

Becky ne put dissimuler son soulagement lorsqu'elle répondit :

— Oh, je suis si heureuse ! J'ai des idées merveilleuses pour décorer cette vieille demeure, la remettre au goût du jour. Elle est tellement poussiéreuse, Connor...

Il n'eut pas le cœur de lui annoncer que, dès leur mariage célébré, ils quitteraient définitivement Daring Park. Cela attendrait. Il ne tenait pas du tout à ce qu'*elle* annule, et aille raconter des sornettes un peu partout.

— Bien sûr, dit-il. Mais ne devriez-vous pas rentrer, à présent ? Il paraît que voir la mariée avant la cérémonie porte malheur, et il est minuit passé, vous savez.

Becky écarquilla les yeux.

— Oh, vous avez raison ! Bonne nuit, chéri !

— Bonne nuit.

Relevant ses jupes, elle pivota sur ses talons et s'éloigna, silhouette gracieuse, aérienne dans la semi-pénombre. Drake la suivit des yeux jusqu'à ce qu'elle eût disparu dans la maison. Puis il contempla le ciel, et pour la centième fois de la journée, souhaita n'avoir jamais rencontré Becky Whitby. En cet instant, il aurait aimé être à la barre du *Constant*, le pont roulant sous ses pieds, le vent frais des mers du Sud lui caressant le visage.

Payton l'oublierait. Oh, pas tout de suite. Les femmes n'oubliaient jamais tout à fait leur premier baiser. Mais il y en aurait d'autres. Le mois prochain, peut-être, elle aurait oublié, tout occupée des chevaliers servants qui se presseraient à sa porte.

Quant à lui, il lui faudrait un siècle. S'il parvenait jamais à oublier une femme qui embrassait avec une telle ardeur.

Et qui possédait une telle droite !

Il avait bien besoin d'un verre, songea-t-il.

Et il alla chercher dans l'alcool le réconfort qu'il ne pouvait trouver ailleurs.

9

Payton souleva une paupière dans la lumière grise de l'aube. Elle avait oublié de tirer les rideaux et de fermer la fenêtre, si bien que des lambeaux de brume pénétraient dans la chambre.

Payton ramena le drap sur sa tête en poussant un grognement. On était le matin. Et pas n'importe quel matin. Celui du mariage de Drake.

Le lendemain du jour où elle s'était complètement ridiculisée.

Elle ferma les yeux, dans l'espoir de se rendormir. Elle avait passé, lui semblait-il, la moitié de la nuit à se retourner dans son lit, et à retaper ses oreillers. Elle avait même essayé de dormir par terre, enroulée dans une couverture, mais rien n'y faisait ! Pourtant, il lui était arrivé plus souvent qu'à son tour de passer la nuit sur le pont, quand il faisait trop chaud pour rester enfermée dans sa cabine.

Mais le confort du lit n'était pas en cause, ni la dureté du parquet. C'était son esprit qui vagabondait, son cœur qui était trop lourd.

Il n'était pas précisément agréable de découvrir qu'on était une parfaite idiote. Certes, elle le soupçonnait depuis longtemps, mais de l'apprendre dans des conditions aussi dramatiques que celles de la veille… Il y avait de quoi rester éveillée à se demander comment réparer les dégâts. Si seulement elle pouvait revenir en arrière ! Sachant ce qu'elle savait à présent, elle n'aurait pas quitté sa chambre. Ce qui ne signifiait pas que Connor ne l'aurait jamais embrassée…

Cela avait été l'instant le plus magique de toute son existence. Elle ne l'oublierait jamais, et c'était bien là le problème. Avant, elle ignorait ce qu'elle manquait. À présent, elle le savait. Et il lui serait autrement plus difficile de demeurer silencieuse dans l'église tandis qu'il en épousait une autre.

Durant les interminables heures qu'elle venait de vivre, une question n'avait cessé de la tarauder : *Pourquoi* ?

Pourquoi Drake épousait-il Becky Whitby ? Parce qu'il y était obligé, lui avait-il dit. Ce qui n'était pas une réponse. Bien sûr qu'il y était obligé. Seul un être vil abandonnerait sa fiancée devant l'autel. Mais cela n'expliquait pas pourquoi il l'avait demandée en mariage.

Certainement pas parce qu'il l'aimait, elle l'avait su dès qu'il l'avait embrassée. Non qu'elle se figurât qu'il était amoureux d'elle. Elle aurait juré qu'avant la veille, jamais il n'avait pensé à elle de cette façon. Elle n'était alors que l'amusante petite sœur de ses meilleurs amis.

Puis il s'était enfin rendu compte qu'elle n'était plus une enfant. Mais il était trop tard. Bien trop tard.

Elle se refusait à croire qu'il épousait Becky Whitby parce qu'elle était enceinte. Elle avait passé une bonne partie de la nuit à se remémorer les semaines qu'ils avaient passées ensemble dans la maison londonienne, et pas une fois Drake n'avait fait montre d'une attirance particulière pour Becky Whitby. Pas de regards furtifs à la table du petit déjeuner, pas de messes basses. S'ils avaient été intimes, alors ils étaient d'excellents comédiens. Or, si elle n'aurait su dire ce qu'il en était de Mlle Whitby, elle était certaine que Drake n'était pas un comédien. Sinon ce qui s'était passé dans le jardin aurait eu une issue bien différente.

Ce qui avait eu lieu, décida-t-elle vers 4 heures du matin, était le résultat d'émotions à fleur de peau, l'emprise de l'instinct sur la raison. Drake devait être ivre – au moins un peu – ou bien il s'était laissé griser par la lune et le chant du rossignol. En tout cas, il n'avait pas agi de façon rationnelle, pas plus qu'elle, d'ailleurs.

Mais il y avait eu du sentiment. Peut-être pas de l'amour de la part de Drake, mais *quelque chose*. Ils étaient amis, bons amis, depuis longtemps. Non seulement ils s'étaient mutuellement sauvé la vie mais, plus important, ils avaient été là l'un pour l'autre dans les situations difficiles : la mer étale, sans un souffle de vent des jours durant, avait de quoi rendre fou. Mais ils y avaient survécu grâce à l'humour et à l'imagination.

N'était-ce pas cela l'amour ? Non seulement affronter les tempêtes, mais aussi traverser de longues périodes d'inactivité sans perdre l'esprit, ou se détester l'un l'autre ?

En outre, ils éprouvaient une réelle attirance l'un pour l'autre, elle en avait eu l'indubitable confirmation.

Alors, s'il existait de l'amitié – une véritable amitié – et de l'attirance entre eux, étaient-ils si loin que cela de l'amour ?

Non pas que cela eût une quelconque importance puisqu'il allait épouser Mlle Whitby et partir pour New Providence. Elle le reverrait peut-être un jour. Pour son propre mariage, par exemple. Payton eut un petit rire amer. Son mariage ! Quelle blague ! Jamais elle ne se marierait. Si elle ne pouvait avoir Drake, elle ne voulait personne. Point final.

Elle consulta la pendule. 8 heures. Dans moins de deux heures, tout le monde se dirigerait vers l'église du village.

À 9 heures, elle était levée, baignée et habillée. La servante qui lui avait apporté la baignoire l'informa joyeusement que le café était servi au rez-de-chaussée, et lui proposa de lui en apporter une tasse. Payton accepta volontiers. Elle n'avait aucune envie de croiser le maître de maison, et moins encore sa fiancée.

Alors qu'elle faisait sa toilette, elle s'était avisée que le ruban qu'elle avait noué à son poignet la veille s'y trouvait encore, lui rappelant sa folie. Elle l'ôta pour le nouer à sa cheville, là où personne, hormis sa camériste, ne le verrait. Elle sentait qu'elle allait avoir besoin, au cours de la journée, de se rappeler à qui appartenait Connor Drake.

Elle découvrit bientôt qu'elle n'était pas la seule Dixon à avoir renoncé à descendre prendre son café matinal. On frappa un grand coup à sa porte, et avant qu'elle ait eu le temps de répondre, Hudson apparut, à demi vêtu, clignant des yeux dans la lumière.

— Payton, gémit-il d'une voix rauque de sommeil, noue ma cravate, s'il te plaît. Je ne sais pas ce qui m'arrive, mais j'ai les doigts tout gonflés. Je peux à peine les remuer.

Payton s'empara de la grosse patte de son frère et l'examina d'un œil critique.

— Qui as-tu frappé ? l'interrogea-t-elle.

— Personne.

Il frotta son menton hérissé de chaume.

— Enfin, pas que je me souvienne, rectifia-t-il.

— Cet hématome n'est pas venu tout seul, argumenta Payton en lui lâchant la main. À quelle heure êtes-vous allés au lit, Raleigh et toi ?

— Au lit ? De quoi parles-tu ?.

Payton devina ce qu'il avait fait de sa nuit.

— Seigneur, Hudson ! s'écria-t-elle en agitant la main devant sa bouche. Tu as avalé une distillerie ou quoi ?

On frappa de nouveau à la porte, et ce fut au tour de Raleigh d'entrer. Il était tout habillé, contrairement à son frère, mais il affichait une mine épouvantable. Payton ne se gêna pas pour le lui dire, mais il prit sa remarque avec une docilité inhabituelle. Il passa devant elle, rabattit le couvre-lit et s'allongea sans même ôter ses bottes.

Lorsque sa sœur lui demanda ce que diable il fichait, il se plaqua un oreiller sur la tête avant de grogner :

— Tu ne peux pas parler moins fort ?

— Lève-toi ! aboya Payton. Nous sommes censés être à l'église dans une heure.

— Ce n'est pas juste, ton lit est bien meilleur que le mien, protesta Raleigh. Le mien était dur comme de la pierre.

— C'était de la pierre, sinistre crétin ! répliqua Hudson qui avait du mal à garder les yeux ouverts. Tu t'es endormi dans l'allée cavalière.

— Et je me suis réveillé trempé !

On ne voyait de Raleigh que ses bottes qui dépassaient du couvre-lit.

— Je déteste la rosée. Et ces sacrés oiseaux qui n'arrêtaient pas de piailler ! Oh, ma tête ! Vivement que nous soyons de nouveau en mer.

On frappa une troisième fois à la porte. Cependant, ce ne fut pas un Dixon qui se présenta sur le seuil, mais le futur marié, méconnaissable. Torse nu, il s'appuyait d'une main au mur du couloir. De l'autre main, il tenait sa chemise, son gilet et sa jaquette dont les manches traînaient par terre. Il n'était pas rasé, et ses yeux cernés de mauve semblaient plus bleus que jamais.

Payton soutint son regard sans ciller. Si elle avait espéré l'entendre la supplier de s'enfuir avec lui, elle fut déçue. Car les mots qui sortirent de ses lèvres parcheminées furent seulement :

— À l'aide !

Payton se retint de hurler. Non ! C'en était trop ! Comme si cela ne suffisait pas que son frère lui ait donné *son* navire, et qu'elle soit contrainte d'assister sagement à son mariage, il fallait en plus qu'elle l'aide à s'habiller ?

Pas question.

Elle en était incapable.

Derrière elle, Hudson éclata de rire.

— Jette un coup d'œil à Drake, Raleigh ! On dirait qu'on vient de le sortir de la Tamise.

Raleigh rabattit le couvre-lit et se redressa.

— C'est Drake ? Il ne pourrait pas ordonner à sa satanée cuisinière de nous donner quelque chose à manger ? Elle prétend qu'on doit attendre la fin de la cérémonie. Mais si je n'avale pas quelque chose dès maintenant, je serai mort avant.

Payton, qui avait posé les mains sur le chambranle pour barrer le passage à Drake, scruta son visage. S'il semblait malheureux, la veille, pendant le souper, ce n'était rien comparé à ce matin ! Ses rides s'étaient creusées, et ses yeux étaient injectés de sang.

Mais même souffrant d'une gueule de bois carabinée, il était encore beaucoup trop attirant à son goût. Une centaine de nuits blanches n'auraient pu faire fondre ses biceps, ni amollir ce torse dur comme le roc. Il aurait pu ingurgiter une caisse de whisky, que sa peau aurait gardé ce hâle, et ses dents cette éclatante blancheur.

C'était injuste. Injuste qu'il fût toujours aussi séduisant. Comment aurait-elle pu le détester, alors que rien que de le voir ainsi sur le seuil, elle en avait les genoux tremblants ?

— Eh bien, dit-elle d'un ton aussi désagréable que possible, je suppose que vous feriez aussi bien d'entrer. Tout le monde semble me prendre pour une femme de chambre. Pourquoi seriez-vous différent ?

Elle s'effaça pour lui laisser le passage, et il entra en lui indiquant ses vêtements.

— Je ne parviens pas à les enfiler, expliqua-t-il, perplexe. On dirait que mes doigts refusent de fonctionner.

— On a le même problème ! s'écria Hudson, visiblement ravi. Je n'arrive plus à fermer le poing. Payton pense que j'ai frappé quelqu'un, mais je n'en garde aucun souvenir. Tu me revois en train de me bagarrer ?

— Pas vraiment, vieux.

Drake évitait soigneusement de regarder Payton.

— J'ai un peu forcé sur le whisky, moi aussi, ajouta-t-il.

Payton lui jeta un regard noir. S'il espérait mettre son attitude de la veille sur le compte de l'alcool, il ferait mieux d'y réfléchir à deux fois !

— Nous avons tous un peu perdu la tête, hier, déclara-t-elle fermement. Certains plus que d'autres.

Raleigh s'était laissé retomber sur les oreillers.

— Sauf Ross, gémit-il. Je l'ai croisé ce matin, et il semblait en pleine forme. Il s'est couché de bonne heure. Je me demande bien pourquoi, ajouta-t-il avec un petit rire égrillard. Ne te marie plus jamais, Drake. Une autre nuit comme celle-là aurait raison de moi.

Payton se dirigea vers le plateau que lui avait apporté la femme de chambre et servit à Drake une tasse de café bien sucré avec du lait. À bord, on prescrivait des boissons fortes et sucrées aux hommes qui venaient d'échapper aux boulets de canon du capitaine La Fond. Or Drake avait cette même expression d'étonnement incrédule qu'arboraient ceux qui avaient survécu à la catastrophe.

— Tenez, dit-elle en lui fourrant la tasse entre les mains. Buvez cela.

Il obtempéra, puis fit la grimace et regarda frénétiquement autour de lui, cherchant où cracher ce qu'il avait dans la bouche.

— Avalez, ordonna Payton.

Il s'exécuta avec un haut-le-cœur.

— Seigneur, Payton, qu'est-ce que c'est ?

— Exactement ce dont vous avez besoin. Finissez votre tasse.

— Non, supplia-t-il. Je vous en prie…

— Buvez ! insista-t-elle. Sinon, Hudson vous bouchera le nez et nous vous forcerons à terminer.

Hudson feignit la plus vive inquiétude.

— Ne l'écoute pas, Drake ! C'est probablement du poison. Elle ne s'est pas remise d'avoir perdu le *Constant*...

Sa sœur plissa les yeux.

— L'idée est tentante, mais j'essaie seulement de l'empêcher de s'évanouir. Tu es volontaire pour le porter jusqu'à l'autel ?

Hudson toussota.

— Bois ce satané truc, Drake.

Celui-ci prit une grande inspiration, puis il avala le contenu de la tasse en frissonnant de dégoût. Payton se détourna. Elle mourait d'envie de caresser ses épaules bronzées, convaincue qu'elles étaient aussi douces que de la soie. La soie sur l'acier.

Dieu, pourquoi ne lui tirait-on pas une balle dans la tête pour que cesse cette torture ?

Il lui rendit la tasse. Il n'avait pas l'air beaucoup plus gaillard, mais cela avait dû lui faire un peu de bien car, lorsqu'elle lui demanda de tendre les bras, il en fut capable.

Elle entreprit de lui enfiler sa chemise.

— J'espère, marmonna-t-elle, que lorsque je me marierai, mon fiancé ne se sentira pas obligé de s'enivrer à mort la veille de nos noces !

— N'y compte pas trop, Payton, lança Hudson. Aucun homme n'a envie de se marier.

— Vraiment ? grinça-t-elle. Alors pourquoi Ross a-t-il épousé Georgiana ?

— Pour la même raison que celle qui pousse Drake à épouser Mlle Whitby, l'informa Raleigh, toujours allongé sur le lit.

Les deux frères éclatèrent de rire, mais Drake n'esquissa même pas un sourire. Et Payton était bien placée pour le savoir, puisqu'elle était en train de boutonner sa chemise. Il fallait d'ailleurs qu'elle en finisse au plus vite, car sa proximité la troublait, au point qu'elle en avait des frissons. Et ce n'était pas tout. Ses seins avaient de nouveau durci, exactement comme la veille... Cet homme devait être une espèce de sorcier. C'était cela, ou alors le simple fait de le voir à demi nu suffisait à la mettre dans un état choquant d'excitation.

Ce n'était pas juste. Il se servait d'armes contre lesquelles elle n'avait pas la moindre défense. Elle s'appliquait à ne pas lever les yeux, car elle ne voulait surtout pas croiser son regard.

— Non, sois honnête, disait Hudson à son frère. Ce n'est pas pour ça que Ross a épousé Georgiana.

— Ah, non ? Et pourquoi, selon toi ?

— Parce que c'était le seul moyen de l'avoir, déclara Hudson.

— Ça, c'est bien vrai !

Payton aidait Drake à passer son gilet.

— Vous n'êtes tous que des sacs à vin !

— Te voilà bien guindée, tout à coup, Payton, observa Raleigh. Pour quelqu'un qui est persuadé d'être un bon capitaine, tu ne montres guère de sympathie vis-à-vis de ton équipage. À croire que, toi aussi, tu as la gueule de bois. Tu as déjà failli nous gifler deux fois !

Payton le foudroya du regard.

— Tu en veux une troisième ?

— Oh, ne t'occupe pas d'elle, Raleigh, intervint Hudson. Elle est furieuse parce que, non content de ne pas lui avoir offert le *Constant*, Ross lui a aussi interdit de nous accompagner en Extrême-Orient.

— Je n'irais même pas au bout de la rue avec vous ! répliqua Payton. Alors l'Extrême-Orient...

Hudson s'assit sur le rebord de la fenêtre.

— Pendant que toi et moi nous nous baladerons en mer, Raleigh, dit-il, Payton sera à Londres en train de se demander quel aperçu de sa toute nouvelle poitrine elle doit montrer quand elle fait la révérence à Saint-James...

— Le plus possible, à mon avis, conseilla Raleigh. Après tout, le roi a la vue qui baisse, et ce n'est pas comme si elle en avait des quantités à étaler. Elle pourrait se contenter d'ouvrir sa robe et de laisser la gravité remplir son rôle. Cela devrait suffire. Ils se bousculeront pour l'approcher.

À cet instant, quelque chose échappa de la main de Drake et tomba sur le plancher avec un petit bruit métallique.

— Oh, se plaignit Raleigh, faut-il vraiment que vous fassiez autant de bruit ? Ma pauvre tête n'en peut plus !

— Qu'est-ce que c'est ? s'enquit Hudson. Un bouton ?

— Non, répondit Drake.

Payton lui glissa un bref coup d'œil et s'aperçut, soulagée, qu'il avait baissé les paupières.

— C'est l'alliance.

— L'alliance ?

Hudson bondit sur ses pieds.

— Bon sang, Raleigh, remue-toi ! Drake a perdu l'alliance.

— Et alors ? grommela son frère en basculant sur le ventre. Pas d'alliance, pas de mariage. On peut se recoucher.

Hudson vint poser son pied botté sur le postérieur de son frère.

— Debout, paresseux !.

Il le poussa, l'envoyant bouler de l'autre côté du lit.

— Aide-moi à chercher cette fichue bague, ajouta-t-il.

— C'est ce qu'on va voir ! s'écria Raleigh qui bondit sur son frère.

Tandis que les deux hommes roulaient à terre, Payton se pencha pour ramasser la bague qui avait échoué près de son pied.

— Voici ce que vous cherchiez, capitaine, dit-elle.

Ce dernier rouvrit les yeux.

— Oh, merci, mademoiselle Dixon.

Était-ce un effet de son imagination, ou semblait-il déçu ?

Il tendit la main. Un instant, Payton admira les cinq diamants qui ornaient l'alliance. C'était un bijou finement ciselé, certainement dans la famille depuis aussi longtemps que les armures qui ornaient le rez-de-chaussée. Elle ne se demanda pas s'il lui irait, car elle le perdrait sans doute au bout d'un mois, ou au moins quelques diamants…

Elle le posa dans la main de Drake, qui le fourra dans la poche de son pantalon.

— Merci, répéta-t-il de sa voix grave.

Payton frissonna de nouveau. Bon sang, qu'avait donc cet homme pour la troubler ainsi ? Pourquoi ne parvenait-elle pas à le haïr ?

Elle s'écarta vivement.

— Voilà. Vous êtes prêt.

N'importe quelle jeune fille serait fière de l'épouser, songea-t-elle. Vêtu d'une jaquette gris clair sur un gilet rayé de gris plus sombre et un pantalon gris foncé, il était magnifique, et ce en dépit de ses cernes et de la barbe qui ombrait son menton. Cependant, Payton ne pouvait s'empêcher de le préférer torse nu.

— Vous avez oublié quelque chose, dit-il doucement.

Si doucement qu'elle douta un instant de l'avoir entendu. Hudson et Raleigh faisaient un tel bruit, jurant à qui mieux mieux !

— Quoi ?

Sans un mot, Drake lui tendit une longue bande de linon blanc.

Sa cravate.

Heureusement pour le capitaine, ce fut le moment que choisit Georgiana pour faire son entrée, car Payton aurait été capable de l'étrangler avec sa cravate tant elle était en colère contre lui. L'exclamation choquée de Georgiana mit un terme brusque à toute activité dans la pièce.

— Que se passe-t-il, ici? s'écria-t-elle. Payton, que fait le capitaine Drake dans votre chambre?

— C'est ma faute, avoua-t-il. J'avais besoin d'aide pour m'habiller, et je ne savais pas où se trouvait Ross.

— Il est à l'église, répliqua Georgiana. Il fallait bien que quelqu'un surveille vos jardiniers. Ils ont tout fait de travers. Ils ont utilisé des roses à la place des fleurs d'oranger. Toutes les boutonnières seront roses, figurez-vous. Hudson, Raleigh, voulez-vous arrêter, je vous prie?

Raleigh leva la tête, et se défendit d'une voix étranglée.

— C'est Hudson qui a commencé.

— Je me moque de savoir qui a commencé!

Georgiana tendit à Payton le panier de boutonnières et se dirigea vers ses beaux-frères.

— Vous n'avez aucune raison de vous trouver dans la chambre de votre sœur. Sortez, immédiatement! Emmenez le capitaine Drake dans sa propre chambre, et assurez-vous qu'il se rase. Rappelez-vous que votre sœur n'est pas votre caméριste, et qu'elle n'est pas non plus celle de vos amis.

Les deux frères se relevèrent et sortirent de la pièce en titubant. Drake essaya de s'attarder quelques secondes, non sans cesser de s'excuser, et Georgiana finit par le mettre dehors, poliment mais fermement. Lorsque les hommes furent sortis, elle claqua la porte et se tourna vers Payton.

— Seigneur! Je serais étonnée qu'il arrive jusqu'à l'église. Jamais je ne l'ai vu dans un état pareil! Qu'avez-vous fait à vos cheveux?

Payton contempla son reflet dans le miroir. Ses cheveux moussaient tout autour de son visage, mais à part cela, elle ne se trouvait pas trop mal... pour quelqu'un qui avait passé une nuit blanche. La présence de Drake lui avait rosi les joues, et ses lèvres étaient encore gonflées des baisers de la veille.

Elle s'assit près de la fenêtre, tandis que Georgiana s'attaquait à ses boucles.

— Je trouve criminel, commença cette dernière, que Becky Whitby se marie sans qu'aucun membre de sa famille soit présent. Positivement criminel. Je me rappelle combien j'étais nerveuse, le matin de mon mariage, mais j'avais, grâce à Dieu, ma mère et mes sœurs pour me soutenir. Mlle Whitby n'a personne. Je suis allée la voir de bonne heure, ce matin, afin de l'aider à s'habiller, mais – le croiriez-vous ? – elle m'a envoyée promener.

Payton regardait le jardin que le soleil matinal illuminait enfin.

— Vraiment ? murmura-t-elle, distraite.

Elle pensait à Drake, bien sûr. Comment faire autrement ?

— Oui, vraiment. Elle m'a renvoyée. Elle ne se sentait pas bien, m'a-t-elle dit. C'est peut-être à cause de… enfin, peu importe. Je suis donc repassée un peu plus tard avec une tasse de thé, et elle semblait aller mieux. J'ai pensé qu'elle serait peut-être heureuse que votre père la conduise à l'autel. Et j'ai eu l'impression que cette idée ne lui déplaisait pas.

Payton fixait la fontaine de marbre au bord de laquelle Drake et elle s'étaient embrassés.

Dévorés de baisers !

Georgiana piquait quelques boutons de roses dans les cheveux de sa belle-sœur.

— Je trouve, poursuivit-elle, que Mlle Whitby n'a plus vraiment l'âge de porter ses cheveux dénoués. Elle prétend avoir vingt-deux ans, mais j'en doute fortement ? Je dirais plutôt qu'elle a dépassé les vingt-cinq…

Payton remarqua soudain un mouvement près du labyrinthe de verdure. Elle avait une excellente vue, c'est pourquoi on l'envoyait si souvent en haut du mât de misaine, et elle reconnut aisément les deux personnes qui sortaient du labyrinthe. L'une d'elles était celle dont Georgiana et elle étaient en train de parler. Quant à l'autre… Payton la méprisait depuis toujours.

10

— Georgiana ! cria-t-elle en bondissant sur ses pieds. Regardez !

— Où allez-vous, Payton ? Revenez ici !

Mais Payton avait déjà pratiquement enjambé la fenêtre. Georgiana – ainsi que le poids de sa large jupe – la retint, sinon elle aurait dégringolé le long du treillage.

— Lâchez-moi, Georgiana ! s'entêta-t-elle. Vous n'avez pas vu ? Oh, non !

Mlle Whitby était désormais seule dans le jardin. L'homme avait disparu dans le labyrinthe. La mariée se hâtait vers la maison, son voile volant dans la brise. Elle jetait de fréquents regards autour d'elle, comme si elle craignait qu'on ne l'eût épiée.

Ce qui était le cas.

— Arrêtez ! hurla Payton. Arrêtez-vous tout de suite, Becky Whitby !

Certes, Payton Dixon avait passé la majeure partie de sa vie à exercer des travaux réservés aux hommes, et elle était forte pour son âge et sa taille, mais elle était plus petite que la plupart des femmes. C'est pourquoi Georgiana n'eut pas trop de mal à la faire rentrer dans la chambre

En fait, toutes deux échouèrent sur le parquet dans un amas de jupons de dentelle.

— Georgiana ! s'écria Payton, furieuse, en se débattant pour de se relever. Vous ne savez pas ce que j'ai vu !

— Non, mais je sais que vous conduisez comme une folle !

Assise sur le plancher, Georgiana s'agrippait à la robe de Payton.

— Vous ne pouvez pas sauter par la fenêtre, Payton ! Cela ne se fait pas…

— Je vais vous dire ce qui ne se fait pas ! rétorqua Payton.

Mais elle n'eut pas le temps de s'expliquer davantage, car la porte de la chambre s'ouvrit sur Ross.

Il parut quelque peu déconcerté par la scène qui s'offrait à lui.

— Je vous demande pardon, je vous dérange ?

Mortifiée que son époux la découvrît dans une situation aussi peu flatteuse, Georgiana lâcha Payton qui en profita pour se ruer de nouveau vers la fenêtre. Cette fois, ce fut Ross qui la retint. Enroulant le bras autour de sa taille, il la souleva pour aller la déposer sur le lit où il la maintint aisément d'une main appuyée sur sa tête.

— Ross ! protesta Payton avec fureur. Laisse-moi me lever. Tu ne comprends pas ! Tu ne sais pas ce que j'ai vu !

Georgiana s'était redressée et avait mis un peu d'ordre dans sa tenue.

Elle avait les joues toutes rouges. Visiblement, elle était contrariée que son mari l'ait vue dans une position inconvenante. Pourtant, Payton se doutait que son frère et sa ravissante épouse avaient pratiqué des positions bien plus inconvenantes la nuit précédente !

— Franchement, Payton, où avez-vous la tête ? s'écria Georgiana, outrée. Les dames ne sautent pas par les fenêtres. Elles utilisent les portes. Nous ne sommes pas sur le *Constant*, vous savez.

— Et c'est sacrément dommage ! rétorqua Payton.

— Et les dames ne jurent pas, renchérit Ross.

— Certainement pas, acquiesça sa femme qui

secoua la tête. Oh, Payton, regardez-vous ! il va falloir que je vous recoiffe.

— Foutus cheveux ! hurla la jeune fille.

Georgiana eut un hoquet de surprise, et même Ross prit l'air sévère.

— Payton… commença-t-il, menaçant.

— Maintenant que j'ai votre attention, l'interrompit sa sœur un peu plus calmement, voudriez-vous m'écouter ? C'est important.

Ross remarqua que Georgiana fixait sur lui un regard accusateur.

— Qu'y a-t-il ?

— Oh, rien, répondit sa femme. Je me demandais seulement où Payton avait entendu ce genre de langage.

— Pas dans ma bouche, assurément, se défendit Ross qui n'avait toujours pas lâché sa sœur. Je ne permets pas que l'on jure à bord. Je suppose donc qu'elle a dû l'apprendre dans les ports…

— Sir Marcus Tyler, lâcha Payton.

— Dans les ports ? répéta Georgiana. Et dans quel port utilise-t-on le terme qu'elle vient d'employer ? Pas en Chine. Ni à Tahiti ni à la Jamaïque ou en France. Elle le tient forcément d'un Anglais, et sans doute d'un Anglais de sa propre…

Ross l'interrompit d'un geste de sa main libre.

— Attends une minute, fit-il, s'adressant à sa sœur. Qu'est-ce que tu as dit ?

Payton répéta, très lentement :

— Sir… Marcus… Tyler.

Georgiana regarda alternativement son mari puis Payton.

— Sir Marcus Tyler ? De qui parlez-vous ?

— Tu as vu Marcus Tyler ? s'exclama Ross. Ici ? À Daring Park ?

Payton hocha énergiquement la tête.

— Il sortait du labyrinthe, et il parlait à Mlle Whitby. Puis ils sont partis dans des directions opposées.

Ross s'ébroua.

— C'est impossible. Tu as dû te tromper. Que ferait Sir Marcus ici ? Je ne vois pas Drake l'inviter.

Ross l'avait lâchée, et Payton se redressa.

— Drake, sûrement pas. Mais Mlle Whitby…

— Et pourquoi, selon toi, Mlle Whitby inviterait-elle Marcus Tyler à son mariage ? demanda Ross, perplexe. Elle ne le connaît même pas.

— En es-tu certain ? Que savons-nous d'elle, en dehors de ce qu'elle a bien voulu nous raconter ?

— Attendez, intervint Georgiana, je ne comprends pas. Vous voulez dire, Payton, que vous avez vu Sir Marcus Tyler, le propriétaire de l'entreprise *Tyler et Tyler*, sortir du labyrinthe avec Mlle Whitby il y a une minute ?

— Oui.

Georgiana, nouvelle dans la famille, avait parfois besoin d'explications.

— Dites-moi si je me trompe, mais il me semble que *Tyler et Tyler*…

— … sont nos principaux concurrents

Ross secoua la tête.

— Tu n'as pas pu voir Marcus, Payton, reprit-il. C'était quelqu'un qui lui ressemblait.

— Je sais très bien à quoi il ressemble ! répliqua-t-elle sèchement. Après tout, j'étais là aussi, l'été dernier.

— L'été dernier ? répéta Georgiana, les sourcils froncés.

— L'été dernier, confirma Ross sombrement. Ces attaques de pirates dont je vous ai parlé, aux Bahamas. Nous n'en avons pas la preuve formelle, mais nous sommes pratiquement certains que Marcus était derrière tout ça. Il a Lucien La Fond dans sa poche. Il nie, naturellement, et, faute de preuve, nous ne pouvons pas le poursuivre en justice. Mais comme par hasard, ces attaques n'ont eu lieu que contre les navires Dixon, jamais contre ceux de Tyler. Et les navires visés transportaient justement des marchandises pour lesquelles *Tyler et Tyler* sont en compétition avec *Dixon et Fils*.

Georgiana se laissa tomber sur le lit.

— Oh, je vois. Et Lucien La Fond, n'est-ce pas ce pirate français qui vous déteste, Ross ?

— Pas moi. Drake.

— Il déteste Drake ? Mais pourquoi ?

Le frère et la sœur répondirent d'une seule voix :

— C'est une longue histoire.

Tous trois demeurèrent un instant silencieux.

— Ce ne pouvait être Marcus Tyler, Payton, déclara enfin Ross. Cette idée est absurde. Mlle Whitby ne le connaît pas. Je veux dire, elle vivait chez nous, elle a entendu en quels termes nous parlions de lui.

— C'est sûrement pour ça qu'elle se taisait. Elle se doutait bien que si nous découvrions qu'il était de ses amis, nous la flanquerions à la porte.

— Mais si elle est amie avec Tyler, pourquoi n'est-elle pas allée le trouver, après qu'on lui eut volé ses affaires ? Pourquoi s'en remettre à *nous* ?

— Peut-être parce qu'elle est son espionne.

Georgiana se racla la gorge.

— Pardonnez-moi, ma chérie, mais ne vous laissez-vous pas emporter par votre imagination ? Peut-être avez-vous pris… vos désirs pour des réalités ?

Payton se tourna vers sa belle-sœur.

— Qu'entendez-vous par là ?

— Eh bien, nous savons tous que vous n'aimez guère Mlle Whitby. Et que vous êtes, de façon tout à fait compréhensible… très attachée au capitaine. Je veux dire… vous l'avez connu toute votre vie, il est naturel que vous éprouviez quelque sentiment pour lui. Ne serait-il pas possible que vous ayez seulement *cru* apercevoir Sir Marcus dans le jardin avec Mlle Whitby ?

— Non.

Ross haussa les sourcils.

— Payton a une vue exceptionnelle, Georgie. Elle peut distinguer une baleine à des kilomètres.

— Je ne nie pas que si Sir Marcus avait été dans le jardin, Payton l'aurait vu. Mais peut-être avait-elle seulement *envie* de le voir avec Miss Whitby dans le jardin, car alors ce serait une bonne raison pour que Sir Connor annule le mariage…

— Georgiana ! explosa Payton. Cela n'a aucun rapport ! Je l'ai vu, je le jure ! J'ai vu Marcus Tyler dans le labyrinthe.

Elle s'exprimait comme une folle, même à ses propres oreilles. Cependant, Ross se leva et tira calmement sa montre de la poche de son gilet. Puis il annonça :

— Si nous voulons arriver à l'heure à l'église, nous ferions mieux d'y aller.

Les larmes aux yeux, Payton fixait son frère, stupéfaite.

— Ross, tu ne peux pas… Tu ne me crois pas ? Tu penses que j'ai tout inventé ?

Gêné, celui-ci s'éclaircit la voix.

— Admets, Payton, que cela tombe plutôt bien que tu voies Mlle Whitby avec Marcus Tyler le jour où Drake et elle vont s'embarquer sur le navire que tu convoitais pour ton dix-neuvième anniversaire… Je sais que tu voulais ce bateau, mais, franchement, tu vas un peu trop loin. Même s'il annulait le mariage, Drake garderait le *Constant*.

— Mais, Ross…

— Ça suffit. Tu as toujours inventé beaucoup d'histoires, cependant celle-ci surpasse les autres ! Bientôt, tu vas m'annoncer que tu épouses Drake ! ajouta-t-il avec un petit rire. C'est ça ! Tu vas épouser Drake pour mettre la main sur le *Constant*. Attends que je raconte ça à Raleigh et à Hudson !

Il éclata carrément de rire, avant de tendre la main à sa femme.

— Venez, Georgie, avant qu'elle ne trouve une nouvelle…

Georgiana se leva docilement, mais Payton ne bougea pas.

— Je n'invente rien, Ross, articula-t-elle lentement. Ne crois-tu pas que nous devrions au moins en parler à Drake ? Il a le droit de savoir.

Ross riait toujours de sa bonne plaisanterie – que sa sœur ne trouvait absolument pas drôle.

— Tu n'as pas vu Marcus Tyler dans le jardin avec Mlle Whitby, Payton. Il s'agissait sans doute d'un des jardiniers.

Payton bondit sur ses pieds, les poings sur les hanches.

— Un des jardiniers ? Tu te moques de moi ? Parce que, à moins que Drake n'habille ses jardiniers en redingote et chapeau haut-de-forme, ce n'en est pas un que j'ai vu.

— Je crois que si, décréta son frère d'un ton ferme. Écoute-moi, Payton. Je sais que tu n'aimes pas Mlle Whitby, mais je ne trouve pas très chic de ta part d'aller colporter de tels ragots sur elle…

— Je n'invente rien !

Georgiana se mordillait la lèvre.

— Enfin, Payton, dit-elle, vous… aimez beaucoup le capitaine.

Payton plissa les yeux, mettant sa belle-sœur au défi de poursuivre.

— Et alors ?

Georgiana continua cependant, un peu à regret, il faut l'avouer.

— Eh bien, il semble naturel, vu votre… affection pour Sir Connor, que vous souhaitiez… Oh, je ne sais pas. L'empêcher de se marier, peut-être.

Pour la première fois depuis que Georgiana était entrée dans la famille, Payton eut envie de l'étrangler. Jusqu'à maintenant, tout s'était bien passé, mais une femme ne pouvait dire une telle chose à une autre sans s'attendre à des représailles.

Surtout pour l'avoir dit devant son frère.

Ross tapota l'épaule de sa femme.

— Allons, allons, Georgie. N'exagérons rien. Payton n'aime pas Drake… de cette manière.

Georgiana avait dû remarquer l'éclat meurtrier dans le regard de Payton, car elle murmura :

— Non, bien sûr que non.

— Néanmoins, nous savons tous que Payton n'adore pas Mlle Whitby. Ce qui explique qu'elle n'ait pas envie que Drake l'épouse.

— Bien sûr. Je voulais juste dire… Payton considère que Mlle Whitby n'est pas l'épouse idéale pour quelqu'un qu'elle aime… comme un frère.

C'était un peu mieux, et Payton décida que, finalement, elle n'assassinerait pas sa belle-sœur. Du reste, elle lui était plutôt utile. Le corset avait rempli son office, non ?

Ross entoura les épaules de sa sœur qu'il serra brièvement contre lui.

— Et puis, si Drake avait l'idée de poser la main sur notre sœur, il sait qu'il finirait coupé en morceaux et jeté en pâture aux requins. Pas vrai, Payton ?

Celle-ci déglutit et adressa une prière à Dieu pour Le remercier que personne ne les ait surpris, Drake et elle, la nuit dernière.

— Hum, oui, sûrement, murmura-t-elle.

11

Son missel à la main, le vicaire s'éclaircit la voix. C'était un homme imposant, qui n'avait probablement jamais refusé un dessert de sa vie, et paraissait plus énorme encore dans sa petite église. À peine assez grande pour contenir cinquante personnes, celle-ci était néanmoins charmante, avec ses vitraux colorés.

Toutefois, si impressionnant qu'il fût, le vicaire semblait presque petit comparé aux hommes qui se tenaient à sa droite. Drake, Ross, Hudson et Raleigh mesuraient un bon mètre quatre-vingt-dix, et, avec leurs larges épaules et leur teint bronzé, ils irradiaient la santé – enfin, mise à part la relative pâleur de Drake et des deux plus jeunes Hudson, témoin de leur nuit sans sommeil. Ils n'étaient visiblement pas très à l'aise dans leurs tenues élégantes, mais ils étaient indiscutablement séduisants.

Des quatre, Ross semblait le moins malheureux. Il envoya même un clin d'œil à Payton, ce qui fit froncer les sourcils à son épouse.

Drake avait l'air le plus malade. Il donnait l'impression d'être sur le point de rendre son petit déjeuner – à condition qu'il en eût pris un, ce dont Payton doutait. Du moins, à part la tasse de café qu'elle l'avait obligé à ingurgiter.

Étant assise au premier rang, il était à deux mètres d'elle. Elle sentait son regard sur elle, mais refusait de lever les yeux. Seule la rougeur qui envahissait ses joues prouvait qu'elle en était consciente, aussi s'efforça-t-elle de penser à autre chose.

La lettre. Il n'en avait pas eu connaissance. Elle avait griffonné quelques mots à la hâte pour lui raconter ce qu'elle avait vu et avait fourré le papier dans la main de Hudson, à l'insu de Ross.

— Donne ceci à Drake, avait-elle soufflé. C'est très important.

Hudson louchait sur les jolies cousines de Drake, que Ross et Raleigh avaient eu le privilège d'accompagner à leur banc.

— Entendu, Payton.

Mais s'il était parvenu à passer la note à Drake, celui-ci ne l'avait visiblement pas prise au sérieux. Il n'avait pas l'air d'aller bien, mais il n'avait pas non plus l'attitude d'un homme qui venait d'apprendre que sa future épouse était l'espionne de son pire ennemi. Se pouvait-il qu'il n'ait pas réussi à déchiffrer son message ? Payton ne possédait pas la belle écriture de Georgiana, mais elle était tout de même lisible !

Une main gantée de dentelle se posa sur son genou qui tressautait nerveusement. Georgiana lui souriait.

— Arrêtez, chuchota-t-elle. Vous faites bouger tout le banc. Lady Bisson ne cesse de jeter des coups d'œil dans notre direction.

Payton se tourna à demi et vit qu'en effet, la vieille dame avait les yeux fixés sur elle.

Et il n'y avait aucune chaleur dans ce regard. Au contraire…

— Je ne peux pas m'en empêcher, murmura-t-elle, désolée.

— Vous le pouvez, et vous le ferez, déclara Georgiana. Il est assez grand pour prendre soin de lui, vous savez.

Payton vira à l'écarlate.

— Je le sais. Mais si vous m'aviez laissée le voir, ne serait-ce qu'une minute…

— Il est trop tard, maintenant, objecta Georgiana qui sourit aimablement à une personne de connaissance.

— Vous auriez pu au moins me permettre de parler à Mlle Whitby…

Georgiana eut une sorte de reniflement tout à fait inhabituel chez elle.

— Pour que vous la gratifiiez d'un œil au beurre noir avant la cérémonie ? Non !

— Je ne l'aurais pas frappée, se défendit Payton. Je voulais juste lui parler.

— Mais oui…

Georgiana reporta son attention sur l'autel.

— Le vicaire nous regarde. Tenez-vous tranquille. Nous sommes dans la maison du Seigneur, alors, je vous en prie, abstenez-vous de jurer.

Payton se tut. La maison du Seigneur. « M'entendez-vous, Seigneur ? pria-t-elle, les yeux rivés au plafond. Je voulais vous remercier, du fond du cœur. Vous ne pouviez faire mieux que de m'obliger à rester assise là, à assister à l'union de Drake avec cette harpie. Franchement, je ne sais pas quel péché j'ai commis pour mériter une telle punition, mais merci de me faire un tel honneur… »

Dieu appréciait-il les sarcasmes ? Payton l'ignorait, mais c'était tout ce qu'Il obtiendrait d'elle pour le moment.

Lorsque l'orgue commença à jouer, elle détacha son regard du plafond et croisa celui de Drake.

Elle se pétrifia, comme hypnotisée par ces yeux couleur de glace qui semblaient pénétrer au plus profond d'elle. Que voulait-il ? se demanda-t-elle avec la partie de son cerveau qui n'était pas paralysée par l'émotion. Pourquoi la dévisageait-il ainsi ? Avait-il lu son petit mot ? Dans ce cas, pourquoi n'avait-il pas déjà quitté l'église ?

Elle avait beau le scruter, elle ne parvenait pas à découvrir ce qui se cachait derrière ce regard énigmatique. Peut-être était-ce seulement sa façon de lui dire adieu. Adieu pour toujours.

Enfin les gens autour d'elle se levèrent et, pour la première fois de sa vie, ce fut elle qui brisa la première le contact avec Drake. On avait déroulé un tapis blanc dans l'allée centrale au bout de laquelle se tenait le père de Payton, rayonnant, inconscient du martyre que vivait sa fille. À son bras, Mlle Whitby était ravissante dans sa robe de dentelle ivoire, le voile rabattu sur le visage.

Georgiana tira Payton par la manche.

— Levez-vous !

Payton obéit.

Georgiana observa le profil de sa belle-sœur. Elle était réellement très inquiète à son sujet. Visiblement, Payton se croyait amoureuse de Connor Drake – Sir Connor – et elle devait souffrir affreusement de voir l'homme qu'elle aimait en épouser une autre. Elle-même ne l'aurait pas supporté. Si ç'avait été Ross à la place de Drake, elle se serait couchée au beau milieu de la nef et aurait hurlé en tapant des poings et des pieds pour que la cérémonie n'ait pas lieu. Payton s'en abstenait, et Georgiana ne l'en trouva que plus admirable.

L'organiste jouait une marche nuptiale tandis que Sir Henry Dixon et Mlle Whitby gagnaient lentement l'autel.

Georgiana jeta un coup d'œil à Drake. Pour un homme sur le point d'épouser une aussi jolie jeune femme, il n'avait pas l'air dans son assiette. Elle avait bien remarqué qu'il n'avait pratiquement pas quitté Payton des yeux depuis que celle-ci avait pris place en face de lui. Georgiana se targuait d'être une personne pratique, sans guère d'imagination, mais elle ne put s'empêcher de penser que l'expression qu'elle avait surprise un instant auparavant sur le visage du capitaine Drake ressemblait à du… du désir.

C'était ridicule, bien sûr. Sir Connor avait au moins dix ans de plus que Payton, et il était infiniment plus expérimenté qu'elle. Il y avait fort peu de chances pour qu'il tombe amoureux d'une jeune fille qu'il n'avait pratiquement jamais vue en robe.

Et cependant… Cette expression avait disparu dès que Payton avait levé les yeux. Il avait aussitôt affiché un visage impassible, mais Georgiana avait vu, et pour la première fois, elle commença à se demander si peut-être… juste peut-être… les sentiments de sa belle-sœur n'étaient pas réciproques.

De toute façon, il était trop tard. La mariée arrivait.

Et elle était charmante, dans la robe que Georgiana avait choisie avec elle. Celle-ci était néanmoins trop décolletée pour la circonstance, d'autant que Mlle Whitby n'avait pas mis, comme elle le lui avait conseillé, une modestie de dentelle.

Commune, décréta Georgiana. Becky Whitby était commune. Comment avait-elle pu attirer dans son lit un homme tel que le capitaine Drake ? Mais elle-même était sûrement à blâmer. Elle n'aurait jamais dû accepter cette créature sous son toit. Payton passait son temps à ramasser les animaux blessés pour les soigner, et le fait est que Mlle Whitby, au début, ressemblait une colombe à l'aile brisée, ou quelque chose de ce genre. Lorsque Georgiana avait compris combien elle était commune, il était trop tard. Le capitaine Drake avait annoncé qu'il l'épousait.

Pauvre Payton ! Elle n'avait vraiment aucune chance avec une femme pareille dans la maison. C'était là une bonne leçon. Les sirènes étaient partout, et pas seulement perchées sur des rochers au milieu de l'océan.

Lorsque Sir Henry offrit la main de Mlle Whitby à Drake avant d'aller s'asseoir à côté de Lady Bisson, Georgiana guetta avec anxiété la réaction de Payton. Celle-ci ne flancha pas. Elle se rassit doucement en même temps que le reste de l'assistance, et posa sagement les mains sur sa jupe. Il n'y avait pas trace de larmes sur ses joues dorées.

« Elle pleure à l'intérieur », songea Georgiana, si pleine de compassion qu'elle lui prit spontanément la main.

Payton lui lança un regard étonné. Pourquoi Georgiana se montrait-elle si gentille ? Non que cela eût une quelconque importance. Elle avait su ce qu'elle devait faire à la minute où le soleil rougeoyant à travers les vitraux avait touché les cheveux de Mlle Whitby sous son voile. Que disait le proverbe déjà ?

Ciel rouge la nuit, repos du marin. Ciel rouge le matin, avertissement.

Eh bien, on était le matin. Mais l'avertissement était pour Mlle Whitby.

Payton n'avait pas peur. Qu'aurait-elle pu redouter ? Elle venait de vivre l'instant le plus atroce qu'on pût imaginer. Sous ses yeux, son propre père venait de mener sa pire ennemie à l'autel pour la confier à l'homme qu'elle aimait depuis toujours. Que pouvait-il lui arriver de pire ?

Un grand calme l'envahit. Elle écoutait le vicaire expliquer aux fidèles qu'ils étaient là en tant que témoins de l'union entre Rebecca Louise Whitby et Sir Connor Arthur Drake. Elle faillit éclater d'un rire nerveux en découvrant que le deuxième prénom de Drake était Arthur. Mais elle pouvait parler ! Le sien était Fulton.

Près d'elle, Georgiana ressentit soudain comme une angoisse. En voyant l'expression de sa belle-sœur changer, se faire déterminée, elle comprit ce que celle-ci avait en tête. Elle lui serra davantage la main, mais Payton se contenta de lui sourire, ses grands yeux noisette si clairs et cependant insondables.

« Non, Payton, non ! », la supplia Georgiana en silence.

Enfin le vicaire s'adressa à l'assistance pour demander si quelqu'un avait connaissance d'un empêchement à cette union.

— Qu'il parle maintenant ou se taise à jamais, conclut-il.

Payton sentit la main de Georgiana se crisper sur la sienne. Le regard que sa belle-sœur lui décocha l'aurait terrorisée quelques années plus tôt…

Seulement Payton avait dix-neuf ans et, au lieu de se laisser intimider, elle leva sa main libre.

Le vicaire ne s'attendait certainement pas à une telle interruption. Il avait dû unir des centaines de couples sans jamais recevoir de réponse positive à sa question. Il avait le nez plongé dans son missel quand il sentit un frémissement parcourir l'assemblée.

Levant les yeux, il aperçut la main de Payton, il remarqua aussi que la jeune femme assise à ses côtés essayait vainement de la lui faire baisser. Il les avait déjà entendues chuchoter un peu plus tôt. Il aurait dû se douter qu'elles lui causeraient des ennuis.

— Hum, grommela-t-il, ennuyé. Oui, mademoiselle ?

Drake et Mlle Whitby s'étaient retournés vers elle, ainsi que ses frères qui lui lançaient des regards meurtriers. Ross, en particulier. Mais elle s'en moquait comme d'une guigne. Elle se leva.

— Il existe un empêchement, monsieur.

Le vicaire déglutit. Il faisait chaud, à présent, dans l'église, et il n'était pas certain d'être en état d'affronter une telle situation.

Heureusement, il n'eut pas à le faire, car l'un des garçons d'honneur se détacha du groupe, l'air terriblement embarrassé.

— Ne vous inquiétez pas, fit-il, s'adressant au vicaire comme à l'assemblée. Poursuivez. Elle a seulement besoin de prendre l'air.

À la grande surprise du vicaire, il attrapa la jeune fille par la taille, la souleva de terre et l'emporta sans façon vers la sortie.

C'est alors que la formidable grand-mère du marié se dressa sur ses jambes, l'expression orageuse. Elle martela le sol de sa canne en aboyant :

— Lâchez immédiatement cette jeune personne !

Ross trébucha et faillit laisser tomber sa sœur.

— Qu… quoi ?

— Vous m'avez entendue, rétorqua Lady Bisson. Si cette jeune fille pense qu'il y a un empêchement, je veux entendre ce qu'elle a à dire.

Payton flanquait des coups de coude à Ross.

— Tu vois ? Pose-moi, espèce de crétin !

Les éventails s'agitèrent furieusement.

Le vicaire toussota.

— Voyons, jeune fille, dit-il. Je vous prie de vous rappeler que vous êtes dans la maison de Dieu.

Payton, que Ross avait brutalement reposée sur le sol, tira sur son corsage.

— Pardonnez-moi, vicaire. Mes frères sont si pénibles, parfois !

— Euh… Oui.

Le vicaire songea fugitivement au rôti que préparait sa cuisinière quand il était parti, et espéra qu'il ne serait pas trop cuit, avec ces événements de dernière minute.

— De quelle sorte d'empêchement vouliez-vous parler ?

La jeune personne avait un physique plutôt inhabituel. Mince comme un roseau, elle était hâlée, avec des boucles châtaines qui sortaient de sous son chapeau. Et elle avait – il en était presque sûr – des taches de rousseur sur le nez ! Elle n'était pas belle à proprement parler – Mlle Whitby était la seule femme de l'assistance que l'on aurait pu qualifier ainsi –, mais elle n'était pas du tout désagréable à regarder. En fait, elle était même exceptionnellement attirante, avec ses grands yeux intelligents et sa voix de jeune garçon.

— Voilà, commença-t-elle. Je soupçonne Mlle Whitby d'être secrètement de mèche avec Sir Marcus Tyler, le grand rival de la compagnie *Dixon et Fils*. Je les ai vus ensemble ce matin même dans le labyrinthe de verdure chez le capitaine Drake.

Il y eut un murmure collectif, même si la plupart des gens, dont le vicaire, ne voyaient pas en quoi ce fait constituait un empêchement au mariage.

Puis, à la surprise générale, Mlle Whitby lâcha son bouquet avant de s'effondrer à terre, évanouie.

12

— Vous êtes sûre que vous ne voulez rien, mademoiselle ? s'enquit l'épouse de l'aubergiste. Un verre de vin, peut-être ?

Installée de façon tout à fait inconvenante dans un fauteuil de cuir, la tête contre l'accoudoir, les jambes sur l'autre, Payton s'intéressait plutôt aux autres personnes réunies dans le salon privé.

Ross, trop furieux pour s'asseoir, marchait de long en large devant la cheminée. Georgiana, affalée sur le sofa, un mouchoir sur le visage, n'avait pas bougé depuis une demi-heure. Hudson et Raleigh étaient perchés sur le rebord d'une fenêtre et jetaient des regards noirs à Payton, quand ils ne lorgnaient pas par la porte vitrée, espérant apercevoir la jolie servante qu'ils avaient remarquée en entrant.

Seul, Sir Henry ne semblait pas se rendre compte que sa fille était devenue un paria. Il songeait à sa collection de balles de mousquet, et demandait de temps à autre à Payton si, à son avis, la balle attribuée au pirate Lucien la Fond ne ressemblait pas étrangement à celles utilisées par Barbe Noire. Il craignait de s'être fait avoir.

— Mademoiselle ?

Payton adressa un vague sourire à la brave femme tout en secouant la tête. Elle ne se voyait pas ingurgiter quoi que ce fût sous les regards mauvais dont on la couvrait.

Mme Peabody remporta le plat de viande froide et de fromages auquel personne n'avait touché depuis midi.

Elle ne fit aucun commentaire, mais elle se doutait que la jeune dame était au cœur du conflit. Peut-être, songeait-elle, l'avait-on surprise alors qu'elle tentait de fuir avec son amoureux. Un jeune homme sans le sou que sa famille désapprouvait. Mme Peabody plaignait la malheureuse jeune fille d'avoir des frères aussi imposants et un père qui ne semblait pas avoir toute sa tête. Elle décida que, si le jeune homme venait au milieu de la nuit la tirer des griffes de ses frères, elle ferait son possible pour l'aider.

Toutefois, comme tant d'autres ce jour-là, Mme Peabody allait être déçue. Car le jeune homme, pas si jeune d'ailleurs, ne viendrait pas, et il ne tenterait pas de sauver la petite dame. Il était en pleine mer, à présent, en compagnie d'une beaucoup plus jolie jeune femme qui, à la fin du voyage, serait son épouse de fait, sinon de droit.

Cependant, dans ses rêves romantiques Mme Peabody n'avait pas complètement tort. Payton était bien au cœur du drame familial.

— Le couvent ! déclara soudain Ross en pointant un index accusateur en direction de sa sœur. Voilà où tu iras dès que nous serons rentrés à la maison !

— Aucun couvent ne voudra d'elle, railla Raleigh.

— Elle parle bien trop mal, renchérit Hudson. Les religieuses la renverront dans ses foyers dès qu'elles l'entendront jurer.

— Mais alors, que vais-je faire d'elle ? gémit Ross qui se remit à aller et venir. Elle s'est ridiculisée. Je ne pourrai plus la marier. Dans quelques semaines, tout Londres saura comment elle a interrompu le mariage de Drake.

Payton, qui avait entendu ces lamentations pendant la plus grande partie de l'après-midi, ne put se contenir davantage.

— Du moins, j'avais raison, lança-t-elle, du fond de son fauteuil. J'avais bien vu Mlle Whitby discuter avec Marcus Tyler dans le labyrinthe.

— Je ne t'ai pas autorisée à parler ! tonna Ross.

Écœurée, Payton fixa de nouveau les poutres au plafond. Personne ne comprenait pourquoi elle s'était sentie obligée d'empêcher Drake d'épouser Mlle Whitby. Ils croyaient tous qu'elle avait voulu se venger d'avoir perdu le *Constant*, et elle ne s'était pas donné beaucoup de mal pour les en dissuader. Elle ne pouvait certes pas leur avouer la vérité : qu'elle était follement amoureuse de Connor Drake et que, quand bien même elle n'aurait pas vu Mlle Whitby en compagnie de Tyler, elle aurait tout fait pour empêcher ce mariage.

Du reste, pourquoi étaient-ils tous tellement en colère ? Son intervention n'avait rien changé. Dès que les jeunes gens seraient à Nassau, ils se marieraient. Du moins était-ce ce que Drake avait déclaré.

Alors, pourquoi un tel drame ?

Certes, Payton avait craint, en voyant Mlle Whitby s'écrouler sur le sol, que Dieu n'eût exaucé ses prières et ne l'eût foudroyée sur place. Elle comprit que cette chance ne lui serait pas accordée lorsqu'elle reprit ses esprits, ma foi, fort vite, dans le bureau du vicaire. L'épouse de ce dernier s'était contentée d'agiter un flacon de sels sous son nez, et elle s'était réveillée. Même à demi inconsciente, Mlle Whitby était très jolie, avec ses lèvres rouges entrouvertes, sa généreuse poitrine qui se soulevait au rythme de sa respiration hésitante.

Dès qu'elle avait vu que la fiancée n'était pas morte, Payton s'était doutée que l'évanouissement était feint. Elle avait proposé, si les sels ne remplissaient pas leur office, de pincer Mlle Whitby jusqu'à ce qu'elle revienne à elle. Celle-ci avait dû l'entendre, car elle avait aussitôt ouvert ses grands yeux bleus en murmurant :

— Où suis-je ? Que s'est-il passé ?

— Vous vous êtes évanouie, ma chère, avait gentiment répondu l'épouse du vicaire. Vous êtes dans la chapelle. Voulez-vous une goutte de brandy ?

Mlle Whitby avait refusé et, battant des paupières, avait regardé Drake en s'écriant :

— Seigneur, je vous ai trompé !

Elle s'était ensuite détournée comme si elle ne pouvait supporter d'affronter son regard.

— Là, là, ma chère…

Le vicaire, qui ne voulait pas être tenu à l'écart du drame qui se déroulait sous son toit, était venu près du sofa où gisait Mlle Whitby et lui tapotait la main.

— Vous avez une explication satisfaisante, j'en suis certain, n'est-ce pas ? Une explication plausible qui vous débarrassera des soupçons qui pèsent sur vous.

Mlle Whitby acquiesça.

— Je…

Tout le monde se pencha, avide d'entendre l'explication plausible de Becky Whitby. Tout le monde sauf Payton, naturellement, car elle savait que ce serait un tissu de mensonges. Elle se tenait à l'écart du petit groupe, aussi loin que Drake et que sa grand-mère qui pinçait ses lèvres minces. L'histoire allait valoir son pesant d'or…

Et ce fut le cas. C'était en effet une belle histoire avec Mlle Becky Whitby comme héroïne et Sir Marcus Tyler dans le rôle du félon. Bon sang, existait-il une chose que cette femme n'osât faire ?

On apprit que Sir Marcus avait approché Mlle Whitby au début de son séjour chez les Dixon, un jour qu'elle se promenait dans Hyde Park avec la jument que Mlle Dixon lui avait si généreusement prêtée. Sir Marcus avait une proposition à lui faire, le genre de proposition que n'importe quelle malheureuse orpheline aurait eu du mal à rejeter. Il était prêt, en échange d'un papier que détenait le capitaine Connor Drake, invité comme elle dans la demeure des Dixon, à lui remettre la fabuleuse somme de cinq mille livres.

— Et de quel papier s'agissait-il, pour qu'il valût une telle fortune ? s'enquit fort justement le vicaire.

Mlle Whitby renifla très délicatement.

— Je ne sais pas exactement, mais d'après la description de Sir Marcus, j'ai supposé qu'il s'agissait d'une carte.

— Une carte.

Le vicaire semblait perplexe. Sir Marcus était prêt à dépenser une fortune pour une simple carte ?

— Eh bien, reprit Mlle Whitby, des sanglots dans la voix, c'est la seule carte de ce genre qui existe. Une carte, ajouta-t-elle, que le capitaine Drake avait dressée l'été précédent.

À ce point du récit, Ross lâcha un juron bien senti, tandis que Hudson et Raleigh marmonnaient dans leur barbe. Seul Drake, appuyé au manteau de la cheminée, les bras croisés, paraissait indifférent.

La carte que convoitait Sir Marcus, expliqua Ross au vicaire, était une carte des quelque sept cents îles des Bahamas. Il n'en existait aucune autre, en effet. Les îles étaient trop éparpillées, les environs trop émaillés de dangereux récifs pour que quelqu'un eût osé les explorer de fond en comble. Jusqu'à l'expédition du capitaine Drake.

Cette carte avait une valeur inestimable pour les compagnies de marine marchande, comme *Dixon et Fils,* qui travaillaient aux Bahamas. En outre, elle portait tort aux pirates qui se cachaient dans ces îles. Auparavant, ils pouvaient s'y cacher sans crainte, car aucun navire ne s'y risquait de peur de s'échouer. Avec la carte de Drake, tout le monde pouvait naviguer au milieu des îlots avec autant de facilité qu'eux.

Seuls *Dixon et Fils*, qui employaient le capitaine Drake, possédaient des droits sur la carte. Et leurs rivaux – Sir Marcus Tyler, en l'occurrence – étaient prêts à tout pour s'en emparer.

Y compris soudoyer une malheureuse orpheline comme Becky Whitby.

— Je vois, dit le vicaire. Et vous lui avez remis le document, mon enfant ?

Tout le monde – excepté Drake et les Dixon – retint son souffle dans l'attente de la réponse. Payton la connaissait déjà, cette réponse. La carte était soigneusement enfermée dans un coffre au siège administratif de la société. Quelques copies en avaient été distribuées aux capitaines des vaisseaux Dixon mais, à moins que Drake n'en eût laissé traîner un exemplaire dans sa chambre, Mlle Dixon n'avait aucun moyen de mettre la main dessus.

Or Connor Drake était tout sauf négligent.

Bien entendu, les autres personnes présentes l'ignoraient, et elle poussèrent un soupir de soulagement lorsque Mlle Whitby secoua la tête.

— Oh, non ! Néanmoins je ne voulais pas contrarier Sir Marcus, voyez-vous. Alors je gagnais du temps en lui disant que je continuais de la chercher. Lorsque j'ai quitté Londres pour Daring Park, j'ai cru être enfin débarrassée de lui. Mais, comme vous l'a appris Mlle Dixon, il m'a suivie jusqu'ici, et il m'a fait parvenir un message me demandant de le rejoindre ce matin. Je... j'avais trop peur pour refuser. Je me suis glissée dehors après le petit déjeuner afin de lui dire que je n'avais toujours pas trouvé la carte. Nous partions... nous devions partir pour New Providence tout de suite après le déjeuner, et j'étais persuadée que je ne verrais plus jamais Sir Marcus. Mais je suppose qu'il m'aurait retrouvée, où que j'aille.

La voix de Mlle Whitby était si pleine de tristesse et de honte que, l'espace d'un instant, Payton se sentit désolée pour elle. Mais un coup d'œil à Drake lui apprit qu'il n'éprouvait pas la même faiblesse. Il regardait sévèrement sa fiancée – si elle l'était toujours, ce qui n'était pas certain, vu son expression.

— Je comprends, fit le vicaire. Mais ce qui m'étonne, mon enfant, c'est que vous ne vous soyez pas tournée vers vos amis dès que cet homme vous a parlé. Les Dixon s'étaient montrés plus que généreux envers vous. Pourquoi ne leur avez-vous pas tout raconté ? De toute évidence, vous n'aviez pas l'intention d'accepter cet argent. Vous saviez que ce qu'il vous demandait de faire était illégal, et immoral. Alors, pourquoi n'en avoir parlé à personne ?

Mlle Whitby baissa la tête, pathétique. Il lui en coûtait de l'avouer, mais la proposition de Sir Marcus ne concernait pas seulement les cinq mille livres. Elle contenait aussi une punition en cas d'insuccès. Il menaçait Mlle Whitby de dévoiler à ses nouveaux amis ce qu'elle tenait tant à leur cacher.

La révélation promettait d'être savoureuse, et tout le monde l'attendit dans un silence tendu. Hélas, le vicaire jugea que ce que Mlle Whitby avait à révéler ne devait être entendu que par le fiancé et lui-même. Au grand dam de la grand-mère dudit fiancé, le vicaire invita les personnes présentes à sortir de son bureau. Son épouse elle-même était terriblement déçue à l'idée de ne jamais connaître la fin de la poignante histoire de Becky Whitby.

Sur le parvis de l'église, où tout le monde se retrouva bientôt à commenter les événements de la matinée, personne ne prit la peine de venir parler à Payton. Elle pensait qu'au moins Lady Bisson la féliciterait, puisqu'elle avait finalement fait ce que celle-ci lui avait demandé. Au lieu de cela, la vieille dame se dirigea vers le cimetière où elle se recueillit devant la tombe de Sir Richard, le visage fermé.

Payton espérait tout de même quelques congratulations. Elle s'était conduite en héroïne, après tout ! Elle avait sauvé non seulement Drake, mais aussi les intérêts de *Dixon et Fils* dans les Bahamas. Devant le silence général, elle songea, les larmes aux yeux, qu'elle n'avait peut-être pas eu tout à fait raison.

Et puis, qu'ils aillent au diable, tous ! Que lui importait, après tout ? Seul Drake comptait. Il fallait qu'on le tire de cette situation, et elle était fière et heureuse de l'avoir fait. Elle recommencerait s'il le fallait.

Elle retomba brutalement sur terre quand le vicaire sortit de son bureau pour annoncer que le couple partait à l'instant pour Portsmouth où le *Constant* les attendait afin de les emmener vers les îles, où ils se marieraient, puisqu'en Angleterre il y avait trop de… complications.

Complications ! Jamais Payton n'aurait imaginé que Connor Drake la considérerait comme une complication.

Mais, apparemment, c'était le cas. En outre, il fuyait le pays, comme pour se débarrasser d'elle.

On parla beaucoup, naturellement. D'abord de ce que savait Sir Marcus au sujet de Mlle Whitby. Ce devait être important pour qu'elle en vienne à de telles extrémités afin que ses amis ne l'apprennent pas. Cependant, cela n'avait pas dissuadé son fiancé de l'épouser. Payton entendit certains supposer que cela ne pouvait être lié au fait qu'elle était enceinte Cela, le futur mari le savait sûrement, la hâte avec laquelle ce mariage avait été décidé en était la preuve. Alors, de quoi pouvait-il bien s'agir ?

C'était vraiment troublant, et terriblement frustrant pour tous ces gens en quête de ragots. Ils se quittèrent fort désappointés. Pas autant, toutefois, que Lady Bisson qui fit venir son attelage et partit pour le Sussex sans avoir prononcé une parole.

Cela dit, même privé de détails croustillants, l'affaire demeurerait mémorable. Quant au rôle que Payton avait joué, les invités n'étaient pas près de l'oublier. Apparemment, l'Honorable Mlle Payton Dixon n'entrerait pas dans l'Histoire comme la première femme commandant un navire, mais comme la jeune fille qui avait tenté d'annuler le mariage de Sir Connor Drake.

Ce n'était pas un titre de gloire pour Payton !

Ni pour sa famille.

— Si on ne veut pas d'elle au couvent, reprit Ross, peut-être l'Amérique...

Hudson se détacha de la fenêtre.

— Tu plaisantes, Ross ! Envoyer Payton en Amérique ?

— Pourquoi pas ? Nous avons des cousins, à Boston. Envoyons donc Payton à Boston. Là-bas, personne n'aura entendu parler de Connor Drake, et nous devrions pouvoir la marier sans trop de peine à un Américain.

C'en était trop. Payton prit une grande inspiration et hurla :

— Je n'épouserai pas un Américain !

Ni personne d'autre, allait-elle ajouter lorsque Ross décréta :

— Tu n'as pas le choix.

Maintenant qu'il avait trouvé une solution, Ross paraissait fort content de lui.

— Aucun Anglais ne voudra de toi, après ta démonstration d'aujourd'hui. En revanche, un Américain ne fera pas la fine bouche, surtout s'il y a de l'argent à la clé. D'ailleurs, ajouta-t-il à contrecœur, tu n'es pas aussi laide que Raleigh le prétend. Un Américain devrait même te trouver plutôt jolie.

— Je n'irai pas ! gronda Payton. Tu ne peux pas m'y forcer.

— Tu iras, rétorqua Ross. Et je peux parfaitement t'y obliger.

— Franchement, Ross, intervint Raleigh, pour une fois, je suis d'accord avec Payton. Cela me paraît excessif. L'envoyer en Amérique parce qu'elle a essayé de sauver la peau de Drake – à juste titre, je dois dire –, je trouve ça un peu dur !

— C'est vrai, renchérit Hudson. Elle essayait seulement d'aider un ami marin.

— C'est bien là le problème, contra Ross. Payton n'est pas un marin, mais une jeune fille en âge de se marier, ce qu'elle semble totalement ignorer. Peut-être que si nous l'éloignons de la mer…

— Je n'irai pas, coupa Payton. Alors fiche-moi la paix !

Georgiana se redressa.

— Ross, intervint-elle d'une toute petite voix, puis-je vous voir dans la pièce voisine, je vous prie ?

Ross leva la main afin de la faire taire.

— Dans un moment, Georgie. Il faut d'abord que je règle ce problème avec mon insupportable sœur

— Non, Ross, insista Georgiana. Tout de suite.

Mais ce que Georgiana souhaitait dire à son époux en privé fut laissé à l'imagination de chacun, car à cet instant, la porte du salon s'ouvrit sur un jeune homme haletant.

— Cap'taine Dixon ! s'écria-t-il. Dieu merci, je vous ai trouvé !

Mme Peabody apparut à son tour sur le seuil, l'air tout aussi affolé.

— J'ai essayé de l'arrêter, monsieur, mais il n'a rien voulu savoir. Il a prétendu qu'il avait un message urgent à vous transmettre et que…

— Ça va, ça va, fit Ross d'un ton apaisant. Nous le connaissons. Tu es le jeune Hill, n'est-ce pas ? Marin à bord du *Constant* ?

— C'est exact, monsieur.

Le garçon avait peine à reprendre son souffle, mais il n'avait pas oublié les bonnes manières. Constatant qu'il y avait des femmes dans la pièce, il ôta son béret qu'il se mit à triturer nerveusement.

— Jeremiah Hill, monsieur.

— Alors, Hill, que se passe-t-il ? Tu ne devrais pas te trouver sur le *Constant* avec le capitaine Drake ? Il était censé prendre la mer il y a quelques heures, non ?

— En effet, monsieur. Sans moi, hélas ! À mon grand regret, j'ai raté le départ. Je buvais une chopine avec un camarade, le temps a passé, et le bateau est parti, et…

— Eh bien, voilà qui est grave, mon garçon. Le capitaine Drake ne sera pas content. Pas content du tout.

— Je sais, monsieur, fit le jeune homme qui se passa une main tremblante dans les cheveux. Mais ce n'est pas pour ça que je suis là, monsieur. Je veux dire, ce n'est pas pour vous supplier de me pardonner

— Tant mieux, intervint Hudson en tendant une chope de bière au garçon. Parce que ça ne servirait à rien. Notre frère n'est pas du genre à pardonner. C'est un méchant, tu sais. Tiens, bois ça.

Le garçon avala une longue goulée de bière avant de s'essuyer la bouche d'un revers de manche.

— Je suis venu vous parler de ce que j'ai vu sur les quais, monsieur, alors que je courais pour rejoindre le *Constant*. Lorsque je suis arrivé, c'était plus qu'un point au loin, et j'ai compris que j'avais raté le départ. J'étais en train de jurer à faire rougir le capitaine…

Il jeta un coup d'œil d'excuse à Georgiana et à Payton.

— Je vous demande pardon, mesdames… Comme j'étais planté là, j'ai été bousculé par le plus gros type que j'aie jamais vu. Un énorme noir avec des anneaux aux oreilles et au nez. Il était avec d'autres, pas plus engageants, du genre de ceux qu'on ne voit qu'à Nassau. Ils se dépêchaient à cause – j'en ai entendu un le dire – à cause de ce salaud… Pardon, mesdames… Le capitaine avait quitté le port plus tôt que prévu alors qu'ils avaient ordre de le suivre.

— Bon Dieu !

Ross était presque aussi pâle que le jeune marin. Il échangea un regard avec ses frères.

— La Fond ? leur demanda-t-il.

Hudson acquiesça.

— On dirait bien. Il n'ose pas se montrer à Portsmouth, mais tu peux être sûr qu'il attend quelque part en mer.

— Comment a-t-il su ? s'étonna Raleigh. Comment pouvait-il savoir que Drake s'embarquait aujourd'hui ?

Payton, qui s'était extirpée des profondeurs de son fauteuil, se tenait devant eux, tremblante de rage.

— Mais parce que Becky Whitby l'a dit à Marcus Tyler ce matin, bande d'idiots ! explosa-t-elle, les poings sur les hanches.

Cela suffit pour que Raleigh, le plus paresseux des Dixon, bondisse sur ses pieds.

— Seigneur ! Elle a raison !

Hudson attrapait déjà son chapeau et ses gants.

— Il faut y aller, Ross.

Il se tourna vers l'aubergiste :

— Dites à votre mari de faire venir notre voiture, madame. Et vite !

Mme Peabody fit volte-face dans un envol de jupons. Cela ne tournait pas comme elle l'aurait souhaité pour la petite dame. Et peut-être après tout valait-il mieux qu'elle n'y comprît rien !

— Ross, commença Georgiana, je ne...

— Avons-nous un autre navire à quai à Portsmouth, en ce moment ? s'enquit Raleigh.

— Oui, monsieur, répondit Hill. Dès que j'ai entendu ces types parler du capitaine Drake, je suis allé voir le chef du port, et j'ai découvert que la frégate Dixon, le *Virago*, était arrivée la nuit dernière. Je suis allé trouver le capitaine. C'est lui qui m'a dit où vous étiez. Il a ajouté qu'il serait prêt à partir dès que vous mettriez les pieds sur le pont...

— Le *Virago* ? répéta Hudson, apparemment satisfait. Ça ira. Il est armé de huit pièces de trente.

Le visage sombre, Ross enfonça son chapeau haut de forme.

— Alors, qu'attendons-nous, bon sang ? Allons-y !

Les quatre Dixon sortirent en trombe de la pièce, laissant derrière eux leur père, Georgiana et le jeune marin qui se regardaient, effarés.

Sir Henry leva les yeux de la balle qu'il était en train d'astiquer.

— Dites-moi, Georgiana, où sont-ils partis, tous ?

Mais celle-ci n'était pas d'humeur à apaiser le vieux monsieur. Elle se laissa retomber sur le sofa, posa le mouchoir sur son visage et répondit d'une voix irritée :

— Au diable !

Et elle n'était pas loin de la vérité.

13

Drake se tenait sur le pont du *Constant*.

Le *Constant* qui lui appartenait, désormais. Il ne pouvait s'empêcher d'éprouver de la culpabilité, car il savait combien Payton tenait à ce navire. Plus encore, il savait qu'elle le méritait, qu'elle avait travaillé dur, à bord, avec quel amour elle avait astiqué ses cuivres, quelle part elle avait prise à sa construction.

Et pourtant, il y avait de la joie en lui, au moment même où il commençait à désespérer d'être heureux. De la joie parce que c'était un magnifique bateau, le plus rapide qui fût, fin, racé, robuste.

Oui, il aurait dû appartenir à Payton. Et peut-être qu'au fond de son cœur, il considérait qu'il lui appartenait. Il l'empruntait seulement, il en prendrait soin, jusqu'à ce qu'il revienne à son véritable propriétaire. Et cela lui était égal. Complètement égal. C'était une chose qu'ils pouvaient partager, qui les faisait se rejoindre par-delà les miles qui les séparaient.

C'était suffisant.

Il le fallait.

Mais pour l'instant, il avait des préoccupations plus immédiates. Ce navire plein Nord, par exemple. Au début, il avait eu un doute, mais à présent il était certain qu'il le suivait. Et l'équipage l'avait remarqué aussi.

Son second, un homme compétent du nom de Hodges, s'approcha.

— Capitaine, on vient de m'apprendre qu'un trois-mâts nous arrive dessus par le Nord. Il avance vite.

— Je l'ai aperçu au lever du soleil. Peut-être est-ce notre Hill qui s'est fait embarquer à bord et essaie de nous rattraper ?

Le lieutenant avait entendu, et il eut un petit rire.

— Ça ne m'étonnerait pas ! Il est du genre à tout tenter pour éviter le fouet.

Hodges secoua la tête.

— Il n'est pas sur ce navire, monsieur. Ou alors, pas de son plein gré. Le bateau n'arbore aucun drapeau.

Drake se frotta le menton, songeur.

— Pas de drapeau ? À votre avis, qui est-ce, Hodges ?

— Je n'ai jamais entendu dire que le Français montait si haut vers le Nord, monsieur, mais si je devais parier, c'est pourtant sur lui que je miserais. À la taverne, on racontait qu'il était fou de rage après que vous l'aviez chassé de Cat Island, en août dernier. Votre méthode ne lui a pas plu du tout.

Drake esquissa un sourire.

— Cet homme n'a jamais compris la plaisanterie. Dites aux hommes de se tenir prêts, à tout hasard. Je n'y crois guère, mais mieux vaut ne pas être pris au dépourvu.

— Bien, capitaine.

Hodges s'éloigna et Drake se tourna vers l'horizon. Il affichait l'attitude typique de l'officier sûr de lui. Les mains croisées dans le dos, un pied botté posé sur le bastingage, il paraissait indifférent au danger qui le guettait – ou plutôt confiant dans sa force.

C'était l'image qu'il voulait donner à ses hommes. Cependant, intérieurement, Connor Drake frémissait de joie. Une belle bataille approchait, et rien n'aurait pu le rendre plus heureux.

Pas pour le sang versé, naturellement. Mais il était soulagé que la situation, qui semblait inextricable, se dénoue, finalement. Et dans le sens qu'il souhaitait.

Dès qu'il avait entendu Payton prononcer le nom de Marcus Tyler, la veille, les pièces du puzzle s'étaient mises en place. Il avait des soupçons, et ce que Payton avait vu dans le labyrinthe les lui avait confirmés. Il s'en serait frotté les mains de joie, c'était pourquoi il les gardait dans le dos. Après des jours, non, des semaines passées à maudire son impuissance, incapable de lever le petit doigt pour changer le cours des événements, il allait enfin pouvoir agir.

La première chose à faire était d'attaquer le navire qui se dirigeait droit sur eux. Il espérait que l'équipage mènerait un combat loyal. Si La Fond commandait, ce serait le cas. Mais si c'était quelque mercenaire engagé par Tyler, il en doutait. Ils naviguaient pour l'argent, pas pour la gloire – contrairement à La Fond dont l'honneur était en jeu. Il *fallait* que ce soit le Français. Il était sûrement impliqué dans cette histoire, d'une manière ou d'une autre. Sinon, Drake serait horriblement déçu.

Il ne savait pas exactement ce qu'il ferait une fois qu'il aurait anéanti ses poursuivants. S'il jugeait cela assez sûr, peut-être ferait-il tout simplement demi-tour pour rentrer en Angleterre. Il avait certaines choses à régler et, lorsqu'il serait débarrassé de Becky Whitby, il s'en occuperait sérieusement.

— Hé, vous ! cria-t-il à l'homme perché dans la vigie. Que voyez-vous ?

— Ils ont sorti leurs canons, monsieur ! À mon avis, ils tireront dès qu'ils seront suffisamment près.

— Excellent. Hodges, faites charger les canons.

Drake posa une main sur la garde de l'épée qu'il portait à la hanche et l'autre sur la crosse de son pistolet.

— Et changez de cap, je veux essayer de les aborder à l'éperon.

Hodges sursauta.

— Monsieur ?

— Oh, nous n'allons pas *réellement* les éperonner, Hodges. Jamais je ne ferais subir un tel sort à un si beau navire, mais ils l'ignorent. Effrayons-les un peu.

En tout cas, cela nous mettra en bonne position pour déclencher le feu.

Hodges effleura le bras du capitaine.

— Pardonnez-moi, monsieur, dit-il aussi calmement que possible malgré les cris des hommes et le fracas des vagues, n'oubliez-vous pas qu'il y a une femme à bord ? Ne vaudrait-il pas mieux tenter de les semer ? Après tout, notre navire est le plus rapide…

— Fuir ? Alors que nous avons tout le temps de nous préparer au combat ? Pas question, Hodges.

Le second acquiesça.

— Très bien. Je pensais seulement à la dame.

— Laissez-moi donc ce souci, et occupez-vous du chargement des canons.

Hodges s'éloigna, et Drake, toujours incapable de dominer son exaltation, dut reconnaître qu'il n'avait pas tort. Une dame était bien à bord, et il décida de lui rendre une petite visite.

À peine franchi la passerelle, Becky s'était enfermée dans la cabine du capitaine en se plaignant d'être malade. C'était sans doute normal. Elle n'avait pas l'habitude de naviguer et, comme la plupart des femmes, elle allait souffrir du mal de mer durant la traversée.

Cela devait être pire encore dans son état. Drake était sincèrement désolé pour elle, cependant, il ne pouvait s'empêcher de penser, alors qu'il se frayait un passage parmi ses hommes, que c'était *ça* la vraie vie. Celle qu'il avait toujours voulu mener, sans jamais avoir imaginé qu'un jour il hériterait de la fortune et du titre de son frère. Il n'avait pas été follement heureux de l'apprendre, d'ailleurs.

Connor Drake était chez lui en mer, pas dans un domaine perdu au fin fond de la campagne. Il ne se voyait pas assis à un bureau à longueur d'années, à additionner des colonnes de chiffres, à calculer combien de lait les vaches produisaient… Non, cela c'était bon pour Richard. Richard et ses mains maladroites, son esprit lent…

Mais pas pour lui. Il ne l'aurait pas supporté. Rester coincé derrière un bureau quand on pouvait naviguer en pleine mer, commander son propre navire ? Non merci. Il était prêt à prendre la mer, avec les risques que cela comportait, chaque jour de sa vie.

Naturellement, il ne s'attendait pas que Becky le comprenne. Ni n'importe quelle autre femme, d'ailleurs. C'est pourquoi il ne lui en avait pas parlé avant qu'ils se retrouvent seuls chez le vicaire après la déclaration explosive de Payton. Il avait cru que Becky allait s'évanouir de nouveau lorsqu'il lui avait annoncé qu'il mettait Daring Park en vente. Elle était restée muette pendant tout le trajet jusqu'à Portsmouth, et dès qu'ils avaient mis les pieds sur le pont, elle s'était enfermée dans la cabine, refusant de parler à quiconque.

Qu'était-il censé faire ? Il n'était pas Richard, il ne le serait jamais. Il appartenait à la mer, Becky le savait. Cela, il le lui avait expliqué, il avait été franc avec elle depuis le tout début. Pas sur son intention de vendre Daring Park et de l'installer dans la villa de Nassau, mais sur le fait qu'il allait passer le plus clair de son temps en mer. Quelle différence qu'elle fût maîtresse de sa demeure en Angleterre ou à New Providence ? Elle serait de toute façon ce qu'elle avait toujours rêvé d'être : une Lady.

Mais cela n'arriverait pas. Du moins, pas si ses soupçons étaient fondés. Oh, elle avait raconté une belle histoire, dans le bureau du vicaire. Il était presque disposé à la croire. Partiellement, en tout cas.

En attendant, il était un gentilhomme, et il essaierait de se comporter comme tel. Il avait le sentiment d'avoir plus de chance en se conduisant en gentleman auprès de Becky Whitby, qui n'était pas une dame, qu'auprès de Payton Dixon, qui en était une. À sa façon.

Il frappa à la porte. Après tout, ils n'étaient pas encore mariés, et il ne pouvait entrer sans s'annoncer, même s'il s'agissait de sa propre cabine.

On ne lui répondit pas. Soit Becky n'avait pas entendu – ce qui était vraisemblable vu l'agitation qui régnait sur le pont et le craquement de l'étrave au changement de direction – soit elle refusait de lui parler. Ce qui était compréhensible. Elle n'avait répondu qu'une ou deux fois depuis qu'elle s'était enfermée, la veille. Il ne savait pas trop ce qu'elle faisait dans la cabine, à part vomir, sans doute. Il lui avait conseillé de monter sur le pont pour combattre ses nausées, mais elle l'avait ignoré. Peut-être même ne l'avait-elle pas entendu. Il était difficile de crier des instructions devant une porte fermée. La moitié de l'équipage ricanait en constatant que la femme du capitaine ne lui ouvrait pas, tandis que l'autre moitié se demandait pourquoi le capitaine n'enfonçait pas la porte, tout simplement, pour infliger à cette femme la leçon qu'elle méritait.

— Mademoiselle Whitby ! appela-t-il. C'est Connor Drake. Ouvrez, je vous en prie. J'ai à vous parler.

Du fond de la cabine, il l'entendit répondre calmement :

— Allez-vous-en.

— Je ne peux pas, mademoiselle Whitby. Voyez-vous, nous avons quelques problèmes…

— De quel genre ?

— Eh bien, il y a un autre bateau…

— En quoi cela me concerne-t-il ?

En quoi, en effet ?

— Je ne voudrais pas vous alarmer, mais ce n'est pas un des nôtres. Il y aura peut-être des tirs de canons. Je voulais seulement vous avertir…

« Pour que vous n'ayez pas peur », faillit-il dire. Et qu'elle ne se mette pas à courir sur le pont comme une folle, au risque d'être déchiquetée. À en juger par son comportement passé, Becky Whitby n'était pas du genre à garder son sang-froid face au danger.

Du moins, pas la Becky Whitby qu'il avait envisagé d'épouser. La nouvelle Becky Whitby, celle qui rencontrait des hommes comme Marcus Tyler dans des labyrinthes, celle-là avait sûrement la tête sur les épaules en toutes situations.

— Je vous remercie de votre sollicitude, monsieur, répondit-elle. À présent, sauf si vous avez un prêtre avec vous et l'intention de terminer ce que vous avez commencé, laissez-moi tranquille.

— Je serais nettement plus disposé à aller chercher un prêtre si vous aviez été honnête envers moi.

— J'étais honnête ! hurla-t-elle.

Pour une jeune personne si timide lorsqu'il l'avait rencontrée, elle savait donner de la voix lorsqu'il le fallait !

— Mais sommes-nous mariés ? poursuivit-elle. Non ! Tout ça à cause de cette horrible petite Dixon. Je n'arrive pas à croire que vous accordiez plus de crédit à sa parole qu'à la mienne.

Drake ne put retenir un sourire. Vingt-quatre heures après, il ne pouvait se rappeler la façon calme dont Payton avait levé la main sans rire. C'était bien d'elle ! Elle avait le don de se fourrer dans le pétrin.

Certes, il y avait eu ensuite ce moment affreux où le vicaire lui avait demandé la nature de l'empêchement. Drake avait cru un instant qu'elle allait révéler ce qui s'était passé entre eux, la nuit précédente. Absurde, évidemment ! Il aurait dû savoir qu'elle ne parlerait jamais d'une chose pareille… en tout cas pas devant ses frères.

Oh, ils l'auraient injurié pour avoir osé porter la main sur leur petite sœur, cela ne faisait aucun doute. Quand ils n'oubliaient pas son existence, ou quand ils ne la traitaient pas comme un garçon, ils la protégeaient farouchement. Ils n'en avaient à vrai dire guère eu besoin car, jusqu'à une époque toute récente, personne ne se rendait compte que Payton était une fille. Mais maintenant qu'elle portait un corset, les Dixon allaient devoir la défendre contre des hordes d'admirateurs… Et il avait bien failli être leur première victime.

Cependant, tandis qu'il se tenait devant l'autel, se préparant à l'attaque, une part de lui-même exultait. Car Mlle Whitby ne pourrait entendre le récit de Payton sans se sentir obligée d'annuler la cérémonie. Le laissant libre...

Libre de se jeter de nouveau sur l'Honorable Mlle Dixon.

Mais lorsque ce fut le nom de Marcus Tyler qui sortit de la bouche de Payton, le sang de Drake se figea dans ses veines. Il savait que si Payton déclarait avoir aperçu Marcus Tyler dans le labyrinthe, c'était la vérité. Car non seulement elle avait un œil de lynx, mais elle était en outre incapable de mentir.

Et si Payton avait vu Becky Whitby avec Marcus Tyler, cela signifiait qu'ils étaient tous en grand danger. En effet, Marcus Tyler, en dépit de ce que certains en pensaient, n'était pas simplement un magnat de la marine marchande, ni même un homme d'affaires peu scrupuleux. Il donnait dans le trafic de la chair humaine, ce que n'auraient jamais envisagé les Dixon, malgré les profits que rapportaient le transports d'esclaves – « l'or noir », comme disait Tyler. C'était tout simplement un rapace, sans moralité, sans scrupules. Une sorte de grand requin blanc qui dévorait tout ce qui se trouvait entre lui et ce qu'il convoitait.

Or ce qu'il convoitait, apparemment, c'était Connor Drake.

Eh bien, Drake était prêt à l'affronter, mais pas avant d'avoir mis une distance confortable entre lui et ses amis. Il serait enchanté d'avoir un tête-à-tête avec Sir Marcus, dans ses termes et à sa manière. Et plus loin aurait lieu la bataille, plus il aurait de chances d'éviter de gros ennuis à la famille Dixon.

Il jeta un coup d'œil vers l'étrave. Ils approchaient inexorablement du navire ennemi.

— Ma foi, dit-il enfin à Mlle Whitby, je connais Mlle Dixon depuis plus longtemps que vous...

— Pas assez, apparemment, pour comprendre que c'est une menteuse, rétorqua Becky d'une voix aiguë. Vous n'avez pas compris qu'elle voulait tout simplement saboter notre mariage ? Elle vous veut, et rien ne l'arrêtera.

Drake secoua la tête. Il aurait dû s'y attendre. Becky Whitby n'était pas aveugle, elle avait forcément remarqué... L'autre nuit, dans le jardin, elle avait sûrement deviné...

À moins, songea-t-il avec un frisson, qu'il ne se soit complètement trompé sur ce qui s'était passé cette nuit-là entre Payton et lui. Ce qui avait été pour lui un extraordinaire moment de passion n'avait peut-être représenté pour elle qu'un moyen de tester son pouvoir sur les hommes. Avait-elle l'intention de poser la main sur le sexe de tous les garçons qui l'embrasseraient ?

Et ses satanés frères qui avaient décidé de la marier... Ils allaient la mettre en situation de rencontrer de séduisants jeunes gens. Combien d'hommes embrasserait-elle, en son absence ? Il ferait mieux de se dépêcher s'il ne voulait pas la retrouver dans la même situation délicate que Mlle Whitby à son retour en Angleterre.

— Attendez...

Un instant, il crut que Becky allait ouvrir la porte. Mais non, elle continuait du ton de quelqu'un qui vient de faire une découverte brillante.

— Attendez ! Ce n'est pas vous qu'elle veut, mais ce bateau ! Ce stupide bateau ! Seigneur, bien sûr ! Elle ne parlait que de ça...

Drake serra les dents.

— Je vous suggère de vous attacher, dit-il froidement. Nous allons avoir une grosse mer.

Sans ajouter un mot, il tourna les talons et regagna la barre où il prit les jumelles des mains de Hodges.

— Alors, que se passe-t-il ?

— La chose la plus étonnante que j'aie jamais vue, répondit le second avec son flegme habituel. Un vaisseau pirate fond sur nous, c'est certain, les canons sortis et prêts à tirer. Mais regardez là-bas, vers le Sud.

Drake s'exécuta, et poussa un long sifflement.

— Ça alors ! Un navire Tyler.

— C'est bien ce que je pensais. Mais je vous le demande, monsieur, pourquoi un navire Tyler viendrait-il à notre aide ?

Drake posa calmement les jumelles.

— Ce n'est pas le cas, Hodges. Ils en ont tous les deux après nous.

Les yeux de Hodges s'agrandirent.

— Je vous demande pardon, monsieur, mais si je crois le *Constant* capable de battre n'importe quel navire, de n'importe quelle flotte, il ne supportera pas une attaque par deux bateaux, qui viennent sur lui de deux directions différentes !

— Vous avez raison, Hodges. Changez de cap. Nous allons essayer de leur échapper.

Mais tout en lançant ses ordres, Drake savait que c'était sans espoir. Le *Constant* était le voilier le plus rapide de la flotte Dixon, cependant, aucun bateau ne pouvait aller plus vite que deux trois-mâts qui avaient le vent en poupe. Il aurait dû se douter que c'était un piège, que Tyler avait deviné qu'il ne fuirait pas devant la bataille… dès lors qu'elle était loyale. À présent, il était piégé, fait comme un rat.

Seule consolation, l'Honorable Mlle Payton Dixon était à des kilomètres de là, en train d'embrasser des jeunes gens, peut-être, mais du moins loin du danger.

Et cela le réconfortait.

14

Payton baissa sa longue-vue et cria avec colère :

— Oh, les lâches ! Les lâches ! Deux contre un ! Comment est-il censé gagner contre deux bateaux ?

— Il ne l'est pas, l'informa Raleigh en s'emparant de sa longue-vue. C'est le but de l'opération. Ils ne peuvent pas prendre le risque de le laisser s'échapper, c'est pourquoi ils s'y sont mis à deux. Ah, le voilà !

Accrochée au bastingage, Payton trépignait.

— Laisse-moi voir, Raleigh !

— Non. Et lâche-moi le bras.

— Raleigh !

— Du calme. Le *Constant* va bien. Ils seraient fous de l'endommager. Il vaut plus que les deux autres navires réunis. C'est pour Drake que je m'inquiète.

Payton n'osa avouer à son frère qu'elle aussi se tracassait pour Drake. Au diable le *Constant* ! Elle voulait que l'homme s'en sorte entier, pas le navire !

— Il a tiré son épée, annonça Raleigh. Je croyais qu'il l'avait perdue dans cette fameuse bagarre à La Havane. Tu te souviens, Hudson ? lança-t-il par-dessus son épaule à son aîné qui arpentait le pont en préparant les canons du *Virago*. Drake n'avait-il pas perdu son épée, l'année dernière ?

— Si.

Hudson alluma une mèche et l'approcha d'un canon.

— Mais il l'a regagnée ensuite aux cartes, ajouta-t-il. Prêt ?

— Regarde bien où tu vises ! conseilla Payton en se bouchant les oreilles.

— Oh, la barbe, Payton ! Je ne vais pas tirer sur ton beau navire, compris ?

« Je me fiche du navire ! faillit-elle crier. Mais ne fais pas de mal à Drake ! »

Déjà Hudson hurlait :

— Feu !

Les canons, dans un fracas assourdissant, catapultèrent les boulets de trente-deux en direction du bateau qui se trouvait à bâbord du *Constant*. Un seul atteignit la cible et traversa la proue du navire non identifié.

— Joli tir, commenta Raleigh en baissant sa longue-vue.

Hudson salua avec modestie.

Payton courut au bastingage.

— Oh, Raleigh ! Ils abordent ! Je le vois d'ici !

— Ne t'inquiète pas. Connor Drake ne les laissera jamais prendre le *Constant*. Pas tant qu'il sera en vie.

— Pauvre idiot ! De quoi j'ai peur, à ton avis ? Donne-moi la longue-vue !

Raleigh la tint hors de sa portée.

— Oh, oh !

— Quoi ?

Payton se sentait sur le point d'exploser.

— Quoi ? Il est tombé ? Il est tombé, Raleigh ?

— Pas encore, répondit Raleigh. Mais tu ferais mieux de te baisser.

— Me baisser ? répéta Payton en le regardant d'un air stupide. Pourquoi ?

Un boulet siffla à ses oreilles et vint s'écraser à quelques mètres d'elle dans un bruit de tonnerre, creusant un trou fumant dans le pont.

— Les démons ! s'indigna Payton. Ils ont failli m'avoir !

La réaction de Ross fut plus violente. Il dégringola du mât de misaine, d'où il lançait ses ordres qu'il ponctuait de quelques jurons bien sentis.

— Faites donner les canons ! Tous ! Nous allons exterminer ces rats !

Trop tard. Car à ce moment une flamme s'éleva du pont du *Constant*. Aussitôt, une main puissante s'abattit devant les yeux de Payton.

— Raleigh ! hurla-t-elle, furieuse. Laisse-moi voir !

Elle le griffait frénétiquement, mais son frère tenait bon.

— Non. C'est horrible ! Ça te briserait le cœur.

Elle parvint enfin à repousser la main de son frère... Juste à temps pour voir la coque du *Constant* disparaître dans une explosion de fumée noire et de flammes.

Elle ne se rendit compte qu'elle gémissait que lorsque Raleigh posa la main sur son épaule.

— C'était un superbe navire, observa-t-il tristement. Tu avais raison de vouloir le commander.

Les lèvres de Payton bougeaient, mais rien n'en sortit.

— Le navire ? articula-t-elle finalement. Le navire ? Qui se soucie de ce satané navire ? Où est Drake ?

Sur ce qui restait du pont, on apercevait des hommes qui s'agitaient, mais il était difficile de distinguer l'équipage du *Constant* des pirates qui venaient de tirer, ou des marins du troisième navire, celui qui avait été identifié comme appartenant à Tyler, le *Rebecca*. Celui-ci, protégé des canons du *Virago* par le vaisseau pirate et le *Constant*, était de toute évidence prêt à prendre des passagers – ou plutôt des prisonniers.

— Oh ! cria soudain Payton. Il est là ! Il est là !

Elle le voyait clairement, à présent, qui arpentait le pont de ce qui avait été son bateau, en criant des ordres à ceux de ses hommes qui n'avaient pas encore été capturés ou tués. Le *Virago* était si près, maintenant, que s'ils ne descendaient pas l'ancre, ils allaient heurter le vaisseau pirate de plein fouet. Si près que leurs quatre canons, quand ils tirèrent, envoyèrent une salve à travers la coque du bateau qui se tenait entre eux et le navire de Drake.

Mais ils étaient aussi assez près pour que le *Rebecca*, à tribord du *Constant*, tire et brise le mât de misaine du *Virago* à mi-hauteur. L'équipage se dispersa afin de ne pas recevoir les voiles et les cordages sur la tête. Payton échappa de justesse à un énorme morceau du mât qui s'écrasa à l'endroit où elle se tenait une seconde auparavant. Et seulement parce que, au dernier moment, elle avait sauté par-dessus le bastingage…

Sur le pont du vaisseau pirate.

Ce qui n'était pas du tout là qu'elle aurait dû se trouver, se dit-elle.. Elle aurait dû sauter dans la direction opposée !

Un rapide coup d'œil par-dessus son épaule lui indiqua que là n'était pas le pire. La chute du mât de misaine était une telle catastrophe que personne ne lui prêtait attention.

Et à cet instant, la proue du *Virago* percuta le flanc du bateau pirate dans une explosion de bois brisé et de jurons sonores.

Les quatre navires étaient à présent tout proches. Le *Virago*, le bateau pirate – qui portait le nom de *Mary B* – et ce qui restait du *Constant*, tandis que le *Rebecca* était intact.

Tombée à genoux au moment de la collision Payton resta une ou deux secondes sans bouger. Sur ce bateau ennemi, elle n'avait pas intérêt à se faire remarquer.

Mais l'équipage du *Mary B*. semblait tout occupé à piller le *Constant*. Ils prenaient tout ce qu'ils trouvaient, y compris le trousseau de Mlle Whitby. Ils sortaient dentelles et jupons de la cabine du capitaine. Quant à Mlle Whitby elle-même, Payton ne savait pas ce qu'il en était advenu. Elle supposait qu'elle avait été emmenée avec les autres prisonniers sur le *Rebecca* qu'une passerelle reliait à présent au *Constant*.

À raison, car elle aperçut soudain sa chevelure flamboyante à travers la fumée. Elle se trouvait en travers de l'épaule d'un grand costaud qui la portait à bord du *Rebecca*, et sans doute pas contre son gré, car elle ne se débattait pas. Ce qui ne lui ressemblait guère.

Puis Payton comprit que c'était certainement parce qu'elle était inconsciente. Une véritable fleur de serre ! Et une victime perpétuelle, apparemment, car elle se retrouvait de nouveau en mauvaise posture.

Eh bien, pas question de l'aider, cette fois, songea-t-elle. Du reste, quelle importance si Becky Whitby finissait prisonnière personnelle du capitaine des pirates, ou dévorée par un requin ? C'était ce dont elle rêvait depuis des semaines, non ? Ses prières étaient enfin exaucées ! Seulement…

Seulement, si elle portait vraiment l'enfant de Drake ?…

Ce fut à cet instant précis qu'elle aperçut des hommes à la carrure impressionnante qui tansportaient un Drake inconscient sur le *Rebecca*.

Du moins, elle supposa qu'il était inconscient. S'il avait été mort, on l'aurait simplement jeté par-dessus bord.

« Oh, Seigneur, pria-t-elle en cherchant de l'aide du regard, je vous en supplie, faites qu'il ne soit pas mort ! Prenez-moi à sa place ! Ou, mieux encore, prenez Mlle Whitby ! »

Mais ses frères et le reste de l'équipage du *Virago* en étaient encore à s'extirper de l'amas de voiles qui s'étaient abattues sur eux. Et il leur faudrait du temps pour y parvenir. Alors le *Rebecca* et ses prisonniers seraient déjà loin…

Elle s'apprêtait à enjamber le bastingage quand une voix fort peu amicale gronda :

— Où est-ce que tu vas comme ça ?

Un garçon venait de sortir de l'avant, chargé d'un énorme sac d'où débordaient du pain et des fruits. De toute évidence, il avait dévalisé la coquerie et était fort contrarié de trouver quelqu'un en travers de son chemin.

— Tu es sourd ? insista-t-il. Je t'ai posé une question. Tu es qui ?

Payton avait revêtu la tenue qu'elle portait d'ordinaire en mer : chemise, veste, pantalon. Avec ses cheveux courts et sa petite poitrine, il était facile de la prendre pour un garçon... Même si ce n'était guère flatteur.

— Tu veux que je te chauffe les oreilles ? s'énerva le marin, irrité par son silence. J'en suis capable, crois-moi !

Payton détestait les menaces, surtout quand leur auteur n'était guère plus grand qu'elle. Elle se redressa.

— Poussez-vous de mon chemin.

— Pourquoi ? Tu vas où ? ricana le garçon.

Payton désigna le pont du *Rebecca*.

— Là.

L'autre posa le sac de nourriture.

— Pas question.

— Oh ? Vous croyez ?

Payton le jaugea du regard. Il n'était pas plus grand qu'elle, mais devait bien peser vingt kilos de plus.

— Si je le crois ? J'en suis...

Il ne put terminer sa phrase, car le poing de Payton s'écrasa violemment sur son nez. Après l'estomac, lui avait appris Raleigh, c'était le meilleur endroit où frapper. C'était une erreur de viser la bouche, car les dents abîmaient les phalanges, tandis que le cartilage nasal, fragile, avait le double avantage de céder facilement sous le poing et de se briser douloureusement.

Payton passait résolument devant son adversaire, toujours décidée à sauver Drake, quand elle fut saisie à la taille et soulevée de terre. Elle se retrouva la tête en bas.

— Petit gredin ! grinça une voix vicieuse. Je vais t'apprendre.

Payton ne sut jamais ce que l'homme voulait lui apprendre car, dans son champ de vision inversé, se découpa un individu extrêmement imposant, avec des anneaux d'or aux oreilles et un autre à la narine. Lui aussi portait un lourd sac de nourriture et semblait furieux.

— Pose-le, Tito, tonna-t-il.

L'agresseur de Payton, dont elle n'apercevait que les bottes, d'une pointure nettement supérieure à la moyenne, protesta :

— Mais, Clarence, regarde ce qu'il a fait à Jonesy.

— Je m'en fiche. Rappelle-toi ce que le capitaine a dit. Pas de prisonniers, sauf sa femme et Drake. Pose celui-là.

— Clarence...

— Pose-le, je te dis !

Payton s'attendait à ce qui suivit, pourtant elle fut secouée quand son arrière-train heurta les planches du pont. Elle se frotta le bas du dos tout en observant tour à tour les deux hommes qui se disputaient à son sujet.

— Et moi, je te dis qu'il va pas s'en sortir comme ça !

Tito était un Blanc d'âge moyen, complètement chauve et très bedonnant. Il traînait derrière lui, à l'aide d'un crochet, un énorme porc. Payton songea que c'était l'homme le plus impressionnant qu'elle eût jamais vu... jusqu'à ce qu'elle pose les yeux sur le dénommé Clarence.

— Pas de prisonniers, disait ce dernier avec de vigoureux hochements de tête qui faisaient trembler son double menton. Juste Drake et la femme. Tu sais qu'il n'y aura pas assez de nourriture, sinon. Le *Mary B.* est en train de couler, et il faudra nourrir leur équipage en plus du nôtre. On aura tout juste de quoi tenir jusqu'à Nassau.

C'était la deuxième fois que Payton entendait dire que le but de l'attaque était d'enlever Drake et Mlle

Whitby – dont, à son grand étonnement, les pirates parlaient comme si elle était la femme de leur capitaine et non celle de Drake. C'est alors qu'elle prit sa décision. Aucun de ses frères n'avait pu quitter le pont du *Virago*.

C'était à elle de jouer, à présent.

Mais comme elle roulait sur elle-même, pour s'esquiver discrètement, elle sentit qu'on lui tirait vivement la tête en arrière, et elle se retrouva avec la pointe d'un poignard sur la gorge.

Puis elle se rendit compte qu'il ne s'agissait pas d'une lame, mais du crochet qui avait servi à tirer le cochon.

— Alors, laisse-moi le tuer, Clarence, reprit le gros lard, soufflant son haleine au visage de Payton. S'il te plaît, insista-t-il. Le Français dira rien, j'en suis sûr. Il s'en fiche.

— C'est qu'un gosse, Tito…

Clarence hésitait visiblement, et Payton sut que si elle agissait vite, elle avait une chance de s'en sortir.

La tête contre l'épaule de Tito, elle dit d'une voix enrouée :

— Vous voulez pas dire… vous voulez pas dire que votre capitaine, c'est *le* Français, si ?

— Pour sûr, gronda Tito. En personne. Pourquoi ? T'as entendu parler de lui ?

— Oh, que oui !

Bien que gênée par le crochet sur sa gorge, Payton parvint pourtant à articuler :

— Tous les marins ont entendu parler de Lucien La Fond ! C'est le fléau des mers du Sud ! Je donnerais n'importe quoi pour le voir, juste une fois ! Dites-moi, c'est vrai qu'il a échappé aux forces navales de Sa Majesté dans l'océan Indien, avec une seule voile, alors qu'une tempête avait détruit son grand mât ?

La pression sur son cou se relâcha quelque peu.

— Ouais. Du reste, j'y étais.

— Vraiment ? s'écria Payton en feignant un enthousiasme juvénile.

— Sûr ! À ton avis, qui est-ce qui tenait le grand mât en place ?

— C'était vous ? fit-elle, pleine d'admiration. Vous devez être sacrément costaud ! Oh, m'sieur, vous pouvez pas m'emmener à bord avec vous ? Je serais tellement honorée de naviguer avec un marin comme le Français !

— Attends un peu, intervint Clarence. On prend personne à bord. On a assez de lave-pont comme ça…

— Je suis pas un lave-pont ! se défendit Payton. Mon dernier poste était mousse personnel de l'amiral Kraft !

— L'amiral Kraft ?

Les deux hommes échangèrent un coup d'œil par-dessus sa tête. L'amiral était connu pour pourchasser les pirates qu'il appelait le fléau des mers. Payton ne pensait pas qu'il se formaliserait s'il savait qu'elle profitait ainsi de son nom.

— T'as servi l'amiral Kraft ?

Tito lui tourna la tête et plongea son regard dans le sien.

— Si tu mens, p'tit gars…

— Je mens pas, répliqua Payton en soutenant son regard, bien que son haleine lui soulevât le cœur.

Elle se tourna vers Jonesy, toujours affalé sur le pont, les mains sur son nez en sang.

— Je pourrais peut-être me racheter en reprenant le travail de votre copain. Il va pas être très en forme, les jours prochains…

Il y eut soudain une série d'explosions derrière eux, et Payton baissa machinalement la tête, tandis que des boulets sifflaient à leurs oreilles. Elle s'aperçut que ses frères avaient renoncé à libérer les canons du *Virago* et qu'ils les actionnaient sous les voiles.

Elle failli leur crier de faire attention, mais avant qu'elle ait pu ouvrir la bouche une sirène hurla dans l'air. Tous se tournèrent vers le *Rebecca*, le seul bâtiment intact. On était en train de hisser les voiles, qui avaient été affalées durant la bataille, et on remontait l'ancre, sous le feu redoublé du *Virago*. Le départ était imminent. Les hommes qui restaient encore sur le *Constant* se hâtèrent de battre en retraite.

Le gros Tito ne fit pas exception à la règle. Il lâcha Payton sans un mot et plongea de nouveau son crochet dans la chair marbrée du porc. La jeune fille avala sa salive.

Il s'en était fallu de peu que ce fût la sienne !

— On y va, grommela Tito en s'éloignant avec son butin. Debout, Jonesy !

Clarence avait déjà soulevé sans peine le sac de nourriture que Jonesy avait lâché.

— Allez, mon garçon. C'est qu'un nez, après tout.

— Ouais, n'empêche que j'ai mal, geignit Jonesy en se relevant maladroitement.

Payton jeta un coup d'œil par-dessus son épaule tandis que ses frères tiraient une nouvelle salve. Cette fois, le *Rebecca* riposta. Payton bondit sur ses pieds. Il lui fallait prendre une décision sur-le-champ.

La sécurité auprès de ses frères.

Ou le *Rebecca* avec les dangers qu'il représentait… et Drake.

Elle s'élança derrière les hommes qui, un instant plus tôt, étaient prêts à la tuer.

— Hé ! cria-t-elle. Attendez-moi !

15

Il n'avait aucun mal à garder le décompte des jours. La lumière filtrait entre les interstices du plancher au-dessus de sa tête. Par gros temps, les vagues fouettaient le pont, et il recevait une douche salée, et lorsqu'il pleuvait, il buvait de l'eau fraîche dans ses mains en coupe.

Que le soleil et l'eau s'insinuent à travers les lattes du pont prouvait que la construction du navire avait été bâclée. Ce fut ainsi que Drake devina, lorsqu'il se réveilla sur un mauvais plancher couvert de paille, qu'il se trouvait sur un vaisseau Tyler. Sir Marcus était réputé pour raccourcir les délais des constructeurs au détriment de la qualité de ses bateaux.

Drake savait exactement combien de jours s'étaient écoulés depuis l'attaque du *Constant*. Les repas apportés à intervalles réguliers lui permettaient de se repérer dans la journée, et s'il se fiait à la chaleur de l'air, il pouvait affirmer qu'ils voguaient vers le Sud.

En dehors de cela, il ignorait tout. L'homme qui gardait sa porte ne disait pas un mot, celui qui lui apportait ses repas pas davantage.

Il avait cependant une petite idée de ce qui était arrivé. Il avait été capturé, sans doute par le pirate La Fond qui ne l'avait jamais beaucoup aimé. C'était irritant, mais pas particulièrement inquiétant. Le Français voulait quelque chose, de toute évidence, sinon il ne l'aurait pas gardé si longtemps en vie. Et Drake savait de quoi il s'agissait. Alors il ne lui restait plus qu'à attendre.

Mais son principal souci demeurait ses hommes qui avaient lutté bravement afin de protéger le *Constant*. Drake suspectait qu'un certain nombre y avait laissé la vie, et il se le reprochait amèrement. Il avait senti que quelque chose se tramait avant même de mettre les voiles. Jamais il n'aurait dû prendre Mlle Whitby à son bord. C'était aussi absurde que d'embarquer une cargaison de cobras. Non pas que cela aurait changé quoi que ce fût ; ils se seraient tout de même lancés à ses trousses. Mais ils n'auraient pas obtenu l'information qu'ils possédaient dorénavant, information aimablement fournie par leur espionne.

Hélas, ce qui était fait était fait. Il regretterait toute sa vie les existences perdues dans la débâcle, débâcle dont il se sentait responsable. Lorsqu'il serait sorti de là – et il ne doutait pas un instant d'y parvenir –, il s'arrangerait pour dédommager les veuves et les familles de ces hommes. C'était le moins qu'il pût faire.

La carte. Cette satanée carte ! Si seulement il ne l'avait jamais dessinée…

Tout avait commencé comme une plaisanterie, un soir, l'été précédent, alors qu'il s'était arrêté en compagnie de Raleigh et de Hudson à sa maison close favorite de New Providence. Rien de bien reluisant, mais ils avaient passé pas mal de temps en mer, et les hommes ont certains besoins, après tout.

Toujours est-il que, alors qu'ils redescendaient l'escalier, Drake remarqua une silhouette familière qui escortait une jeune femme en direction des chambres. C'était le fameux pirate Lucien La Fond, qu'ils soupçonnaient d'être à l'origine de nombreux raids contre la flotte Dixon.

Si Drake avait toujours considéré le Français comme un monstre grotesque, ce dernier semblait penser autrement, car il apportait à sa toilette plus de soin encore que Raleigh Dixon.

Drake devait être un peu ivre, car son idée aurait certes paru puérile à un homme sobre. Mais il lui vint à l'esprit qu'il serait assez amusant d'attendre que le Français soit occupé ailleurs pour le délester de ses vêtements criards. Ensuite, ils allumeraient un incendie facile à éteindre, mais qui dégagerait énormément de fumée. Eux se tiendraient à distance respectable, attendant de voir le Français sortir à la hâte de ce qu'il croirait être un bâtiment en feu.

Leur plan avait marché au-delà de toute espérance. Lorsqu'il entra dans la chambre où La Fond s'était retiré, Drake le trouva profondément endormi auprès de sa compagne d'un moment. Aussi, quand retentirent les cris de « Au feu ! », le terrifiant pirate La Fond sortit-il en courant de la villa, vêtu d'une chemise de nuit arachnéenne, la moitié de sa moustache, dont il était si fier, coupée net.

Ne voyant pas de flamme, mais alerté par de gros rires, il se tourna pour découvrir son pire ennemi, Connor Drake, brandissant d'une main sa veste de velours et son pantalon, de l'autre une longue boucle noire.

— À plus tard, Lucien ! lança Drake, avant de détaler avec les frères Dixon.

Une blague d'écoliers, certes, mais qui fit le tour de la ville, si bien que le capitaine ne pouvait plus pénétrer dans une auberge sans être la cible de quolibets. Furieux, il retourna à son bateau et fit voile vers Key West, sous prétexte que le climat était plus doux. Mais les gens bien informés assuraient qu'il s'était rendu sur une autre île pour attendre que sa demi-moustache repousse.

Drake, qui attendait qu'une cargaison soit prête pour rentrer en Angleterre, et n'avait rien de particulier à faire, décida donc d'aller débusquer le pirate. Ce fut pendant qu'il le cherchait qu'il eut l'idée de tracer la carte de toutes les îles. Ainsi, ils ne passeraient pas deux fois au même endroit.

Lorsqu'il découvrit enfin le pirate dans une anse de Cat Island, il avait répertorié presque deux mille îlots, cinq cents récifs de corail, ainsi que des écueils à éviter en allant des uns aux autres. Tâche qui n'avait jamais été réalisée par personne avant lui.

Ensuite, ajoutant l'insulte à l'injure, Drake avait tiré un seul coup de canon sur le navire de La Fond, histoire de lui faire savoir qu'il l'avait déniché. Puis il était rentré triomphalement à Nassau.

Cela suffisait sans doute pour mettre un homme hors de lui. Cependant, l'attaque contre le *Constant*, qui avait coûté la vie à des innocents, était une vengeance excessive. Si Drake avait su que La Fond prenait aussi mal la plaisanterie, il se serait bien gardé de le titiller ainsi.

Pourtant, il avait pris grand plaisir à exhiber la moustache en trophée !

Mais tout cela était allé trop loin. Il se retrouvait dans une cellule à bord d'un des bateaux Tyler, et Dieu seul savait ce qu'il était advenu de son équipage. Il ne se rappelait pas grand-chose de ce qui avait suivi l'abordage. Il avait reçu un coup violent à la tête, et il s'était réveillé là où il se trouvait actuellement. Il se souvenait vaguement d'avoir entendu des coups de canon, ce qui lui laissait à penser que son équipage ait pu être sauvé… mais par qui et dans quel but, il n'en avait pas la moindre idée.

La seule chose qui le consolât un peu était que La Fond, si mauvais joueur qu'il fût, avait bien choisi son moment. Drake était en route pour Nassau où il devait épouser une femme qu'il n'aimait pas et qu'il commençait à soupçonner de lui avoir menti. La Fond avait mis un terme fort efficace au processus.

Donc la situation n'était pas si catastrophique. Cela aurait été nettement plus dramatique si La Fond s'était attaqué à des gens auxquels il tenait. Un des Dixon, par exemple. Même la plus jeune qui, songeait-il dans ses moments de cafard, devait être à présent la coqueluche de Londres.

Et c'était bien ainsi, tentait-il de se persuader. Mieux valait qu'elle épouse un duc ou un comte, plutôt que de continuer à courir le monde, indisciplinée et s'attirant sans cesse des ennuis. Il espérait qu'elle allait rapidement trouver un mari.

Pourtant, curieusement, l'idée de retrouver Payton mariée lorsqu'il rentrerait en Angleterre lui donnait envie de briser les chaînes attachées à ses poignets. Malgré tout, il voulait qu'elle se marie, bon sang ! Pour son bien à elle, et pour le sien propre. Elle avait besoin d'un époux qui veille sur elle. Quant à lui, il avait besoin d'une bonne raison de se tenir éloigné d'elle.

Lorsqu'il se surprenait à penser qu'il aurait pu épouser Payton, s'il avait été assez malin pour la remarquer plus tôt, il se tapait la tête contre le mur. Pas tant par regret que pour le grotesque de cette éventualité. *Lui ?* Épouser Payton Dixon ! Perdait-il l'esprit ? Ce n'était qu'une enfant.

Enfin, pas tout à fait, mais tout de même, elle était la petite sœur de ses meilleurs amis. Bien qu'ils passent leur temps à l'ignorer ou à la bousculer, ils l'adoraient, et jamais ils ne lui permettraient d'épouser un type comme lui. Ils le connaissaient trop bien, et ce qu'ils savaient de lui n'était pas toujours flatteur. Ils avaient fréquenté les mêmes maisons closes, partagé les mêmes femmes, et quand ils ne les partageaient pas, ils se racontaient leurs aventures en détail. Était-ce là le genre de mari qu'ils souhaitaient pour leur sœur ? Un homme qui n'aurait aucun scrupule à raconter comment elle se comportait au lit ?

Non. Résolument non. C'était sans doute hypocrite, mais tout à fait compréhensible. C'était leur petite sœur, après tout.

Et même s'il parvenait à les convaincre qu'un homme ne parlait pas de son épouse comme des prostituées, n'avaient-ils pas été garçons d'honneur à son mariage avec une autre ? Certes, le mariage n'avait pas été consommé, mais il avait été annoncé dans le *Times*. S'il vivait suffisamment pour retourner en Angleterre, il y ferait scandale, puisqu'il serait sans épouse.

Non. Il n'y avait rien à faire. Payton Dixon devait se marier, et au plus vite.

Avec un peu de chance, Drake trouverait même l'époux sympathique.

Tandis que les heures devenaient des jours et les jours des semaines, Drake tentait de garder un minimum d'activité physique. En dépit de ses chaînes, rivées au mur, il pouvait faire trois pas en avant, autant sur le côté. Il avait connu des prisons pires. Sa paille était propre, et on lui apportait deux repas par jour. Certes pas gastronomiques, mais mangeables. Luxe suprême, il avait droit chaque matin à un seau d'eau de mer qui lui permettait de rester à peu près propre.

Mais il perdait lentement la tête, il en était certain.

Le matin où la porte de sa cellule s'ouvrit non sur le colosse qui lui apportait ses repas, mais sur Payton Dixon, il sut qu'il était devenu complètement fou.

Ce n'était pas Payton. Impossible ! Elle se trouvait à des centaines de milles, en Angleterre. Pourtant, il avait beau cligner des yeux, l'image demeurait. C'était la Payton Dixon qui naviguait avec ses frères, en vêtements de garçon. Elle avait le visage sale et sa courte chevelure était dissimulée sous une casquette, mais c'était bien Payton Dixon, cela ne faisait aucun doute.

Une hallucination. Une hallucination qui l'agaçait. Pourquoi ne l'imaginait-il pas plutôt en robe de bal, comme la veille de son mariage ? Ou nue ?

Puis l'hallucination parla.

— Nous voguons vers Nassau.

Elle se pencha pour déposer à côté de lui un quart d'eau fraîche et un bol de soupe. Le dos tourné au garde qui les regardait sans guère d'intérêt, elle poursuivit vivement, à voix si basse qu'il l'entendait à peine :

— Je n'ai pas encore compris ce qu'ils veulent faire de vous. Mlle Whitby est à bord, elle va bien, mais j'ai découvert qu'elle était la maîtresse de Lucien La Fond. Le bébé est le sien, pas le vôtre. J'espère que vous n'êtes pas trop déçu.

Sur ce, elle ramassa la tasse et le bol de la veille, et sortit. Le garde referma la porte à clé derrière elle.

Et ce fut tout.

Ce fut tout. Excepté qu'en une seconde l'univers de Drake avait basculé. Payton Dixon, qu'il imaginait à Londres entre bals et réceptions, était à bord du bateau, et apparemment y avait toujours été. Déguisée, de toute évidence. Elle n'avait jamais aimé les couvre-chefs, et elle était d'ordinaire d'une propreté méticuleuse. Elle s'était donc sali délibérément le visage. Elle essayait de se faire passer pour un garçon.

Était-elle devenue folle ?

D'où sortait-elle ? Et surtout, que faisait-elle à bord de ce navire ?

Une peur intense lui étreignit le cœur. Jusqu'à présent, s'il n'avait guère été heureux de passer ses journées enchaîné, du moins n'avait-il à se soucier que de savoir quand on allait le tuer. Maintenant, il avait un autre souci, et beaucoup plus perturbant. Il verrait Payton Dixon mourir juste avant lui.

L'idée de sa propre mort n'affolait pas Connor Drake, mais l'éventualité de celle de Payton le bouleversait. À tel point que, une heure durant après qu'elle lui eut apporté son repas, il tira sur ses chaînes, en criant et en jurant. Lorsque le garde ouvrit la porte et lui intima l'ordre de se taire, Drake lui lança son bol à la figure.

Ce qui lui valut un bon coup sur la tête. Il accueillit la douleur avec soulagement. Au moins, il cesserait un instant de penser à Payton Dixon.

Il demeura prostré contre le mur tout l'après-midi, oscillant entre colère et inquiétude, l'oreille tendue. Où était-elle ? Et comment diable s'était-elle retrouvée à bord ? À quoi pensaient donc ses frères, pour la laisser se mettre dans une situation aussi dangereuse ?

Lorsque le soir tomba enfin, il entendit une clé tourner dans la serrure. Il se leva vivement. Viendrait-elle de nouveau, ou bien avait-il tout rêvé ?

Non. Il n'aurait jamais imaginé que Becky Whitby était la maîtresse de La Fond. Il avait peut-être rêvé Payton Dixon, mais pas l'histoire au sujet de Mlle Whitby.

La porte s'ouvrit, et elle fut là de nouveau. Leurs regards se croisèrent, et cette fois, elle recula d'un pas, comme si elle avait peur. Tant mieux. Elle avait intérêt, parce que si La Fond ne la tuait pas, ce serait lui qui s'en chargerait, dès qu'il se serait libéré de ses chaînes !

Le garde la poussa en avant.

— Vas-y, Hill ! Grouille-toi.

Drake décocha un regard meurtrier au garde. À présent, il allait devoir tuer aussi cet individu pour le punir d'avoir touché Payton.

Aussitôt, elle se précipita avec un quart d'eau et un bol de soupe. Elle s'accroupit pour les déposer à ses pieds, et Drake pâlit. Lorsqu'elle s'était penchée, le pantalon trop large s'était tendu sur son postérieur. Aucun garçon au monde ne possédait ce genre de rondeurs !

Drake jeta un coup d'œil au garde, certain que lui aussi l'avait remarqué, mais à cet instant, il y eut une explosion – une légère explosion, comme le tonnerre au loin – suivi d'un hurlement bestial.

Le garde jeta un coup d'œil par-dessus son épaule, puis pivota et s'éloigna en courant. La porte de la cellule de Drake se referma, laissant seuls le mousse et le prisonnier.

Payton releva la tête avec un sourire hésitant. Elle était encore un peu déconcertée par le regard furibond qu'il lui avait lancé à son entrée.

— J'ai créé une petite diversion, expliqua-t-elle. Nous devrions avoir un peu de temps avant que Tito se rappelle que je suis là. J'ai essayé de voler les clés de vos menottes, mais je n'y suis pas arrivée. Il les porte à la ceinture, et il est tellement grand ! Désolée...

Drake eut soudain envie de la secouer comme un prunier. Il posa ses mains alourdies par les fers sur ses épaules.

Mais lorsqu'il plongea son regard dans les grands yeux brillants, il ne put que l'attirer à lui et enfouir son visage dans la gracieuse courbe de son cou, dévoilée par la chemise ouverte.

— Payton, souffla-t-il. Que faites-vous ici ? Comment y êtes-vous parvenue ?

— Drake, murmura-t-elle d'une voix étouffée.

Il la serra davantage encore.

— Vous avez perdu la tête ! dit-il contre ses cheveux. Ils vont nous tuer tous les deux.

— Ne dites pas d'âneries !

Il faillit éclater de rire. C'était tout Payton ! Elle l'aimait suffisamment pour risquer sa vie afin de le sauver, mais elle le traitait d'âne ! Des femmes bien moins attachées à lui le traitaient avec plus de respect !

Puis son envie de rire s'évanouit tandis qu'il se rappelait les paroles de Becky Whitby. Peut-être n'était-ce pas lui que Payton voulait sauver, mais autre chose...

Il l'écarta sans toutefois lui lâcher les épaules.

— Écoutez-moi, petite sotte ! articula-t-il. Écoutez-moi bien. Le *Constant* a disparu. Ils l'ont détruit. Je l'ai vu de mes propres yeux. À quoi pensiez-vous pour lui courir après ainsi ?

Payton fixa sur lui un regard de totale incompréhension.

— Q... quoi ?

— De toute façon, même s'il ne repose pas au fond de l'océan, il m'appartient, vous comprenez ? Jamais vous n'obtiendrez le commandement de ce navire tant qu'il me restera un souffle de vie. La mer n'est pas faite pour les femmes. Si nous sortons de cette épreuve et si j'apprends que vous commandez un bateau, je vous tords le cou, vous m'entendez ?

Elle cligna des yeux.

— Je vous entends. Je pense que vous avez perdu l'esprit, mais je vous entends.

— Dès que la terre sera en vue – n'importe quelle terre –, vous attendrez la nuit, vous prendrez un canot et vous vous enfuirez. Ensuite, vous attendrez qu'un navire Dixon s'arrête au port. C'est compris ?

Dans le regard de Payton, la colère avait remplacé la confusion.

— Pourquoi ne criez-vous pas un peu plus fort, Drake ? Je pense que tout le monde ne vous a pas entendu.

— Je suis sérieux, Payton, riposta-t-il. Il ne s'agit pas d'un jeu. Ces hommes sont des criminels. S'ils découvrent qui vous êtes…

— Seigneur !

Payton redressa sa casquette.

— Jusqu'à présent, j'étais plus en sécurité avec eux qu'avec vous ! Aucun d'entre eux n'a porté la main sur moi.

— Dès qu'ils se rendront compte que vous êtes une femme, ils feront bien pire que de porter la main sur vous, ma chérie, je vous le garantis !

Il se sentait oppressé rien que de mentionner une telle éventualité. Il lui serra les épaules davantage encore.

— Je veux que vous quittiez ce bateau, Payton. Dès que vous en aurez l'occasion.

Elle parvint enfin à se dégager, et bondit hors de sa portée.

— Je croyais vous avoir prié de ne pas dire d'âneries.

— Payton…

Il tirait furieusement sur ses chaînes afin de l'atteindre.

— Je ne plaisante pas, il faut que vous m'obéissiez.

— Qu'est-il arrivé à votre tête ? s'enquit-elle, curieuse.

Il porta la main à son front, là où le garde l'avait frappé.

— Rien, répondit-il. Où sont vos frères, Payton ? Comment diable ont-ils pu vous perdre de vue ?

— Pour autant que je sache, mes frères sont encore en train de dégager les canons de la grand-voile qui leur est tombée dessus. En tout cas, c'est ce à quoi ils s'affairaient la dernière fois que je les ai vus. Je suis venue du *Virago*, expliqua-t-elle comme si c'était la chose la plus normale du monde. Il est entré en collision avec le *Mary B*, le vaisseau qui a attaqué le *Constant*. Depuis, je travaille aux cuisines… mais peu importe. Il faut absolument que nous trouvions un moyen de quitter ce navire avant l'arrivée à Nassau…

Elle l'étudia un instant de ses grands yeux lumineux, puis risqua :

— Avez-vous été très contrarié, au sujet de Mlle Whitby ?

Drake fronça les sourcils.

— Mlle Whitby ? Pourquoi ?

Payton leva les yeux au ciel.

— Je vous l'ai dit, elle porte le bébé de Lucien La…

— Ah, oui, oui…

Il avait soudain la tête douloureuse et posa la main sur sa blessure.

— J'ai bien entendu. Je veux que vous vous dirigiez vers la terre ferme dès qu'elle sera en vue, Payton. Promettez-le-moi.

Elle secoua la tête.

— Sûrement pas ! Vous n'avez pas d'ordres à me donner. Vous n'êtes pas mon capitaine.

Heureusement qu'elle était hors de portée, car il l'aurait étranglée !

Il était en enfer. Oui. Il n'était pas prisonnier de Lucien La Fond, il était mort et descendu en enfer. Forcément. Il prit une longue inspiration pour se calmer.

— Le *Constant* a disparu corps et bien, je vous le répète. Je l'ai vu. Il était en feu. Je ne sais pas ce que vous avez l'intention de faire ici…

— Cela me semble pourtant évident. Je suis là pour vous sauver.

Il s'obligea à respirer de nouveau profondément. Parler avec Payton, c'était comme de plonger : il lui fallait reprendre son souffle entre chaque phrase.

— Vous ne pouvez pas me sauver, Payton. Mon Dieu, vous n'imaginez pas contre quoi vous vous battez…

— Oh, je vois, coupa-t-elle. Parce que je suis une femme, sans doute.

— Ce n'est pas ce que je voulais dire.

— Voyez-vous, je suis surprise, Drake. Vraiment. Car vous n'aviez jamais remarqué que j'étais une femme, avant.

— De quoi parlez-vous ? Bien sûr que si, je…

— Oh, oui, vous vous en êtes rendu compte l'autre nuit, dans le jardin. Mais avant, rien.

— Payton, vous dites n'importe quoi…

— Pas du tout ! lança-t-elle, les poings sur les hanches. Vous ne pouviez pas m'épouser; en revanche, vous pouviez vous marier avec une femme qui portait l'enfant d'un autre.

— De quoi parlez-vous ?

— De Mlle Whitby, naturellement.

— Je pensais que c'était de mon devoir de l'épouser, dit-il entre ses dents.

— Si vous aviez gardé votre pantalon boutonné, la question ne se serait pas posée je suppose. Mais non, il a fallu que vous…

Drake n'en croyait pas ses oreilles.

— Pour votre gouverne, coupa-t-il avant qu'elle pût poursuivre sur ce registre, j'ai gardé mon pantalon boutonné. Elle m'a dit que c'était l'enfant de Richard.

— Quoi ?

— Elle m'a dit que c'était le bébé de Richard.

— Votre frère ? Elle vous a dit qu'elle était enceinte de votre frère ?

Il acquiesça.

— À présent, je vous en supplie, Payton, attendez la nuit et quittez ce navire.

Elle ne semblait pas l'avoir entendu.

— Richard est mort, reprit-elle. Comment aurait-elle pu porter l'enfant d'un mort ?

— Ils s'étaient connus avant.

Il ne s'était pas trompé, c'était bien l'enfer. Payton Dixon allait le torturer jusqu'à ce qu'il sombre dans la folie !

— À Londres, expliqua-t-il. Il y était pour la Saison et ils se sont rencontrés dans une boutique. De retour à Daring Park, il lui a envoyé quantités de lettres d'amour, elle me les a montrées. Elle lui a annoncé qu'elle attendait un enfant, et il lui a aussitôt proposé de l'épouser. Il est mort d'une chute de cheval alors qu'il se rendait à Londres pour lui rendre visite. Le jour où nous l'avons rencontrée, devant l'auberge, c'était censé être une simple coïncidence. Elle se rendait chez notre notaire pour voir si Richard l'avait couchée sur son testament… Ce qui n'était pas le cas, évidemment.

— Oh…

Drake secoua la tête.

— À présent, je suis au courant de sa petite comédie. Le réticule volé, Marcus Tyler qui l'avait vue avec mon frère, raison pour laquelle, m'a-t-elle avoué dans le bureau du vicaire, il la faisait chanter au sujet de la carte… Tout était parfaitement organisé.

Il perçut une vague odeur de fumée. Quelle que fût la « diversion » utilisée par Payton, il espéra que cela n'allait pas les tuer tous les deux.

— Mais à l'époque, je l'ignorais, reprit-il. Je l'avais crue. J'étais certain que mon frère lui avait fait un enfant. Elle refusait d'accepter mon argent, et elle était très convaincante. Alors j'ai fait la seule chose possible…

— Oh, répéta Payton, les bras croisés sur la poitrine. Vous marier vous semblait la seule solution ? Ne me racontez pas d'histoires, Drake. Vous l'aimiez bien. Vous la trouviez…

— Payton, est-ce bien le moment ?

Elle pointa le menton, agressive.

— Oui.

— C'était une jolie fille que mon frère avait mise dans une situation délicate. Oui, je l'aimais bien. Je ne la connaissais guère, mais elle me semblait le genre de personne qui ferait une bonne épouse. Comme je ne suis plus tout jeune, j'ai pensé…

— Vous avez pensé faire d'une pierre deux coups.

Payton le fusillait du regard.

— Vous donniez un nom au bâtard de votre frère, et vous vous retrouviez avec une gentille petite épouse qui raccommoderait vos chaussettes pendant que vous seriez en mer.

— D'accord, admit-il d'un ton sec, c'est exactement ce que j'ai pensé. Maintenant, voulez-vous sortir d'ici ? Parce que lorsqu'ils vous trouveront en train de me tarabuster comme une harengère, ils sauront instantanément que vous êtes une femme.

Elle se mit à arpenter l'étroite cellule.

— Du calme. Vous y avez gagné plus que vous ne le souhaitiez, dans cette affaire, non ? Car la douce petite fiancée s'est révélée être l'espionne de Marcus Tyler.

Elle s'immobilisa devant Drake, folle de rage.

— Comment avez-vous pu être aussi stupide, Drake ? *Comment ?*

Il humecta ses lèvres desséchées par le manque d'eau.

— Eh bien, répliqua-t-il presque méchamment, si vous vous étiez comportée en femme de temps à autre, si vous aviez parfois porté une robe, je n'aurais peut-être pas succombé aussi vite aux charmes de Mlle Whitby…

Payton se hérissa comme un chat à qui on a marché sur la queue.

— Comment osez-vous m'accuser ainsi ? Si vous étiez incapable de voir qu'il y avait une femme sous les vêtements de garçon, alors Mlle Whitby et vous êtes faits pour vous entendre ! J'espère que vous serez très heureux en…

Le stratagème avait marché. Elle était si furieuse qu'elle s'était rapprochée de lui. Vif comme l'éclair, il la saisit de nouveau aux épaules et la regarda droit dans les yeux.

— Maintenant, vous allez m'écouter, Payton Dixon. Peu importe ce qui m'arrivera, parce que, de toute façon, je suis un homme mort. Si je ne sors pas de ce bateau, La Fond me tuera. Et si j'en réchappe, ce sont vos frères qui s'en chargeront pour vous avoir entraînée dans cette situation. Franchement, entre vos frères et La Fond, je choisis le Français sans hésiter. Il m'offrira sans doute une mort plus rapide.

Payton gigotait pour se dégager, mais il la tenait fermement.

— Nous sommes en mer depuis trois bonnes semaines, poursuivit-il. Si je ne m'abuse, La Fond emprunte la route la plus longue pour tromper ses adversaires. Donc nous approcherons bientôt d'une côte. Dès que vous l'apercevrez, vous attendrez la nuit et vous sauterez dans une chaloupe pour rejoindre le rivage.

Elle s'agitait toujours.

— Pas sans vous !

— Non ! Je ne veux *pas* que vous m'attendiez, Payton. Si je me rendais compte que c'est le cas, je vous assure que je…

Elle cessa de bouger. Ses lèvres s'entrouvrirent de façon fort troublante, et elle dit, d'une voix pleine de défi :

— Vous quoi ?

Il eut vraiment l'impression qu'elle était seule responsable de ce qui se passa ensuite.

16

L'Honorable Mlle Payton Dixon ne se piquait pas de théologie. Il lui arrivait même parfois de douter fortement de l'existence de Dieu.

Mais, en cet instant, elle n'était pas dans cet état d'esprit. En effet, Dieu – ce Dieu qui l'avait privée de sa mère dès la naissance, qui l'avait ensuite affligée d'une poitrine bien peu conséquente – avait cette fois répondu à ses prières.

Elle était dans les bras de Connor Drake qui l'embrassait.

Elle ne savait pas très bien comment cela s'était produit. La minute d'avant, il la secouait de belle manière ; celle d'après, il capturait ses lèvres avec autant de fureur.

Elle ne pouvait s'empêcher de penser, alors qu'elle lui rendait ses baisers avec une égale passion, que cela justifiait tout, tout ce qu'elle avait souffert depuis qu'elle était montée à bord de ce navire.

La barbe de Drake, résultat des semaines de captivité, lui écorchait un peu le visage. Et quand il lui baisa le cou, elle frémit de plaisir, et ses seins se durcirent sous la chemise de coton.

Oui, cela en valait la peine. Les casseroles qu'elle avait récurées, les lourds seaux d'eau qu'elle avait charriés, l'impossibilité de prendre le moindre bain, le mal qu'elle avait eu à dissimuler sa féminité dans les moments intimes.

Cela valait la peine. Même l'accueil qu'elle avait reçu en entrant dans la cellule, tout était oublié. Certes, elle n'espérait pas qu'il saute de joie – sans doute aurait-il préféré voir entrer Mlle Whitby –, mais elle ne s'attendait pas non plus à une telle colère. Que lui avait-il pris ? Elle risquait sa vie pour lui, et il n'en paraissait absolument pas reconnaissant.

Lorsqu'elle avait vu l'éclat meurtrier dans son regard, elle avait failli s'enfuir en courant. Sauf qu'après tout le mal qu'elle s'était donné pour réaliser la petite explosion afin d'avoir un moment avec lui, elle n'allait pas renoncer !

Et la chaleur de ses lèvres sur les siennes, l'avidité presque désespérée de ses baisers – comme la veille du mariage – lui prouvaient qu'elle avait eu raison. Il avait besoin d'elle, elle lui était devenue indispensable. Elle s'en rendait compte à sa passion. Elle avait été folle de ne pas s'en apercevoir plus tôt.

Mais peut-être s'en était-elle aperçue, peut-être était-ce pour cela qu'elle ne s'était jamais laissé décourager, bien qu'il eût essayé. Elle lui était aussi vitale que l'eau et l'air. Il refusait de l'admettre, c'était évident, pourtant il était tout aussi évident qu'il ne pouvait se passer d'elle.

Étourdie de bonheur, elle s'accrochait à lui. C'était merveilleux, plus merveilleux encore qu'elle ne l'avait imaginé ! Drake était resté enfermé des semaines dans cette cellule, pourtant, il gardait la même odeur d'air salin, d'homme sain et propre. Ce parfum lui était devenu familier. C'était Drake, et personne au monde ne sentait aussi bon.

Elle enfouit les doigts dans les cheveux qui avaient la finesse de ceux d'un bébé – étrange pour un homme aussi robuste. Elle sentait aussi son érection contre elle, mais cette fois elle savait ce que c'était, et elle se promît de ne pas y toucher !

Il semblait cependant en avoir envie. Tout en l'embrassant, il avait lentement reculé jusqu'au mur, le long duquel il s'était laissé glisser, l'entraînant avec lui…

Jusqu'à ce qu'elle se retrouve assise sur ses genoux.

Ou plus exactement à califourchon, dans une position que Georgiana aurait sans nul doute trouvée choquante, mais qui convenait parfaitement à Payton. Et Drake était sûrement du même avis, car il murmura son nom à son oreille. Elle l'entendit, elle le sentit résonner dans sa poitrine. Il la tenait si étroitement serrée qu'elle avait l'impression que ses paroles pénétraient directement en elle. Et elle se sentait toute molle, soudain. Elle leva le visage vers lui, émerveillée qu'il eût réalisé cette modification en elle par la simple magie de sa voix.

Mais elle eut bien vite d'autres raisons de s'étonner. Il avait glissé la main sous sa veste, et elle en percevait sa chaleur sur ses côtes, à travers le fin coton de sa chemise.

Et autre chose… Au début, elle crut que c'était par accident que son sexe durci l'avait effleurée entre les jambes, et elle voulut s'écarter, mais il la reprit fermement contre lui. La touchant délibérément à l'endroit le plus intime. Elle poussa un petit cri de surprise et s'écarta afin de voir le visage de cet homme qui l'assaillait soudain sur tous les fronts et de manière aussi inattendue.

Elle ouvrait la bouche pour lui faire part de son étonnement quand les mots s'étranglèrent dans sa gorge. Drake dénouait le lien qui fermait sa chemise. Les yeux agrandis, elle le regarda y glisser la main et la refermer autour d'un sein rond insolemment dressé.

Jamais elle n'avait éprouvé une telle chaleur. Il caressait le petit bouton durci, lui infligeant une exquise torture…

Et puis elle comprit sa réaction dans le jardin, lorsqu'elle avait touché son pantalon. Il n'était pas en colère. Il voulait qu'elle le caresse, comme elle avait envie qu'il la caresse. Il avait seulement été surpris de la trouver si hardie.

Eh bien, c'était qu'il ne la connaissait pas vraiment !

Elle noua les bras à son cou et l'attira à elle afin de l'embrasser de nouveau, plaquant davantage son sein contre sa paume. Elle frissonnait de plaisir. Elle n'avait peut-être pas assez de poitrine pour remplir les profonds décolletés à la mode, mais ce qu'elle avait convenait de toute évidence parfaitement à cet homme.

Et de nouveau, elle sentit le renflement dur se presser contre son intimité. Cette fois, au lieu de se dégager, elle appuya sur sa virilité et en tira un considérable plaisir. Elle sentait le sexe de Drake palpiter contre le sien.

Il laissa échapper une sorte de gémissement, et elle s'écarta, craignant de lui avoir fait mal…

Mais il la reprit contre lui en la regardant au fond des yeux. En fait, il souriait, et elle songea qu'il ne sourirait pas s'il avait mal.

Loin de là ! Car une seconde plus tard, il ouvrit complètement le devant de sa chemise, et contempla sa poitrine nue. Payton baissa les yeux, se demandant ce qui pouvait l'intéresser à ce point. Elle ne vit que ses seins, si petits et si fermes qu'ils bougeaient à peine lorsqu'elle courait. Les aréoles étaient fort petites aussi, et très roses. Elle eut envie de s'excuser pour leur modeste taille et la hardiesse de leur couleur. Elle ouvrait du reste la bouche pour le faire quand Drake eut un geste tout à fait extraordinaire. Il leva la main vers son sein droit, puis il pencha la tête et en saisit la pointe entre ses lèvres.

Le résultat fut stupéfiant. Sous la chaleur de sa bouche, de sa langue, elle se cambra, sentit une moiteur entre ses jambes… Que lui arrivait-il ? Elle se pressait davantage contre le sexe de Drake, non seulement parce que c'était agréable, mais parce que cela lui semblait *indispensable*. Il était le roc auquel elle pouvait s'accrocher dans l'ouragan du désir.

Cramponnée à ses épaules, elle avait cessé de respirer tandis qu'il passait de l'un à l'autre sein. Il ondulait sous elle, et elle ondulait avec lui, le long de son érection. Puis l'une des mains de Drake s'attaqua à sa ceinture, mais elle le remarqua à peine. Elle se frottait contre lui, consciente uniquement de la tension entre ses jambes qui semblait avoir envahi son corps tout entier, était devenue une douleur que lui seul pouvait apaiser. Elle se servait de lui, elle le savait. Elle se servait de lui pour son plaisir, et elle se sentait un peu coupable, surtout qu'en d'autres temps il n'avait pas voulu qu'elle le touche à cet endroit...

Eh bien, elle ne le touchait pas. Pas avec ses mains, en tout cas.

Et puis elle explosa, comme l'un des canons de ses frères. Comme si on avait allumé une mèche en elle pour la projeter dans le ciel noir où elle montait de plus en plus vite vers les étoiles, jusqu'à ce qu'elle se dissolve en une pluie d'étincelles aveuglantes. Les reins arqués, elle planta ses ongles dans les épaules de Drake, ses cuisses se refermèrent sur lui comme un étau. Elle se rendit à peine compte qu'il avait lâché ses seins et la tenait à présent aux hanches.

Enfin elle poussa un cri, et s'abattit contre sa poitrine.

17

Il maintenait la tête de Payton contre son épaule, percevait sa respiration entrecoupée malgré le fracas des vagues que fendait le *Rebecca*. Le navire grinçait, protestant contre la vitesse excessive que lui imposait son capitaine. Il entendit un cri de l'homme de quart et le claquement violent d'une couture déchirée dans la grand-voile. Il sentait le cœur de Payton retrouver un rythme normal.

Elle était si menue qu'elle ne pesait pas plus qu'une enfant. Il se rappela qu'elle était une femme – elle avait sans doute dix-neuf ans, à présent, s'il en croyait les encoches qu'il avait faites dans le mur. Ce n'était pas très vieux, mais tout de même…

Certes, malgré ses dix-neuf ans, elle était vierge, ce qui la faisait paraître plus jeune que les autres femmes qu'il avait connues. Encore qu'elle se fût comportée sans la moindre pudeur virginale. En effet, quel genre de vierge était capable de mener un pareil assaut ?

Car il avait précisément l'impression d'avoir été victime d'un assaut. Oh, certes, c'était lui qui avait commencé, avec ses baisers brûlants. Et il n'allait certainement pas se plaindre de ce qu'il avait déclenché.

Néanmoins il aurait été heureux de connaître l'assouvissement, lui aussi. Le désir continuait de le tarauder, douloureux, et il mourait d'envie de la prendre sur-le-champ pour soulager la tension de son corps.

Heureusement, en dépit des semaines passées enchaîné à ce satané mur, en dépit de ce qu'il venait de faire et qu'il regrettait déjà, il était un gentleman. Il ne devait pas l'oublier. Aussi se contenta-t-il de la soulever légèrement, afin d'alléger la pression sur son sexe durci, puis de la bercer contre lui en s'efforçant de penser à autre chose.

Plus facile à dire qu'à faire ! C'était là une expérience inédite que de se trouver avec une femme qui cherchait d'abord son propre plaisir. Les autres songeaient davantage à son plaisir à lui. Il savait d'ailleurs les en remercier comme il se devait !

Mais même les femmes qu'il ne payait pas – les indigènes, curieuses des hommes blancs qui arrivaient sur les grands voiliers – ne l'avaient jamais chevauché comme s'il était un fougueux étalon.

Et elle était *vierge*. C'était ça le pire. C'était *lui* qui aurait dû lui enseigner les choses de l'amour, or elle ne lui en avait pas laissé l'occasion. Dès qu'il l'avait embrassée, elle avait réagi avec une ardeur innocente qui lui avait à peine permis de reprendre son souffle. Qui aurait pu imaginer que le petit corps qui reposait contre lui dissimulait une telle sensualité ?

Il aurait pourtant dû s'en douter. Il aurait dû le deviner à la façon dont elle l'observait, baissant les yeux lorsqu'il regardait dans sa direction. Dont elle s'asseyait près de lui aux repas, pas juste à côté, mais suffisamment près pour écouter la conversation et y apporter son grain de sel. Dans la façon qu'elle avait de se tenir toujours non loin de lui. Pas trop proche, afin que ses frères ne remarquent rien, mais assez pour qu'il se heurte à elle, parfois, en se retournant.

Depuis combien de temps Payton Dixon le surveillait-elle ainsi, le jaugeait-elle ? Et combien de temps était-il demeuré dans la plus totale ignorance que tout ce qu'il cherchait chez une femme se trouvait à portée de main ? Il lui avait fallu attendre la veille de son mariage, dans le jardin, pour découvrir enfin quelle incroyable sensualité l'Honorable Mlle Payton Dixon abritait en elle. Il avait cru en devenir fou! Comment aurait-il pu, même pour les meilleures raisons du monde, épouser une Becky Whitby alors qu'il existait une Payton Dixon?

Même lorsqu'il se risquait à envisager un avenir qui incluait Payton – et c'était rare puisqu'il se considérait comme un homme mort – , il n'imaginait pas que leur premier moment ensemble se déroulerait de cette façon. Lorsqu'il se laissait aller à rêver qu'il lui faisait l'amour, cela se passait toujours dans un grand lit aux draps de satin blanc, dans la cabine du *Constant*, avec la lumière de la lune qui entrait à flots par les fenêtres et le doux clapotement des vagues contre la coque. Certainement pas dans la cale puante d'un navire pirate, au son grinçant des chaînes. Ni tous les deux entièrement vêtus...

Comme si elle lisait dans ses pensées, Payton releva la tête.

— Je crois que je n'ai pas fait ce qu'il fallait.

Il dissimula un sourire. Elle était tellement sérieuse!

— Eh bien...

Il s'éclaircit la voix.

— C'est une question d'opinion, répondit-il.

— J'aurais sans doute dû attendre que nous ayons enlevé nos pantalons, reprit-elle.

— C'est en général ce que l'on fait.

— Je ne pouvais pas, l'informa-t-elle.

Elle se déplaça et jeta un coup d'œil à l'érection de Drake.

— Mais il n'est pas trop tard, reprit-elle, soudain joyeuse. Je veux dire, puisque vous avez pu vous retenir, pourquoi ne pas...

Il aurait dû s'en douter! Mlle Payton Dixon rebondissait toujours. Rien dans ce qu'ils venaient de faire ne l'avait choquée... Elle avait déjà la main sur la ceinture de Drake quand il lui saisit le poignet.

— Payton…

Elle eut une expression troublée tout à fait bouleversante.

— Oh, je suis désolée. Je pensais seulement… que vous en aviez peut-être envie aussi… mais tout va bien, ajouta-t-elle après un nouveau coup d'œil au pantalon de Drake.

Il ne lui lâcha pas le poignet bien qu'elle tentât de se dégager.

— Écoutez-moi, Payton.

— Non, ça va, vraiment. Je sais que je me laisse emporter, parfois. Ne vous inquiétez pas. Je vais partir.

Elle était tellement vive qu'il eut du mal à la retenir, cependant il était beaucoup plus fort, malgré ses chaînes. Il la fit rouler sous lui, là où il rêvait de l'avoir depuis un moment. Mais cette fois, c'était pour l'empêcher de s'enfuir, non pour la déflorer.

— Vous n'irez nulle part avant de m'avoir écouté, gronda-t-il.

Elle était si étonnée qu'elle en resta muette. Encouragé par son silence, Drake continua :

— Cela n'aurait pas dû se passer ainsi, Payton.

— Je sais, murmura-t-elle d'une voix pleine de mépris pour elle-même. J'ai tout fait de travers. Comme dans le jardin.

Il lui lâcha un poignet, le temps de repousser une boucle de son front.

— Non, mon ange, vous n'avez rien fait de travers. Simplement, ce n'était pas ainsi que j'avais imaginé notre première fois…

Le désespoir dans les yeux noisette fit place à un sentiment qu'il n'aurait su identifier.

— Vous y aviez déjà pensé ? demanda-t-elle avec empressement. Vous aviez pensé à vous et à moi faisant *ça* ?

Il se racla de nouveau la gorge. Il n'était pas habitué à avoir des conversations aussi franches. Mais avec Payton, tout était possible !

— À vous et à moi en train de faire l'amour ? Oui, bien sûr que j'y ai pensé. Et ce n'est pas…

— Vraiment ?

Elle s'agitait sous lui d'une façon bien trop provocante.

— Quand ? insista-t-elle.

— Quand quoi ?

— Quand avez-vous commencé à penser à me faire l'amour ?

— Quand je…

Il s'interrompit, secoua la tête.

— Peu importe. Ce que j'essaie de vous dire, Payton, c'est que ce que nous venons de faire n'est pas la façon dont je…

— Cela m'importe, à moi.

S'il ne l'avait mieux connue, il aurait pu croire qu'elle boudait. Cependant, Payton Dixon ne boudait jamais. Elle envoyait des coups de poing, mais elle ne boudait pas.

— Je ne savais même pas que vous aviez de l'amitié pour moi, poursuivit-elle. Et moins encore que vous aviez envie de faire l'amour avec moi.

— Si vous me laissiez finir, grinça-t-il, je vous expliquerais.

Il serrait les dents, mais ce n'était pas d'impatience, seulement d'inconfort à la sentir onduler ainsi sous lui. Et quoi de plus normal ? Après tout, il n'avait pas eu de femme depuis des mois. Et jamais aucune ne l'avait chevauché ainsi, sans se soucier de ses seins nus. À présent encore, il sentait les petites pointes durcies contre sa poitrine.

— Eh bien, je suis désolée ! répliqua Payton, plus indignée que penaude. Jamais je n'avais fait quelque chose de semblable…

— J'espère bien ! s'exclama-t-il, horrifié.

— Alors je ne sais pas exactement comment m'y prendre, reprit-elle, ignorant l'interruption. J'aimerais être aussi vulnérable et féminine que Mlle Whitby, mais…

— Vous êtes censée rester vous-même, coupa-t-il. Et surtout pas imiter Mlle Whitby.

— Ma foi, vous avez mis du temps à vous en apercevoir, commenta-t-elle avec un petit reniflement méprisant.

Cette fois, il était bel et bien irrité.

— Si nous nous survivons, Payton…

— Comment ça, *si* ?

Avait-il perdu l'esprit ?

— Ne vous tracassez pas, Drake. Nous nous sommes trouvés dans des situations bien plus catastrophiques. Je nous tirerai de là.

Elle montrait une telle assurance qu'il ne comprit pas d'emblée ses paroles. Lorsqu'elles prirent tout leur sens, il sentit un grand froid l'envahir malgré la chaleur qui régnait dans la cale.

Il encadra le visage de Payton de ses mains.

— Non, écoutez-moi.

Il avait été stupide ! Jamais il n'aurait dû l'embrasser. Il aurait dû tout faire pour l'effrayer, la convaincre qu'il ne se souciait pas d'elle. Alors peut-être aurait-elle fait la seule chose sensée : quitter ce maudit navire.

Mais il s'était laissé envoûter par sa bouche, imbécile qu'il était !

— Payton, il faut me promettre que vous saisirez la première occasion de vous enfuir. Et ne vous inquiétez pas pour moi, je peux me débrouiller seul…

— Oh, et vous en avez fait du beau travail, jusqu'à présent ! ironisa-t-elle.

— Je ne plaisante pas, Payton. C'est une chance invraisemblable que vous n'ayez pas encore été démasquée. Combien de temps pensez-vous pouvoir poursuivre cette petite comédie ?

Elle haussa les épaules.

— Indéfiniment. Même Becky Whitby ne m'a pas reconnue. Je ne vois pas pourquoi les autres…

Incroyable ! Comment pouvait-on la regarder et ne pas voir qu'elle était une femme, dans tous les sens du terme ? La perspective de ce qui lui arriverait le jour où l'on s'en apercevrait lui fit froid dans le dos.

— Payton, il faut que vous...

— Oui, oui ! l'interrompit-elle, les yeux au ciel. J'ai entendu, Drake. Revenons-en plutôt à ce que vous disiez à propos de cette envie de faire l'amour avec moi.

— Non, Payton. D'abord, promettez-moi...

Avant qu'il pût en dire davantage, des pas résonnaient dans la coursive. Payton se raidit.

— C'est Tito. Lâchez-moi.

Il ne lui obéit pas.

— Promettez-moi que vous partirez. Promettez.

Elle recommença à se tortiller, mais cette fois, elle évitait son regard.

— Drake...

Il la tenait aux bras.

— Promettez...

— Bon, d'accord, je promets. Maintenant, lâchez-moi...

La porte s'ouvrit juste après que Drake l'eut enfin laissée aller. Elle se releva vivement, rajusta ses vêtements. Heureusement, le garde n'avait d'yeux que pour le pilon de viande grasse qu'il tenait à la main.

— Eh, Hill, lança-t-il entre deux bouchées, le cuisinier a besoin de toi.

Jeremiah Hill était le nom d'emprunt de Payton. Elle prit la gamelle et le quart du repas précédent.

— J'arrive, marmonna-t-elle en fixant le bout de ses souliers.

— Grouille-toi. Le four a explosé. C'est sûrement ces salauds du *Mary B* qui y ont mis de la poudre. J'ai jamais vu ça.

Il continuait à manger et la graisse lui dégoulinait dans la barbe.

— Si t'as faim, tu ferais mieux d'y aller parce que bientôt il y aura plus rien.

— D'accord. Merci, Tito.

Sans un regard pour Drake, Payton se hâta de sortir.

Une fois de plus, Drake se demanda comment on pouvait la prendre pour un mousse, même avec son pantalon trop large. Pour lui, chacun de ses gestes criait sa féminité. Et lui qui n'avait rien remarqué jusqu'à ces dernières semaines !... Que se passerait-il si on découvrait sa véritable identité ? Ou plutôt *quand* ? Jamais il ne s'était senti aussi impuissant, aussi inefficace !

C'était un sentiment qui lui était totalement étranger.

Pourtant, durant la nuit qu'il passa affalé sur le sol, il se rendit compte qu'il allait devoir s'y habituer. Du moins tant qu'il serait enchaîné à ce mur.

Et tant que Payton demeurerait à bord de ce navire.

18

Qu'il aille au diable !

Pour qui se prenait-il ? De quel droit lui donnait-il des ordres, comme si elle était son second ?

Alors qu'elle récurait le pont, le lendemain matin, Payton se réjouissait presque que l'explosion qu'elle avait provoquée ait répandu du pain partout. Elle avait besoin d'action pour se sortir Drake de la tête.

Malgré tout, elle ne pouvait s'empêcher de se remémorer les événements de la veille.

Croyait-il que c'était facile, pour elle ? Eh bien, non. Elle avait eu un mal fou à convaincre Clarence de la laisser porter les repas au prisonnier. Si celui-ci avait finalement cédé, ce n'était pas parce qu'elle l'avait harcelé pendant des jours, mais parce que le *Rebecca* ayant pris à son bord l'équipage du *Mary B*, Clarence n'osait plus quitter la coquerie de peur qu'on ne vole les quelques denrées qui restaient. Payton portait les repas du capitaine sous escorte armée, sous les yeux avides des marins.

Des trois – Drake, Becky et elle –, Payton se considérait comme la plus défavorisée. Au moins, Drake était tranquille, seul dans sa cellule. Becky Whitby vivait dans le confort de la cabine arrière. Tandis qu'elle-même était corvéable à merci.

Dans ces conditions, pouvait-on lui reprocher d'avoir saisi un peu de bonheur entre les bras de Drake ?

Elle ne comprenait pas ce qui le contrariait tant. Il y avait peu de risques qu'on la démasque. En fait, jusqu'à la veille, son séjour sur le *Rebecca* n'avait pas été très différent des voyages qu'elle effectuait avec ses frères. Sauf que ses tâches étaient nettement plus terre à terre – elle ne récitait pas la rose des vents, ici -, et qu'elle n'avait pas de lit réservé à l'arrière du navire. D'ailleurs, elle n'avait de lit nulle part, car l'équipage du *Mary B* s'entassait sur le gaillard d'avant. Elle avait trouvé une couverture et dormait en bas, aussi près que possible de la cellule de Drake. Elle ne pouvait pas lui parler derrière l'épaisse cloison de planches, mais elle éprouvait du réconfort à le savoir là, à quelques mètres d'elle.

Alors, de quoi s'inquiétait-il ? Elle l'ignorait. Mais il était vrai qu'elle ne comprenait pas grand-chose aux hommes. Rien du tout, pour être franche.

Par exemple, pourquoi un homme souhaiterait-il épouser une femme qu'il avait crue enceinte de son frère mort ? Drake avait évoqué le devoir, mais Payton était certaine que si Becky Whitby avait été un laideron, il aurait trouvé un autre moyen de remplir son devoir vis-à-vis de l'enfant orphelin de son frère...

Lorsqu'il avait déclaré que si Payton avait pris la peine de se comporter en femme il ne serait pas tombé sous le charme de Mlle Whitby, il l'avait blessée plus qu'il ne le saurait jamais. Comment n'avait-il pas compris que ses manières garçonnières n'étaient pas le reflet de sa véritable nature ? Pendant presque vingt ans, elle s'était contentée de reproduire les comportements qu'elle voyait autour d'elle. Elle ne s'était rendu compte que ce n'était pas une attitude appropriée à son sexe que lorsque son frère s'était marié et qu'une influence féminine s'était imposée à elle.

Ce qui ne justifiait toujours pas le comportement de Drake, dans sa cellule. Payton commençait à douter qu'il y eût une explication rationnelle à cela.

Les hommes ! Qu'est-ce qui clochait chez eux ?

Ainsi cette absurde promesse qu'il lui avait extirpée... Il ne s'attendait tout de même pas qu'elle la respecte ! Quitter le bateau sans lui ? Jamais de la vie !

C'était bien beau de sa part de lui demander une telle chose. Peut-être, si elle l'aimait un peu moins, aurait-elle cédé. Ou peut-être pas. Il fallait être lâche pour abandonner un camarade et se sauver. Lui demandait-il de se conduire en lâche ? Il n'en était pas question ! Elle était une Dixon, elle avait un nom à respecter. Jamais elle ne laisserait quelqu'un derrière elle, même un mousse, ou le chien du dernier marin.

Pas même Becky Whitby.

C'était en tout cas ce qu'elle s'était dit avant de connaître les relations exactes de Mlle Whitby avec le capitaine La Fond. Elle se rappelait combien elle était nerveuse la première fois qu'elle avait apporté le petit déjeuner dans la cabine arrière. Elle avait vu qu'on y portait Mlle Whitb, et qu'elle n'en était pas ressortie. Qu'allait-elle découvrir derrière cette porte ?

Elle avait été vite rassurée. Mlle Whitby n'était pas là, et l'homme qui lui avait ouvert n'était pas particulièrement impressionnant.

C'était donc là l'infâme pirate La Fond ? s'était-elle dit. Le Français au simple nom duquel, à Kingston ou à La Havane, les marins tiraient leurs épées ? Certes, il en avait l'allure. Il était sans doute assez grand pour intimider les plus petits de l'équipage. Et il était vêtu de façon aussi peu discrète que n'importe quel pirate – ceux-ci n'avaient généralement pas un grand sens de l'élégance. Il portait une veste de velours turquoise, ses doigts étaient chargés de bagues, et ses manchettes de dentelle couvraient tout le dos de sa main.

Mais il était loin d'être aussi terrifiant que Barbe Noire, le plus redoutable d'entre tous. En fait, le Français était plutôt bel homme, avec sa chevelure noire coiffée en catogan et sa moustache fournie. À ce moment-là, il semblait tracassé, et marchait de long en large devant une porte close dont Payton avait deviné qu'il s'agissait de celle de son salon privé.

Elle s'était demandé ce qu'il avait fait de Becky Whitby. L'avait-il jetée par-dessus bord, comme elle-même l'aurait fait, après avoir subi ses jérémiades toute la nuit ?

Ou bien s'était-elle barricadée, terrorisée ? Les pirates étaient réputés pour violer toutes les femmes qui leur tombaient sous la main ; cela dit, Lucien La Fond semblait plutôt du genre à vouloir jouer les gentilshommes. Et son inquiétude paraissait sincère. Lorsque le médecin de bord était arrivé peu après Payton, le capitaine s'était immédiatement adressé à lui.

— Vous ne pouvez rien faire pour qu'elle se sente mieux ? avait-il demandé avec angoisse. Du laudanum, peut-être ?

— Mais, monsieur, pensez au bébé...

— Au diable, le bébé ! s'était écrié le capitaine. Je ne supporte pas de la voir souffrir ainsi !

Le médecin avait secoué la tête.

— Vous ne voudriez tout de même pas risquer la vie du bébé simplement parce que la mère a le mal de mer ?

— Lucien ?

La voix était faible, mais elle eut un effet décisif sur le capitaine qui entrebâilla la porte en hâte.

— Oui, mon amour ?

Payton aperçut le petit visage en forme de cœur qui se soulevait légèrement de l'accoudoir d'un sofa.

— C'est M. Jenkins ? s'enquit la voix trop familière.

Le médecin s'était précipité à la suite du capitaine, et la porte s'était refermée.

C'est alors que la lumière s'était faite.

Bien sûr !

Becky Whitby, que Payton avait vue le matin du mariage en compagnie de Marcus Tyler, était la maîtresse du pirate La Fond. Celui-là même dont les attaques contre la flotte *Dixon* étaient commanditées par la compagnie *Tyler et Tyler.*

L'histoire que Becky avait racontée dans le bureau du vicaire semblait une pure invention pour se sortir d'une situation épineuse. Mais si c'était vrai ? Non pas que Becky fût un pion innocent dans le jeu – cela c'était un mensonge éhonté – , mais que Sir Marcus eût une folle envie de mettre la main sur la carte. Cela expliquerait pourquoi Drake était toujours prisonnier à fond de cale au lieu d'avoir été jeté en pâture aux requins.

Payton plongea son balai-brosse dans le seau en serrant les dents. Elle le sortirait de là. Il le fallait.

Et puis, la situation n'était pas si désespérée. Ils avaient connu pire Elle ne savait pas ce que le Français réservait à Drake une fois à terre, mais elle se doutait que ce n'était pas bon pour lui. Donc, ils devaient quitter le bateau avant New Providence.

Certes, cela ne ferait pas plaisir à Drake. Il avait l'habitude de commander et il s'attendait que ses ordres soient exécutés à la lettre. Et il punissait ceux qui ne s'y soumettaient pas, à moins qu'ils n'aient une bonne raison à invoquer. Il était sévère mais juste.

Payton quant à elle considérait qu'elle avait une bonne raison de ne pas fuir le navire. Et cette raison, c'était qu'elle ne *pouvait* pas, tout simplement. Elle ne pouvait pas le laisser. Sans doute ne considérerait-il pas cela comme une bonne raison, mais qu'y pourrait-il? Rien du tout. Il était enchaîné au mur. Que risquait-il de lui faire?

Elle ne tarda pas à le découvrir lorsqu'elle eut de nouveau l'occasion de lui apporter son repas. Cette fois, elle avait distrait Tito avec une bouteille de whisky volée dans la cabine du capitaine.

La nuit était tombée, et il lui fallut un certain temps pour s'habituer à la pénombre. Elle n'avait pas pensé à apporter une bougie. De toute façon, elle était si chargée qu'elle n'aurait su où la mettre. Heureusement, la lumière de la lune filtrait par les interstices des planches du pont si bien qu'elle discernait suffisamment Drake. Bien qu'il l'eût reconnue, celui-ci ne s'était pas levé.

Ce qui la choqua au plus haut point. Lorsqu'elle naviguait avec Drake et ses frères, il ne manquait jamais de se lever dès qu'elle entrait dans une pièce ou montait sur le pont. D'ailleurs ses frères ne se privaient pas pour en rire. Inutile de faire des manières pour Payton avec ses tresses et ses pieds nus ! Mais Drake les avait toujours ignorés, et avait continué à se montrer galant.

Jusqu'à présent, en tout cas. Là, il se contenta de la regarder, les coudes sur les genoux. Puis il se détourna.

Bon sang de bois ! Elle était là, avec tous ces mets qu'elle avait chipés – fruits, pain, lard fumé -, et il avait le toupet de lui faire cet affront ! Il aurait pu au moins manifester quelque réaction à sa présence.

Et soudain, la panique s'empara d'elle. Il était malade !

Seigneur ! C'était ça ! Les salauds. Que lui avaient-ils fait ? Elle les tuerait, jusqu'au dernier !

Elle se laissa tomber à genoux devant lui, les fruits et le pain roulant à terre.

— Drake ! s'écria-t-elle d'une voix brisée. Ça va ? Que vous ont-ils fait ?

Il tourna la tête vers elle, mais pour une fois, les yeux si clairs n'eurent aucun effet sur elle. Elle était trop occupée à chercher la moindre blessure pour remarquer comme il la dévorait du regard. L'avait-on battu ? Fouetté ? Il était dans un état épouvantable, en tout cas. Son pantalon était troué aux genoux, il n'avait plus ni veste ni gilet depuis belle lurette. Payton pensait avoir vu le quartier-maître les porter, ainsi que les bottes rutilantes. Il ne lui restait que son pantalon et une chemise de linon en loques qui révélait son torse musclé.

Elle eut beau chercher, elle ne découvrit aucune blessure. Il était même plutôt en forme pour un homme qui avait survécu un mois avec de la soupe et de l'eau. Même la moustache et la barbe ne parvenaient pas à enlaidir son beau visage, qui semblait au contraire encore plus aristocratique. Tandis qu'elle le regardait,

Payton ne put s'empêcher de penser que Mlle Whitby et lui auraient fait un bien beau couple.

Comme Drake continuait à la fixer en silence, une atroce pensée la traversa.

— Drake ! s'exclama-t-elle en le saisissant aux épaules. Ils vous ont coupé la langue ?

— Non, répondit-il d'une voix sourde, à peine audible. Bien sûr que non. Que faites-vous là, Payton ? Je vous avais ordonné de fuir ce navire.

Elle cligna des yeux.

— Vous voulez dire que… vous n'êtes pas blessé ?

— Pas du tout. C'est vous qui allez souffrir d'une colossale fessée, si vous ne sortez pas d'ici immédiatement.

Il tendit le bras vers elle, mais elle bondit de côté tel un crabe. Une fois en sécurité, elle demeura assise, stupéfaite, les yeux agrandis de surprise.

Il s'était levé, mais pas par galanterie. Non. Il essayait de l'atteindre, sans aucun doute pour tenir sa promesse de lui administrer une fessée. Avec des grognements inarticulés, il tirait de toutes ses forces sur ses chaînes. En vain. Payton, qui ne l'avait jamais vu hors de lui – et certainement pas à cause d'elle -, l'observait, à la fois fascinée et horrifiée. Elle avait souvent vu ses frères en colère, surtout Ross, mais jamais à ce point.

Il débitait des chapelets de jurons, mais Payton ne s'en offusqua pas. Elle-même en prononçait de semblables quand elle était contrariée. Elle jetait des coups d'œil inquiets à la porte fermée en priant pour que sa voix ne porte pas au-delà. Tito ne pouvait les entendre, tout absorbé qu'il était par sa bouteille, mais les autres…

Il fallait le faire taire, ne serait-ce que pour qu'il reprenne ses esprits. Mais comment y parvenir sans s'approcher de lui ? Elle se rappelait la façon dont il l'avait secouée la veille, et se garda donc de se tenir à sa portée. Qu'avait fait Georgiana la dernière fois que

Ross s'était mis dans tous ses états ? Pleurer, peut-être.

Des larmes ? Elle allait devoir pleurer ?

Seigneur, quand ses épreuves s'achèveraient-elles ?

Repliant les jambes qu'elle entoura de ses bras, la tête posée sur les genoux., elle émit ce qui, espérait-elle, ressemblait à un sanglot. Elle demeura ainsi à produire de petits sons, tandis que ses épaules se soulevaient convulsivement. De temps en temps, elle glissait un coup d'œil à Drake histoire de voir si la comédie portait ses fruits.

Mais non. Il tirait sur l'une de ses chaînes, tentant d'arracher l'anneau fixé au mur.

Dégoûtée, Payton eut un reniflement plus fort et baissa vivement la tête quand Drake daigna enfin lui accorder un regard.

— Payton ?

Il ne semblait pas le moins du monde inquiet, comme Ross lorsque sa femme pleurait, mais plutôt soupçonneux.

Seigneur, allait-elle devoir pleurer pour de bon ? Elle s'efforça de penser à quelque chose de triste. Sa mère… Non, elle n'avait que quelques heures lorsque celle-ci était morte. Elle ne l'avait pas connue, contrairement à ses frères qui avaient parfois le regard lointain quand Sir Henry prononçait le nom de son épouse bien-aimée.

Quoi, alors ? Le jour où Mei-Ling l'avait quittée pour retourner dans sa famille ? Mais ce n'était pas triste non plus, car Mei-Ling était tellement heureuse. Le *Constant* ? Non. Cela la tracassait, mais elle avait des soucis plus immédiats.

Drake. Qu'est-ce que le Français envisageait de lui faire ? C'était cela qui la taraudait depuis des semaines. S'il arrivait quelque chose à Drake…

Les larmes jaillirent soudain, comme par enchantement. Payton en fut tellement surprise qu'elle faillit cesser, puis elle se rappela qu'elle *essayait* de pleurer, et elle se laissa aller. Un véritable sanglot lui déchira la gorge. Dieu, mais c'était presque… agréable.

Un rapide coup d'œil à Drake lui montra qu'il était stupéfait. Bon ! Elle se cacha de nouveau le visage entre les bras. Visiblement, les larmes étaient efficaces. Elle aurait dû y songer plus tôt.

— Payton…

Il y eut un bruit de chaînes, puis deux sons jumeaux sur le sol. Drake était tombé à genoux. Elle était toujours hors de sa portée, mais elle vit qu'il s'était calmé, toute colère envolée – provisoirement.

– Payton, ça va ?

Il n'y avait plus que de la tendresse dans sa voix.

— Que s'est-il passé, mon ange ? Vous a-t-on fait du mal ?

Mon ange. Il l'avait appelée mon ange. Ce n'était pas la première fois, mais comme c'était doux, dans sa bouche ! Elle eut un autre sanglot, de joie, cette fois.

— Payton.

Elle ne s'était jamais rendu compte à quel point les deux syllabes de son nom, prononcées de cette voix chaude et profonde, la faisaient frissonner. Elle faillit éclater de rire à travers ses larmes.

Puis l'extraordinaire se produisit. Quelque chose de chaud et de doux effleura sa cheville nue.

Elle releva vivement la tête, craignant qu'il ne s'agisse d'un rat. En fait, c'était Drake qui, tirant le plus possible sur ses chaînes, était arrivé à toucher son pied droit, au-dessus des souliers à boucles un peu trop petits empruntés au mousse du *Virago*.

Cette main semblait si brune, si grande, sur sa cheville fine ! Si elle avait appartenu à quelqu'un d'autre, elle aurait sorti le couteau qu'elle avait volé à la cuisine et l'aurait planté au beau milieu.

Mais c'était celle de Drake.

Et il la contemplait avec une intensité incroyable.

Une seconde plus tard, elle se jetait sur lui. Bien qu'elle fût menue, la force du choc fut telle qu'il se retrouva couché sur le dos. Avant qu'il pût réagir – elle était sûre qu'il allait la repousser –, elle l'avait chevauché, comme la veille, et s'était allongée sur lui, son visage tout proche du sien.

— Pourrions-nous essayer de nouveau ? hasarda-t-elle d'une petite voix mal assurée. Ce que nous avons fait hier, je veux dire. Mais sans nos pantalons.

Drake serrait les dents, et son expression ne disait rien qui vaille.

— Non, Payton, grinça-t-il. Pas ici.

Il avait sans doute des projets plus romantiques pour sa défloration, et elle en fut très flattée. Vraiment. Mais il était trop tard. Elle le sentait déjà grossir sous elle.

Ce n'était pas romantique, mais c'était tout ce dont ils disposaient. Et dont, peut-être, ils disposeraient jamais.

Elle posa les lèvres sur les siennes, et il l'enveloppa de ses bras alourdis par les chaînes. Il demeurait toutefois aussi immobile qu'un roc. Elle effleura de nouveau sa bouche.

— Payton…

Sa voix était à peine plus qu'un sourd grondement qui se répercuta en elle.

Elle l'ignora. S'il avait vraiment voulu l'arrêter, il l'aurait fait, malgré les chaînes. Même les poignets attachés, il aurait pu la repousser. Il n'en fit rien.

Doucement, elle approcha sa bouche de la sienne, et, cette fois, il s'en empara

— D'accord, murmura-t-il sauvagement. Si c'est ce que vous voulez…

19

Ce ne fut pas un baiser punition. Il aurait été incapable de faire volontairement du mal à une femme. Et lorsqu'elle protesta – à cause de la brusquerie du geste et non de sa violence – , il desserra aussitôt son étreinte. Mais il ne la lâcha pas. C'était trop tard.

Il n'aurait pu la laisser aller. Plus maintenant.

D'ailleurs, Payton ne le souhaitait pas. Elle voulait seulement sentir le cœur de cet homme le plus près possible du sien, et elle y était parvenue. Elle l'entendait tambouriner dans la robuste cage thoracique et songeait, émerveillée, que c'était à cause d'elle. Cette certitude se renforça lorsqu'elle le sentit durcir à travers l'étoffe de son pantalon. Cela aussi, c'était pour elle.

Elle fut soudain étourdie par ce tout nouveau sentiment de puissance. Il explorait sa bouche et, encouragée par les petits gémissements qui lui échappaient, elle mêla sa langue à la sienne. Puis il descendit vers sa gorge, et elle arqua le cou, grisée par ses baisers. Elle se rendit à peine compte qu'il la caressait, jusqu'à ce qu'elle sente ses mains sur sa peau nue.

Elles se refermèrent sur ses seins avec une douceur qui l'étonna, elle qui en connaissait la force, et qui devinait combien il avait dû attendre ce moment. Il prenait visiblement son temps, se retenait, conscient que c'était la première fois pour elle, et elle eut la conviction qu'il était l'homme de sa vie.

Cependant, lorsqu'il effleura les petites pointes tendues de ses seins, elle oublia toute son admiration pour ne plus penser qu'à elle. Ses seins semblaient se gonfler, emplir les paumes de Drake, elle écarta les jambes afin de mieux sentir son érection. Elle aurait dû s'offusquer, comme toute jeune fille bien élevée. Mais, en dépit des efforts de Georgiana, Payton n'était pas une jeune fille bien élevée. Dès qu'elle le sentit pressé contre elle, ses hanches se mirent à onduler d'une façon aussi honteuse qu'instinctive.

Drake poussa une sorte de gémissement. Croyant qu'elle lui avait fait mal, elle se figea... et eut un sursaut lorsqu'il haussa le visage pour prendre son sein dans sa bouche. C'était un gémissement de plaisir qui lui avait échappé. Pas de douleur.

Mais tandis que sa bouche intensifiait le désir qui montait en elle, il entreprit de déboutonner son pantalon. Elle était complètement offerte, pourtant elle ne s'en rendit compte que lorsqu'il effleura le triangle entre ses cuisses. À ce léger contact, Payton ouvrit grands les yeux, et elle fut choquée par ce que révéla le clair de lune. Les longs doigts bruns jouaient avec son sexe, le caressaient, l'emplissaient. C'était mal, c'était sûrement mal...

Et elle adorait cela !

Elle referma les paupières, perdue dans un tourbillon d'exquises sensations. Elle aurait pu l'arrêter tout de suite, avant qu'il ne soit trop tard. Lui agripper le poignet, le repousser. C'est ce que Georgiana lui aurait ordonné de faire.

Mais au lieu de cela, elle posa la main sur la bosse qui déformait son pantalon. La laisserait-il le toucher, cette fois, comme il la touchait ? En avait-il envie, comme elle-même en avait envie depuis si longtemps ?

La réponse ne se fit pas attendre. À peine l'eût-elle effleuré qu'il tressaillit, comme si elle l'avait brûlé, et captura ses lèvres avec une passion sauvage. Puis, avant qu'elle comprenne ce qui se passait, il arqua les reins, et ce qui était emprisonné dans le tissu se retrouva libre, doux contre l'intérieur de sa cuisse.

Libre, et d'une dimension quelque peu inquiétante.

Drake leva les yeux sur elle. Sa poitrine se soulevait comme s'il venait de courir dix kilomètres, mais dès qu'il parla, elle comprit qu'il ne se souciait que d'elle.

— Je ne veux pas vous faire mal, articula-t-il d'une voix rauque.

Elle ne pouvait deviner que ses grands yeux noisette s'étaient emplis d'appréhension. Elle ne savait pas que sa bouche et son cou étaient enflammés à cause de sa barbe. Ni qu'elle était prête à l'accueillir en elle comme aucune autre femme qu'avait connue Drake. Elle savait seulement que, malgré l'urgence de son désir, il ne pensait qu'à elle et à son bien-être. Et elle fut submergée par une immense vague d'amour.

— Je sais, souffla-t-elle, soudain intimidée.

Ses paroles n'avaient pas l'air de l'avoir rassuré, et elle cherchait une façon de le faire quand son corps s'en chargea à sa place. Sans bien se rendre compte de ce qu'elle faisait, elle s'était déplacée de sorte que le sexe dressé de Drake vint se nicher à l'entrée du sien. Stupéfait, il se pétrifia un instant. Ses yeux dans l'ombre semblaient noirs, du noir de la mer avant l'orage.

Payton bougea davantage, essayant de le prendre en elle, curieuse de ce qui allait se passer. Il était si grand, et elle anormalement petite…

D'un coup, il perdit tout contrôle. Il plongea en elle, dans cette chaleur moite où il rêvait d'être depuis ce qui lui semblait une éternité.

Presque aussitôt il se ressaisit et balbutia :

— Ça va ?

Payton s'était aperçue que la brève douleur qu'avait provoquée son coup de reins refluait déjà ; elle était là, mais très supportable. Elle avait posé les mains sur la poitrine de Drake et serré les cuisses afin de l'immobiliser. Elle se rendait cependant compte que ce qu'elle ressentait à présent était proche de ce qu'elle avait éprouvé la veille… en mieux.

— Payton ? insista Drake.

Les chaînes s'agitèrent tandis qu'il la prenait aux épaules pour la secouer légèrement.

— Payton ! Ça va ?

— Chut…

Elle remua un peu les hanches. Drake gémit. Mais ce n'était pas ce qui intéressait Payton pour l'instant. Elle était sidérée de constater qu'elle n'avait plus mal du tout. Elle n'éprouvait qu'un immense désir de le sentir en elle, le plus profondément possible.

Cela devint vite une nécessité et elle s'accrocha à lui tout en ondulant du bassin, vaguement consciente qu'il murmurait des mots dont elle ne comprenait pas le sens.

Puis soudain, une vague gigantesque la balaya, la secoua en tous sens. Elle était projetée entre ciel et mer, elle rayonnait tel un soleil. Elle cria le nom de Drake, parce qu'il lui semblait qu'elle n'aurait jamais dû s'envoler ainsi sans lui…

Et elle réintégra son corps, haletante, épuisée. Mais il ne s'en rendit pas compte, car il était là d'où elle venait de redescendre. Elle le vit à ses yeux clos, à ses mâchoires crispées comme s'il souffrait. Et à la violence avec laquelle il plongeait furieusement en elle, au risque de la couper en deux… ce dont elle se moquait éperdument.

Enfin il bascula dans l'abîme sur un dernier coup plus vigoureux encore, et son visage se détendit, plus beau que jamais…

Il demeura immobile, comme elle quelques secondes plus tôt. Ils étaient unis dans l'ombre de la cellule, le corps tremblant et humide de sueur.

Drake repoussa les mèches folles du visage de Payton.

— Ça va ?… Je ne vous ai pas fait trop mal ?

Payton considéra un instant la question. En fait, elle était presque ennuyée de se sentir bien. Mieux que bien, en vérité. Jamais de sa vie elle ne s'était sentie aussi bien !

Normalement, elle aurait dû souffrir le martyre, saigner à profusion… Elle en déduisit qu'elle n'avait sans doute jamais eu d'hymen, car elle n'avait senti qu'une vive et brève douleur lorsque Drake l'avait pénétrée. Elle aurait dû être gênée par son volume, ensuite. Quelle dame digne de ce nom perdait sa virginité sans ressentir une extrême douleur ?

L'Honorable Mlle Payton Dixon, apparemment. Une preuve de plus qu'elle n'était pas une vraie dame. Elle avait sans doute brisé son hymen en insérant les éponges que Mei-Ling lui avait appris à utiliser lorsqu'elle était indisposée.

— Je vais bien, répondit-elle d'une voix triste.

Il la scruta d'un regard inquiet.

— On ne dirait pas.

— Je pensais seulement… eh bien, j'aurais dû saigner.

— Oh…

Il paraissait infiniment soulagé. Était-ce parce qu'elle n'avait pas saigné, ou parce qu'il savait qu'il était parvenu à la faire jouir ?

— Ne soyez pas déçue. Je ne voulais pas que vous souffriez.

— Je sais. Mais autrefois, on vous aurait demandé de produire un drap taché du sang virginal, afin de prouver à votre famille que j'étais pure avant d'entrer dans votre lit.

— Au cas où nous en sortirions, je ne pense pas que quiconque dans ma famille – et surtout pas ma grand-mère – exige une preuve de votre virginité, Payton, assura Drake, pince-sans-rire.

— Néanmoins, c'est une petite déception. Une jeune fille ne perd sa virginité qu'une fois, et…

— Et elle tient à ce que ce soit aussi dramatique que possible ?

— Eh bien, un petit peu de sang aurait été…

Drake se sentit soudain la pire des canailles. Il lui avait volé sa virginité, et il l'avait fait en sachant parfaitement que c'était mal. Il s'était juré que si, par le plus incroyable des hasards, il avait la chance inouïe de faire l'amour à Payton Dixon, ce serait dans un lit… de préférence le lit conjugal. Et il s'était promis de se contrôler suffisamment pour ne pas l'effrayer.

Or, bien qu'il fût conscient du plaisir qu'elle avait éprouvé, il se reprochait de s'être laissé aller, d'avoir joui comme une brute. L'exact opposé de ce qu'il avait envisagé.

Mais comment diable était-il censé s'arrêter ? Jamais il n'avait connu de femme qui donne autant qu'elle recevait. Quand l'angoisse dans ses yeux s'était transformée en émerveillement, c'en avait été fait de lui. Surtout après avoir constaté qu'entre les jambes de Payton Dixon, c'était le paradis.

Il aurait pourtant dû se contrôler. Il n'était pas un gamin à sa première expérience ! Or il l'avait prise comme un fou furieux, sans douceur… elle, une vierge.

Peu importait qu'elle eût visiblement aimé cela, que son seul regret fût de ne pas voir eu d'hymen, il s'était abominablement servi d'elle. Il fallait à tout prix qu'il se rattrape.

Il prit son visage entre ses mains.

— Cela irait-il mieux si je vous disais que je vous aime ?

Le cœur de Payton fit un bond.

— C'est vrai ?

Il haussa les sourcils.

— Cela vous étonne ?

— Eh bien, oui, parce que je vous aime depuis des années, et que vous n'avez jamais semblé vous en apercevoir.

— Je m'en suis aperçu, assura-t-il. Il m'a fallu du temps, mais j'ai fini par m'en apercevoir.

Un sourire de pur ravissement illumina le visage de Payton tandis qu'elle nouait les bras à son cou. Mais les paroles qu'elle s'apprêtait à prononcer lui restèrent dans la gorge. La clé venait de tourner dans la serrure.

En un clin d'œil, elle fut debout. Elle rajusta sa tenue, et conseilla à Drake de l'imiter.

La porte s'ouvrit, et le geôlier, muni d'une chandelle, passa le nez à l'intérieur.

— Hill ! fit-il dans un hoquet.

— Je suis là. Qu'y a-t-il, Tito ?

— Le cuistot a besoin de toi, répondit-il. Il ferme la cuisine pour la nuit.

— Très bien.

Payton remonta son pantalon d'un geste brusque. Un geste, nota Drake, qu'elle avait emprunté à son frère Ross.

— Allons-y.

Tito tourna vers le prisonnier ses petits yeux porcins.

— Il t'a embêté ? demanda-t-il d'un air indifférent.

— Celui-là ? répondit Payton. Sûrement pas.

— Bon.

Il pivota et sortit de la cellule d'un pas titubant. Payton lança un dernier coup d'œil à Drake, puis la lourde porte se referma sur eux.

Seules traces du passage de Payton, songea Drake : la nourriture sur le sol et une tache humide sur son pantalon.

Et surtout, un grand trou brûlant au fond du cœur.

20

Payton ne fut pas particulièrement surprise, le lendemain de son… rendez-vous amoureux avec Drake, lorsqu'elle apprit que le navire qui faisait voile vers eux appartenait à la flotte *Tyler et Tyler*. Elle l'avait repéré bien avant les autres, et espérait alors qu'il s'agissait d'un des navires de ses frères.

À tort. En outre, Sir Marcus Tyler devait retrouver le *Rebecca* dès qu'il pénétrerait dans les eaux des Bahamas. Bien que déçue qu'il ne s'agisse pas d'un bateau *Dixon*, Payton était soulagée d'apprendre qu'ils n'étaient pas loin de la terre. Elle pouvait commencer à organiser sa fuite avec Drake.

Dans la cabine du capitaine, lorsqu'elle porta le petit déjeuner, on avait d'autres préoccupations.

— Je n'en peux plus, se plaignait Becky. Il faut que je retourne m'allonger.

— Voyons, chérie… répondait Lucien La Fond.

Il avait oublié de fermer la porte donnant sur le salon, et il n'était pas difficile d'espionner leur conversation.

— Jenkins assure que l'air frais vous ferait du bien.

— Qu'en sait-il ? Cet homme est un bon à rien. Je n'arrive pas à croire que vous m'obligiez à me lever pour *le* rencontrer. Vous savez bien qu'il va vous hurler après quand il apprendra que Drake et moi ne sommes pas mariés.

— Me hurler après, chérie ? dit le Français tendrement. Pourtant ce n'est pas moi qui ai tout gâché.

— Non, mais c'est vous qui avez envoyé ces imbéciles attaquer le *Constant* avant que nous ayons prononcé nos vœux.

— Comment pouvais-je savoir que le mariage n'avait pas eu lieu ? Vous étiez censés être en voyage de noces. Personne ne part en lune de miel avant le mariage !

— Je vous l'ai répété mille fois, ce n'était pas ma faute. C'est à cause de cette garce de Dixon.

Payton faillit pousser une exclamation indignée. Puis elle se souvint qu'elle avait parlé de Mlle Whitby en des termes encore moins élogieux, parfois...

— Oui, oui, je sais.

De toute évidence, le sujet revenait souvent sur le tapis, et il en était las.

— En vérité, chérie, reprit-il, c'est sa faute à lui.

Becky poussa un soupir à fendre l'âme.

— Vous avez sans doute raison. Il n'aurait pas dû prendre le risque de venir à Daring Park en personne. C'était complètement idiot !

— Ce n'est pas ce que je voulais dire. Je considère qu'il devrait vous tenir en dehors de ses plans machiavéliques, ainsi je m'inquiéterais moins pour vous. C'est seulement parce que je me demandais ce qui se passait sur ce satané bateau que j'ai envoyé le *Mary B* trop tôt.

— Mais vous me connaissez, chéri, roucoula Becky. Vous savez que jamais je n'aurais permis à cet homme de me toucher.

— Vraiment ? demanda La Fond, sceptique. On ne pouvait en dire autant de son frère, il me semble.

— Mais je n'avais pas le choix avec Richard, sot !

— C'est bien le problème. Je veux que vous n'ayez de rapports avec aucun homme que moi.

— Vous l'avez certes clairement exprimé.

— J'ai fait en sorte que cela passe pour un accident, non ? s'indigna le Français. Comme il le souhaitait.

— Papa avait demandé que cela ressemble à un

accident. Il n'avait pas exigé que cela soit aussi sanglant.

Papa ? Quel papa ?

— Ce n'était pas non plus ma faute, se défendit La Fond. Il était déjà mort lorsque les chevaux l'ont traîné dans les buissons d'épineux. C'est ce que le médecin a dit.

Becky se mit à rire.

— Est-ce le même que celui qui a affirmé que Sir Richard avait été tué par une branche basse alors qu'il chevauchait ? Je n'ai pas la plus grande confiance dans ses talents !

— Tout ce que je veux dire, Rebecca, c'est que si vous ne le laissiez pas vous utiliser comme il le fait...

— Mais, chéri, vous savez bien que les idées de papa finissent toujours par se révéler bonnes.

— Certainement pas celle-ci...

— Raison de plus pour que ce soit *vous* qui le lui annonciez...

La querelle se prolongea jusqu'à ce que le *Nassau Queen*, le navire de Sir Marcus, rejoigne le *Rebecca*. On lança une passerelle entre les deux bateaux.

Payton ne savait pas très bien à qui faisait référence le « il » dans la conversation. Sir Marcus ? Le père de Mlle Whitby ? Et qui était ce Richard qu'elle avait mentionné ? Il ne pouvait s'agir que du frère de Drake, qu'elle avait désigné comme étant le père de son enfant. Comment le Français en connaissait-il autant sur le fatal accident de cheval ?

Tout cela était fort troublant, et Payton avait hâte de descendre à la cale en discuter avec Drake. Hélas, elle était trop occupée pour pouvoir s'échapper. L'atmosphère était au beau fixe, sur le *Rebecca*. L'arrivée du *Nassau Queen* signifiait de la nourriture, des lits et, plus important que tout, du rhum.

Depuis que l'on avait aperçu le navire, en début de matinée, l'équipage n'avait jamais obéi aux ordres avec autant de zèle. Payton allait devoir attendre que la nuit soit tombée et que l'alcool coule à flots pour se glisser dans la cellule de Drake.

Ce ne fut que lorsque Jonesy, avec lequel elle avait conclu une alliance précaire, et elle furent envoyés nettoyer la mélasse qui avait coulé d'un baril, qu'elle aperçut Sir Marcus. Elle était dans la mélasse jusqu'aux chevilles quand une trappe s'ouvrit soudain au-dessus d'elle. Pensant qu'il s'agissait d'une inspection de Clarence, elle leva la tête, mais c'était Sir Marcus.

Un Sir Marcus comme jamais Payton ne l'avait vu. Un éclat meurtrier brillait dans son regard lorsqu'il passa devant eux et se dirigea droit vers la cellule de Drake.

— Ouvrez ! hurla-t-il.

Tito mâchonnait un morceau de viande séchée. On en avait remis à chacun des marins afin d'apaiser leur estomac en attendant que Clarence prépare un repas digne de ce nom avec les provisions du *Nassau Queen*.

Il se leva pour chercher ses clés. De toute évidence, il avait la gueule de bois. Payton se promit de lui fournir une autre bouteille le soir même. En effet, elle avait l'intention de le délester de toutes ses clés et de se sauver avec Drake.

Alors que Tito se hâtait d'ouvrir, d'autres pas se firent entendre au-dessus de Payton, et les hauts talons de Becky Whitby ne tardèrent pas à résonner sur les marches.

— Papa, disait-elle d'une voix cajoleuse, ce n'est pas la faute de Lucien. Vous savez combien il est jaloux. Franchement, si quelqu'un est à blâmer, c'est vous. Comment avez-vous pu être assez fou pour vous montrer à Daring Park, ce matin-là ? On vous a reconnu, naturellement !

Papa ? Mais Sir Marcus n'avait pas d'enfant ! songea Payton, incrédule. Elle était certaine qu'il n'avait jamais été marié. Sans doute n'apprécierait-il pas que Becky Whitby se prétende sa fille ! Elle l'avait vu une fois menacer de son arme un homme qui lui barrait simplement le passage, alors comment réagirait-il en s'entendant appeler « papa » par une illuminée ?

Sir Marcus Tyler n'était pas aussi âgé que le père de Payton. Il devait avoir à peine cinquante ans, et c'était encore un fort bel homme, grand, large d'épaules, les tempes tout juste grisonnantes, ses cheveux bouclant sur le col de son élégante chemise. À sa manière, il semblait se soucier de son apparence autant que Lucien La Fond.

Cependant, il était fort irritable.

— Ne m'accuse pas d'avoir gâché cette affaire ! tonna-t-il à l'intention de Mlle Whitby. S'il y a un saboteur, ici, c'est ce type que tu t'acharnes à défendre. « Ce n'est pas sa faute », ajouta-t-il en imitant cruellement la voix plaintive de Becky. Bien sûr que c'est sa faute ! S'il avait attendu suffisamment avant d'attaquer, tu serais Lady Drake, à l'heure qu'il est !

Seigneur ! Il n'avait pas nié. Becky Whitby était bien sa fille.

Pas étonnant que Marcus Tyler eût Lucien La Fond, le plus redoutable des pirates, dans sa poche ! C'était l'amant de sa fille...

— Non, je ne le serais pas !

Becky descendit les marches raides, plutôt vivement compte tenu de son état. Quoiqu'elle semblât craindre la colère de son père, elle ne se laissa pas détourner de son propos.

— Je n'aurais jamais été Lady Drake, papa. Je vous l'ai dit, il se doutait de quelque chose. Je ne sais comment, mais il avait des soupçons bien avant que cette garce de Payton Dixon ait révélé qu'elle vous avait vu...

Sir Marcus ignora sa fille.

— Ouvrez cette porte ! ordonna-t-il à l'infortuné Tito.

— J'essaie, monsieur, gémit ce dernier d'une petite voix. J'essaie.

— Je n'aurais jamais été Lady Drake, répéta Becky en trottinant derrière son père.

Habituée à une Mlle Whitby qu'un rien terrorisait, Payton n'en croyait pas ses oreilles. Il ne pouvait s'agir de la même personne! Celle-ci paraissait dotée d'une assurance à toute épreuve.

— Vous entendez? insista-t-elle. Drake savait. Il savait que quelque chose… clochait concernant Sir Richard et moi. N'accusez pas Lucien, c'est votre faute, pas la sienne.

Stupéfaite, Payton vit Sir Marcus se retourner pour gifler sa fille à la volée. Celle-ci poussa un cri et tomba à terre, les cheveux dans les yeux. Spontanément, Payton fit un pas en avant afin de venir en aide à la jeune femme, mais Jonesy posa la main sur son bras pour l'arrêter. Il avait déjà dû assister à ce genre d'affrontement entre père et fille, et il savait qu'il valait mieux ne pas s'en mêler.

Becky ne tarda pas à se relever. À part une plaque rouge sur la joue, jamais on n'aurait supposé qu'elle venait de recevoir une claque monumentale. Se pouvait-il que cette furie aux yeux brillants fût la jeune fille sans défense que les Dixon avaient secourue quelques mois plus tôt?

— Je vous dis que ce n'est pas la faute de Lucien! cria-t-elle.

Tito était enfin venu à bout de la serrure de la cellule. Après un dernier coup d'œil méprisant à sa fille, Marcus Tyler y pénétra.

Becky lui lança un regard noir, puis elle fit volte-face et regagna le pont en hurlant :

— Lucien!

Comme elle passait au-dessus de leurs têtes, Jonesy se tordit le cou. Payton l'imita, et s'aperçut qu'il était possible de voir sous les jupes de la jeune femme entre les marches. Jonesy semblait fasciné.

Une seconde plus tard, il sautillait sur place en se tenant le bras à l'endroit où Payton venait de le pincer.

— Hé ! Pourquoi t'as fait ça ?

Payton le dévisagea sévèrement.

— Ce n'est pas poli de regarder sous les jupes des dames, riposta-t-elle.

Jonesy lui décocha un coup d'œil rancunier.

— J't'assure, Hill, parfois, je me demande si t'es pas rien qu'une fille !

Elle lui rendit son regard

— Vraiment ? Alors tu n'as qu'à nettoyer toute cette saleté toi-même pendant que je me repose comme une dame.

Elle lui lança son balai, et s'éloigna sans se soucier de ses protestations. Ce qui se passait derrière la porte à demi ouverte de la cellule l'intéressait autrement plus.

Et elle n'était pas la seule. Tito qui, malgré sa gueule de bois, lui était reconnaissant pour la bouteille de la veille, se poussa afin de lui faire de la place.

Bien qu'il regardât avec autant d'attention qu'elle, elle doutait cependant qu'il fît la même prière silencieuse.

Mon Dieu, faites que Drake ne meure pas aujourd'hui. Je vous en supplie. Si vous devez prendre quelqu'un, que ce soit moi plutôt que lui.

Ou, mieux encore, prenez Mlle Whitby !

21

Lorsque Sir Marcus, baissant la tête afin de ne pas se cogner, pénétra dans la cellule, le prisonnier l'accueillit avec un laconique :

— Ah, Sir Marcus, enfin. Je vous attendais.

Si Sir Marcus fut surpris de cette réflexion, il le fut encore davantage par ce qui suivit.

— Je vous aurais volontiers offert un siège, monsieur, mais, comme vous pouvez le constater, il n'y en a pas. Toutefois, ce plancher n'est pas aussi inconfortable qu'il y paraît. Je vous en prie, joignez vous à moi, si le cœur vous en dit.

Le sourire sarcastique qu'arborait Sir Marcus en entrant dans la cellule s'effaça. Comment un homme enchaîné pouvait-il afficher un tel calme ? Surtout un homme comme Connor Drake, habitué à vivre au grand air… Cela le mit en rage, presque autant que la scène avec sa fille. Il flanqua un coup de pied dans la jambe de Drake.

— Debout ! siffla-t-il entre ses dents. Levez-vous, Drake. Vous croyez peut-être qu'il s'agit d'une plaisanterie, mais je vous assure que c'est sérieux. Mortellement sérieux.

Drake prit son temps pour se relever. Ce fut alors que Sir Marcus comprit son erreur. Il aurait dû laisser le prisonnier à terre, car ce dernier, même nu-pieds, le dominait d'une demi-tête.

Il préféra ignorer ce fait et se concentrer sur le plaisir d'avoir été obéi.

— Capitaine Drake, articula-t-il lentement. Le grand capitaine Drake. Oh, je suis navré. Ce n'est plus votre titre, n'est-ce pas ? Non, plus depuis la mort de votre malheureux frère. Préférez-vous qu'on vous appelle Sir Connor Drake ?

— Comme il vous plaira, répondit Drake en haussant les épaules. Je ne suis guère en mesure de vous imposer quoi que ce soit, ajouta-t-il en désignant ses chaînes.

— Oui, c'est un inconvénient, reconnut Sir Marcus avec un petit claquement de langue. Mais nécessaire. Nous ne pouvions risquer que le grand capitaine Drake prenne le large avant que nous ayons eu le temps de faire plus ample connaissance avec lui. Vous êtes réputé pour les évasions difficiles, savez-vous ? Vous avez même réussi à échapper au mariage. Je dois avouer que je suis surpris de vous trouver encore célibataire. Je croyais que votre mariage était une chose acquise.

— Je le croyais aussi, admit Drake. Mais j'ai émis en dernier ressort quelques objections à l'égard de la dame.

— Je ne saurais vous dire à quel point j'en suis désolé. Puis-je vous demander ce qui vous a contrarié chez cette jeune femme ?

— En partie les liens qui semblaient l'unir à vous, répondit aimablement Drake.

— Ah ! Vous me détestez donc tant que vous considériez comme répugnant de vous allier avec une personne de ma famille – fut-elle aussi jolie que ma Rebecca ?

Si c'était une nouvelle pour Drake, il n'en laissa rien paraître.

— Certainement, monsieur. Car vos descendants sont forcément des rejetons de Satan.

Sir Marcus éclata de rire, comme s'il trouvait l'insulte fort drôle.

— Si vous avez trouvé une ressemblance entre Rebecca et moi, je vous félicite. Vous êtes plus malin que moi. Il m'a fallu du temps avant de découvrir une pointe de Tyler en elle. Voyez-vous, il y a quelques années, une femme de… petite vertu, que j'avais fréquentée autrefois, s'est présentée à moi avec une petite chose maigre et rousse en clamant haut et fort qu'il s'agissait de ma fille. Au début, je n'ai pas voulu croire que cette créature, qu'elle avait vulgairement baptisée Becky, soit issue de moi.

« Puis je me suis rendu compte, comme vous venez de le dire si aimablement, que nous avions des points communs, elle et moi. C'en était effrayant, parfois. Figurez-vous que c'est Rebecca qui, apprenant que sa mère avait eu des rapports avec Marcus Tyler, de la compagnie *Tyler et Tyler*, a eu l'idée de m'extorquer un peu d'argent. J'ai payé, bien que je n'aie guère cru à cette histoire. Mais je suis un homme d'affaires. Je n'avais certes pas besoin qu'on parle de moi en mal, surtout avec ce parangon de moralité qu'est mon principal rival, Sir Henry Dixon.

« Finalement, Rebecca et moi sommes devenus amis, et j'ai commencé à voir les avantages qu'offrait une belle jeune femme capable de m'aider dans mes… plus délicates négociations. Elle n'y a vu aucune objection, bien sûr. Comme la plupart des femmes, Rebecca adore l'argent et serait prête à tout pour en obtenir.

— Et cela vous étonne que je n'aie pas eu envie de l'épouser ?

Sir Marcus secoua la tête en riant.

— Oh, oui, je vois. Une femme qui fait du chantage, et qui en plus m'est apparentée. Lourd handicap ! Ah, Drake, je serai presque triste, quand vous ne serez plus là. J'apprécie tant votre compagnie ! Vous êtes l'un des seuls hommes que je connaisse qui ose dire franchement ce qu'il pense de moi. Les autres ont bien trop peur. C'est que j'exerce un certain pouvoir, surtout dans cette partie du globe.

— Ce n'est pas de vous qu'ils ont peur, rétorqua Drake, mais de La Fond.

Tyler parut un peu déconcerté.

— La Fond ? Ah, oui, peut-être. Il est parfois effrayant quand on ne le connaît pas. Moi, hélas, je le connais bien, et il ne m'impressionne pas. J'aurais dû me douter, ajouta-t-il dans un soupir, qu'un homme aussi malin que le capitaine Drake verrait clair dans mon petit jeu. Ce n'était pas l'un de mes plans les plus astucieux, sans doute... N'empêche que votre frère est tombé dans le panneau. Ce qui explique que j'aie eu ensuite un certain espoir...

— Un espoir ?

— Oui, que le nouveau baronnet serait aussi... comment dire ? Aussi entiché de la dame ?

— Je commence à soupçonner que l'attirance de mon frère pour votre fille a causé sa mort.

— D'une certaine manière, oui, c'est vrai. Cela me désole, mais c'est la stricte vérité. La mort de votre frère était indispensable, voyez-vous, pour garantir vos intérêts dans l'affaire de mes rivaux.

Drake hocha la tête.

— Bien sûr. Vous aviez besoin que j'épouse Rebecca afin qu'à ma mort elle hérite de mes parts dans la compagnie *Dixon et Fils*.

Sir Marcus éclata de rire.

— Pas du tout ! Seigneur, Drake, j'ai des qualités, mais je ne suis pas devin. Je ne pouvais absolument pas savoir que mon vieil ami Henry – cet imbécile au grand cœur – serait assez stupide pour vous offrir des parts de l'entreprise familiale, et sûrement pas égales à celles de ses propres fils.

Drake réfléchissait.

— En effet. Il m'a fait cette proposition la veille du mariage. Alors, quel intérêt aviez-vous à ce que j'épouse Becky ? Pas Daring Park, certainement. Vous deviez viser plus haut, sinon vous n'auriez pas tué Richard avant que Becky et lui se marient.

— Je n'ai jamais été intéressé par Daring Park, répliqua Sir Marcus. Bien que, je l'avoue, Rebecca adore cet endroit. Si j'ai bien compris, vous l'avez mis en vente juste avant votre départ. Dommage ! Elle avait l'intention de s'y installer avec l'enfant.

— Qu'elle aurait probablement élevé en futur baronnet. Le plan était intéressant, pour elle. Mais pas pour vous. Vous vouliez autre chose. La carte ?

Sir Marcus sourit.

— J'ai toujours admiré votre intelligence, Drake. C'est dommage, franchement, que vous ne soyez pas mon gendre. J'aurais été presque fier de vous appeler « fils », au lieu de ce bellâtre de Français avec lequel ma fille s'est acoquinée. Oui, monsieur, il s'agit de votre carte depuis le début. Qui aurait imaginé qu'une simple carte causerait tant de chagrin ? Mais c'est ainsi. En tant que veuve, Rebecca en aurait hérité, ainsi que de toutes les copies existantes, et elle aurait été libre d'en disposer à sa guise. Naturellement, elle les aurait confiées à son cher papa…

— Naturellement. L'existence de cette carte doit mettre beaucoup de vos employés mal à l'aise. Si une copie tombait entre les mains des autorités, par exemple, il n'y aurait plus de port sûr, plus d'endroit où se cacher pour ces traîtres et ces voleurs que vous payez grassement.

— Ah, voilà ce que j'ai toujours apprécié chez vous, Drake. Vous n'y allez pas par quatre chemins. Vous frappez droit au but, sans hésiter…

— Cela n'explique toujours pas, coupa Drake, pourquoi vous avez jugé nécessaire de tuer mon frère. N'aurait-il pas été plus simple d'envoyer votre fille dans mon lit plutôt que dans le sien ?

— Certes, je suppose que Becky aurait pu vous séduire dans une maison close de Cuba ou d'ailleurs, et prétendre ensuite que vous l'aviez engrossée. Mais auriez-vous épousé une fille ramassée dans un bordel cubain ? Sans doute pas. Vous lui auriez donné un peu d'argent pour solde de tout compte. Tandis qu'une jeune personne sage, chaste, là vous vous seriez senti obligé de l'épouser. Seulement, vous ne restiez jamais assez longtemps dans un port pour en arriver là. Vous passiez tout votre temps en mer. Nous n'avions pas le choix, voyez-vous. Il nous fallait utiliser Sir Richard, sachant qu'un homme comme Connor Drake réparerait à la place de son frère.

« Vous passiez tout votre temps en mer. » C'était pour fuir sa famille que Drake était parti. Il espérait les oublier – oublier les pénibles souvenirs attachés à eux – dans le bleu profond de l'océan. Or, à cause de cette décision, au moins un membre de cette famille était mort. Parce qu'il était tout le temps en mer.

— Qui l'a fait ? demanda-t-il d'une voix mortellement calme.

— Qui a fait quoi ?

— Qui a tué Richard ? Pas vous, j'imagine.

— Bien sûr que non ! J'ai horreur de tuer. C'est trop sale. Non, c'est La Fond qui s'en est chargé. Il y a pris plaisir, j'ai le regret de vous le dire. C'était normal, d'ailleurs. Il n'aimait guère ce que devait faire Becky avec votre frère, pour mener notre petit projet à bien.

— Dès que je sortirai d'ici, déclara Drake, je vous tuerai.

Sir Marcus éclata d'un rire sonore.

— Vraiment ? fit-il quand il eut retrouvé son sérieux. Pardonnez-moi, Drake, mais je ne crois pas. En fait, c'est l'inverse qui va se passer. *Je* vais *vous* tuer.

Drake rit à son tour.

— Non. Vous êtes trop lâche.

— Pas personnellement, bien sûr, mais croyez-moi, vous allez mourir. Vous n'êtes resté si longtemps en vie que parce que La Fond est un imbécile. Il était censé attaquer le *Constant* après la signature des documents faisant de Rebecca votre femme. Comme la cérémonie a été interrompue, si j'ai bien compris, La Fond a paniqué et il vous a enfermé ici. Je ne comprends pas pourquoi il ne vous a pas supprimé immédiatement. Il ne vous aime guère, vous savez. Je ne sais pas ce qui l'a le plus vexé : que vous lui ayez coupé la moustache ou que vous soyez parti en voyage de noces avec sa femme. Il a dû vous garder en vie dans l'espoir que je parviendrais à vous forcer à épouser Rebecca. Il désire cette carte presque autant que moi.

Drake haussa les épaules.

— Nous désirons tous ce que nous ne pouvons avoir.

— Pour une fois, le stupide petit ami de ma fille n'a pas eu tort. Je suis heureux qu'il ne vous ait pas tué. Je suis certain que vous et moi allons trouver un arrangement. Vous n'êtes pas un homme obstiné, je le sais, et c'est pour cela que vos hommes vous admirent tant. Vous avez la réputation de reconnaître vos erreurs quand vous en commettez. Il paraîtra sans doute un peu bizarre que la cérémonie ait eu lieu en mer – et sous l'autorité d'un capitaine employé par Tyler -, mais l'acte n'en sera pas moins légal. Les Dixon se poseront des questions, mais après tout, vous étiez censé épouser ma fille dès votre arrivée aux Bahamas, et comme nous y sommes...

Drake éclata de rire.

— Vous pensez vraiment que je vais accepter de l'épouser ? Il serait plus facile de la marier au prince de Galles !

— Oh, oui, vous allez l'épouser, et en toute légalité. En tout cas, c'est l'impression qu'auront vos amis quand votre veuve rentrera en Angleterre avec le certificat signé de votre main, son alliance, et une touchante histoire d'amour et de mort en haute mer. Cela fera même sans doute la manchette des journaux !

— Et comment, je vous prie, me contraindrez-vous à signer ?

— C'est très simple, en vérité. Si vous refusez d'épouser Rebecca…

Tyler sortit à grands pas de la cellule et revint une seconde plus tard en tenant Payton par le poignet.

— … Alors, je tuerai l'Honorable Mlle Payton Dixon, conclut-il.

22

L'oreille collée contre la paroi de sa cellule, Payton écoutait ce qui se passait sur le pont au-dessus d'elle. Elle percevait le clapotis des vagues – les navires avaient jeté l'ancre pour la nuit –, le son d'un accordéon, quelques chansons d'ivrognes. Parfois, des bruits de pas. Apparemment, quelques membres de l'équipage étaient encore debout, bien qu'il fût plus de minuit. Pourtant, malgré le silence relatif, elle ne distinguait pas ce qu'elle souhaitait entendre plus que tout : la voix de Drake.

Était-il encore vivant ? Elle l'ignorait. Il l'était quelques heures plus tôt, avant que le rhum se mette à couler à flots. Elle avait entendu sa voix grave tandis qu'il prononçait ses vœux. L'avaient-ils tué tout de suite après ? Si seulement on l'avait laissée sortir de cet horrible trou à rats ! Elle aurait empêché que tout cela n'arrive. Elle ne savait pas comment, mais elle y serait parvenue. Elle l'avait bien fait une fois déjà.

Mais il n'y avait pas Sir Marcus, alors. Seigneur, quel choc elle avait ressenti lorsqu'il était sorti de la cellule de Drake et lui avait agrippé le poignet ! Comment l'avait-il reconnue ? Il ne lui avait pourtant pas accordé le moindre regard ! Comment avait-il pu découvrir la supercherie en quelques minutes, alors qu'un équipage entier n'y avait vu que du feu durant un mois ?

Certes, les pirates n'étaient pas très malins. Diaboliques, peut-être, cruels sûrement, mais pas intelligents.

Drake avait pâli lorsque Marcus l'avait amenée dans la cellule. Si ses chaînes ne l'avaient pas retenu, il se serait sûrement effondré sous le choc ! Mais il était resté debout, avait regardé Sir Marcus droit dans les yeux.

— Si vous touchez un seul de ses cheveux, vous mourrez.

Ce à quoi Sir Marcus avait répondu par un grand éclat de rire. Quel mal Drake pouvait-il lui faire ? Il était enchaîné, il n'avait pas l'avantage. Pourtant, Payton avait frémi, car ce n'était pas une menace en l'air. Dût-il sortir de sa tombe, il tuerait Marcus Tyler, c'était absolument certain.

Cependant, ils l'avaient détaché, lui avaient lié les mains dans le dos et l'avaient entraîné dehors, tandis que Payton prenait sa place dans la cellule. Ils avaient bien essayé de l'enchaîner elle aussi, mais les menottes qui avaient retenu Drake étaient beaucoup trop grandes pour ses minces poignets. Ils ne devaient pas la considérer comme dangereuse, car ils s'étaient contentés de refermer la porte à clé derrière eux.

Tito avait l'air navré. Il aimait bien Hill, finalement.

Le mariage avait eu lieu tout de suite après. Payton avait entendu l'équipage se rassembler pour y assister. Les hommes ne s'étaient pas privés de lancer des remarques égrillardes durant la cérémonie qui fut présidée par le capitaine du *Nassau Queen* et se termina par un concert de hourrahs. Était-ce pour saluer la mort de Drake, ou parce que l'on avait ouvert des tonneaux de rhum ? Payton était convaincue que, s'ils avaient tué Drake, elle l'aurait su. *Senti.*

Elle jeta un vague coup d'œil autour d'elle. Sans Drake, elle n'avait plus de raison de vivre. Pourrait-elle se pendre avec les lourdes chaînes qui traînaient sur le sol ? Sans doute pas. Il n'y avait même pas une poutre où les accrocher. En outre, elle n'avait pas l'intention de quitter cette existence sans entraîner avec elle les responsables de la mort de Drake. Elle avait déjà tué des hommes. Il était aisé de prendre une vie, dès lors qu'on n'y réfléchissait pas à deux fois. Elle tuerait Sir Marcus sans le moindre état d'âme. Et ça, c'était une excellente raison de rester en vie.

Elle soupira. Comment Drake avait-il réussi à endurer des semaines de captivité ? Elle n'était enfermée que depuis quelques heures, et elle avait déjà l'impression de devenir folle. Ce n'était pas l'exiguïté de l'endroit qui lui pesait, ni même les rats, qu'elle accueillait plutôt comme une compagnie. Non, c'était l'obscurité qui la gênait le plus. Seuls quelques rais de lumière filtraient à travers les planches disjointes. Comment Drake avait-il pu supporter de passer des jours entiers dans cette semi-pénombre ?

Elle se laissa tomber à terre, les coudes sur les genoux. Tout était sa faute ! Si elle ne s'était pas embarquée clandestinement sur ce navire, Drake n'aurait pas épousé Mlle Whitby. Il aurait préféré mourir, plutôt que d'accepter l'odieux marché de Tyler, elle en était sûre. Elle avait entraîné toute sa famille dans une situation catastrophique. Dès qu'ils auraient tué Drake, Mlle Whitby – Lady Drake, à présent – rentrerait en Angleterre pour réclamer les parts de son défunt époux dans la société *Dixon et Fils*. L'affaire péricliterait en rien de temps, tout ça à cause d'elle.

À moins qu'elle ne parvienne à s'échapper…

Elle savait bien ce que Marcus Tyler avait en tête. L'échanger contre une rançon. Certes, il ne la demanderait pas lui-même. Sa famille ne se douterait pas que c'était lui qui la détenait prisonnière. Et ses frères paieraient, naturellement. Mais jamais Marcus Tyler ne la libérerait, car alors la vérité de sa participation à ce forfait éclaterait au grand jour.

Ainsi avait-elle l'honneur de servir un double but : sa présence obligeait Drake à se plier aux désirs de ses geôliers, et ils obtiendraient une jolie somme après l'avoir tuée.

Charmant !

Au-dessus d'elle, l'accordéon se tut et dégringola sur le sol. Le dernier des fêtards s'était endormi… ou s'était écroulé, ivre mort. Elle était sans doute la seule personne à bord qui ne dormait pas… avec Drake, s'il était encore en vie. Si seulement elle savait…

Elle entendit la clé tourner dans la serrure.

Apparemment, elle n'était pas la seule à être réveillée.

Elle se leva d'un bond et se posta derrière la porte.

Raleigh lui avait dit un jour que, si on tapait de ses mains en coupe sur les oreilles de quelqu'un, on pouvait lui crever les tympans. C'était l'occasion ou jamais de le vérifier.

C'est alors qu'elle s'aperçut que son visiteur nocturne avait à peu près sa taille, bien qu'il fût nettement plus costaud.

— Hill ? souffla-t-il.

Seigneur ! C'était Jonesy.

— Jonesy, dit-elle, toujours derrière la porte.

Il sursauta.

— C'est toi, Hill ?

— Bien sûr que c'est moi, crétin ! Qu'est-ce que tu fiches là ? Tu vas avoir des ennuis.

Elle ne pouvait s'empêcher d'éprouver un sentiment protecteur envers ce simple d'esprit. Certes, elle lui avait cassé le nez, mais elle l'avait regretté, depuis.

— Fallait que je vienne, murmura-t-il.

Payton lui posa la main sur le bras.

— C'est gentil. Peux-tu me dire… Sais-tu… Drake est-il encore vivant ?

Elle distinguait à peine les traits du garçon.

— Le type qui était enfermé ici ? Ouais, je crois qu'il est pas encore mort. Ils l'ont attaché au grand mât. Ils veulent le laisser là sans eau et sans nourriture, sans rien, jusqu'à ce qu'il meure.

Une bouffée d'angoisse submergea Payton. C'était là un châtiment fréquent dans la marine. Sous le soleil brûlant, la victime se déshydratait rapidement, souffrait d'horribles hallucinations, puis la mort survenait après une interminable agonie. Tyler avait probablement choisi ce genre de torture parce qu'elle durait longtemps. Se contenter de jeter Drake aux requins aurait été trop rapide. Là, l'équipage assisterait à un spectacle qui durerait des jours, voire des semaines…

— Si tu me prêtes ton couteau, je devrais pouvoir le libérer. Nous prendrons une chaloupe…

— Qu'est-ce que tu racontes ? l'interrompit Jonesy.

Payton ouvrit de grands yeux.

— Ce n'est pas pour ça que tu es venu ? Pour m'aider ?

Il esquissa un sourire avide.

— Non. C'est parce que j'ai entendu dire que t'étais une fille. C'est vrai ?

Elle le gratifia d'un regard noir.

— Bien sûr que c'est vrai, bouffon ! Il t'a fallu du temps pour t'en apercevoir ! Maintenant, pousse-toi. Avec ou sans ton aide, je sors.

Il secoua sa grosse tête, mais elle n'était pas sûre qu'il l'ait entendue.

— J'veux voir, déclara-t-il.

Elle n'en crut pas ses oreilles.

— Tu veux *quoi* ?

— Voir.

Sa voix était devenue curieusement rauque, et l'ombre de moustache, au-dessus de sa lèvre supérieure, luisait de sueur. Il tendit la main vers le devant de sa veste.

— J'veux voir, répéta-t-il.

Payton était prise au piège. Jonesy l'avait coincée, et il avait bien l'intention de se régaler en contemplant ses seins.

— Écoute, Jonesy, dit-elle vivement, je croyais qu'on était amis, tous les deux. Tu te rappelles quand on a nettoyé la mélasse ? On a bien ri, non ? Ce n'est pas une façon de traiter un camarade…

Mais il n'écoutait pas, et demeurait le regard vissé sur sa poitrine. Elle sentit ses doigts sur les boutons de sa veste, ferma les yeux, et formula une brève prière afin que ce qu'elle s'apprêtait à faire lui fût pardonné.

Puis elle leva les deux mains et en frappa les oreilles de Jonesy de toutes ses forces.

Il eut la bonne grâce de ne pas hurler. Il parut seulement stupéfait. Puis un long sifflement sortit de sa bouche. Il porta les mains à ses oreilles, d'où coulait un filet de sang, et il tomba à genoux, comme si on l'avait frappé sur la tête.

Payton ne perdit pas une seconde. Elle alla à la porte, bondit à l'extérieur. Allongé à même le sol, Tito ronflait bruyamment, un quart vide à la main, les clés de la cellule dans l'autre.

Elle s'en empara vivement et enferma un Jonesy gémissant dans la cellule. Puis elle empocha les clés et chercha le couteau que Tito dissimulait dans sa botte. Après l'avoir glissé dans sa ceinture, elle se hâta de monter sur le pont.

Seigneur, quelle pagaille ! Il y avait des marins inconscients un peu partout. Appuyés au mât de misaine, vautrés sur les rouleaux de cordages… tous ronflaient bruyamment au milieu des bouteilles vides et des flaques de vomi. C'était pire encore que l'état dans lequel ses frères mettaient la maison de Londres au retour d'un long séjour en mer.

Ah, les hommes ! pesta-t-elle. De répugnantes créatures, fussent-ils pirates ou aristocrates !

Elle se rua vers Drake, et son sang se figea dans ses veines.

Nu jusqu'à la taille, il était attaché le dos au mât. Seuls les liens qui traversaient son torse le maintenaient debout. Sa tête pendait sur sa poitrine et ses épaules étaient brûlées par le soleil. On lui avait tellement tiré les bras en arrière que les veines de ses biceps saillaient.

Et ce n'était pas tout. Apparemment, les marins s'étaient amusés à ses dépens. À ses pieds, sur une pancarte, était écrit en capitales : *Ici arriva certain Lord, propre et bien vêtu, tel un jeune marié.* C'était sans doute la contribution de Sir Marcus. Payton avait passé suffisamment de temps à bord du *Rebecca* pour savoir qu'aucun membre de l'équipage n'avait lu Shakespeare. Elle n'avait jamais aimé Marcus Tyler, mais son antipathie se transforma en haine.

À cet instant, elle vit la poitrine de Drake se soulever légèrement, et elle ressentit un immense soulagement. Il vivait ! Il n'y avait pas une minute à perdre. Elle savait ce qu'elle avait à faire et entra aussitôt en action.

Le poignard de Tito était acéré, et elle trancha les liens de Drake en moins de temps qu'il n'en faut pour le dire. Privé du soutien de la corde, il faillit s'affaler en avant, et elle le retint de justesse. Elle avait à présent un sérieux problème : elle n'était pas assez forte pour le porter. Glissant l'épaule sous l'une de ses aisselles, elle lui murmura à l'oreille de se réveiller. Elle ne le sortirait pas de là s'il n'y mettait pas du sien.

Il parut l'entendre. En tout cas, ses paupières se soulevèrent, il entrouvrit la bouche. Visiblement, il l'avait reconnue Ses jambes se raidirent, il tenait à peu près debout. Titubant, elle l'entraîna vers la seule chaloupe qui ne fût pas occupée par des marins ivres.

Les canots, que le capitaine utilisait pour aller à terre, étaient mis à l'eau à l'aide d'un système de cordes et de poulies. Payton avait pris soin d'huiler ces poulies régulièrement, afin qu'elles ne grincent pas quand elle mettrait enfin son plan à exécution.

Elle avait eu raison. La tâche se révéla cependant plus ardue que prévue, car la chaloupe était alourdie et déséquilibrée par le poids mort de Drake. Enfin elle l'entendit heurter l'eau et la vit danser gentiment sur les vagues, Drake allongé au fond tel un bébé dans son berceau. Non, pas vraiment un bébé. Les bébés ne pesaient pas si lourd !

En un éclair, elle coupa les attaches du canot. Le couteau de Tito entre les dents, elle se débarrassa de ses souliers et, s'efforçant de ne pas penser aux requins et autres méduses, elle plongea.

L'eau était tiède. Lorsqu'elle remonta à la surface, Payton crut que son cœur allait exploser… de joie. La houle était légère, la mer calme. La terre, l'une des îles que Drake avait répertoriées, n'était pas loin.

Ils avaient gagné.

Enfin, presque.

Elle grimpa en hâte dans la chaloupe. Drake gisait au fond, de nouveau inconscient. Quelle n'allait pas être sa surprise lorsqu'il se réveillerait loin, très loin de Sir Marcus, du Français et de l'odieuse Mlle Whitby !

Elle s'obstina à oublier que l'odieuse Mlle Whitby était désormais sa femme. De même qu'elle refusa d'envisager que l'homme de quart du *Nassau Queen* pût les remarquer. À quoi bon s'en soucier, puisqu'elle ne pouvait rien y faire.

Hormis prier, bien sûr.

Ce qu'elle fit dès qu'elle eut posé son poignard et empoigné les rames.

23

Drake n'avait jamais eu aussi soif de sa vie.

Il lui était déjà arrivé d'être attaché au mât. Autrefois, quand il était jeune, il avait navigué sous les ordres d'un capitaine que Sir Henry venait d'engager. Celui-ci n'était pas apte à commander, mais, à sa décharge, Sir Henry ne pouvait le savoir. Il était impossible de deviner comment un homme que l'on avait rencontré dans un confortable salon se comporterait en mer. Pratiquement devenu fou, le capitaine s'était mis à punir ses hommes pour des vétilles. Ainsi Drake avait-il commis l'erreur de jeter l'eau savonneuse avec laquelle ce dernier se rasait. On l'avait donc attaché au grand mât pendant toute une journée et une partie de la nuit, jusqu'à ce que le second vienne le libérer. Il avait pris tant de coups de soleil qu'il n'avait pu bouger le lendemain. Ses lèvres avaient doublé de volume au point qu'il lui était pénible d'avaler ne serait-ce qu'un verre d'eau.

Mais à cette époque, il n'avait pas eu aussi soif. Certes, il était alors beaucoup plus jeune, et mieux à même de supporter de dures épreuves physiques.

Hélas, cette fois-ci, il n'y aurait pas de second compatissant pour le libérer. Il allait mourir attaché à ce mât.

Cela lui aurait été égal s'il n'y avait eu Payton. Il ne savait pas quelles étaient les intentions de Tyler à son sujet, mais il le soupçonnait de vouloir la faire disparaître. Elle connaissait tout de ses manigances, aussi ne pouvait-il se permettre de lui laisser la vie sauve.

Mais la tuer n'était pas la seule façon de la réduire au silence. Il existait des moyens bien pires que la mort. Surtout pour des femmes blanches que l'on s'arrachait à prix d'or sur les marchés aux esclaves que fréquentait Tyler. Si l'Angleterre avait aboli l'esclavage, il n'en allait pas de même de tous les pays. Et, contrairement à *Dixon et Fils*, certaines compagnies maritimes n'avaient pas renoncé au trafic de chair humaine.

C'était à se taper la tête contre les murs ! Il était là, impuissant, se demandant ce qu'on faisait subir à Payton dans cette cale. Déjà, il commençait à avoir des hallucinations. Il connaissait le processus par cœur. D'abord les hallucinations, puis les convulsions, et, enfin, la mort. Heureusement, ses hallucinations n'étaient pas déplaisantes.

Il rêvait qu'il était allongé sur du sable fin, baigné dans une ombre délicieuse. Il entendait le chant des oiseaux, sentait le parfum des fleurs de citronniers. Des citronniers ! Il y en avait des quantités, aux Bahamas. Lorsqu'il en rapportait une cargaison en Angleterre, les citrons étaient accueillis avec enthousiasme dans les belles demeures londoniennes. Ils étaient très recherchés, de même que les oranges que l'on offrait aux enfants à Noël.

Si seulement il pouvait se perdre dans ce rêve, avant que la fièvre ne s'empare de lui. Si seulement il était réellement sur une île des Bahamas, à humer le parfum des fleurs en écoutant le chant des perruches...

L'hallucination était si vivace qu'il sentait la douceur du sable sous ses doigts. Ce n'était pas la pire façon de mourir, songea-t-il. Il se passa la langue sur les lèvres, et découvrit qu'elles étaient humides, comme si on lui avait donné récemment à boire. De l'eau fraîche...

Ce n'était pas une hallucination ! comprit-il tout à coup. C'était la réalité !

Il eut un mal fou à ouvrir les paupières et cligna un instant des yeux, indécis. Il aurait dû voir le pont du *Rebecca*, ou la grand-voile. Mais non, il était sous un arbre aux branches lourdes de fruits. Le ciel était très bleu, et les fruits étaient ronds, jaunes. Des citrons...

Il était allongé sous un citronnier, au milieu de l'après-midi. Et il ne divaguait pas.

Il n'était pas non plus mort.

Et pas à bord du *Rebecca*.

Il s'appuya sur les coudes, promena les yeux autour de lui. Sur sa gauche, c'était la jungle, un enchevêtrement de vignes et d'arbres fruitiers, bananiers, manguiers, citronniers. Sur sa droite, la même chose. À quelque distance, sur le sable, une chaloupe était échouée. Et puis il vit la mer, les vagues turquoise qui déposaient doucement leurs franges d'écume sur le sable clair.

Soudain, il s'aperçut qu'il était nu. Nu comme un ver !

Il s'assit vivement. Certes, il ne restait plus grand-chose de sa chemise. Mais il se souvenait d'avoir eu un pantalon, et il était certain d'avoir porté des sous-vêtements.

Or il n'avait plus rien !

Entre le ressac et le pépiement des oiseaux, il n'entendait pas très bien, mais il crut percevoir un faible bruit d'eau courante. Ce qui expliquait sans doute la présence près de lui d'une courge évidée pleine à ras bord d'eau de source. Drake ne perdit pas de temps à se demander si c'était un cadeau du Ciel ou si un indigène l'avait déposée là, il s'en saisit et en vida le contenu d'un trait.

Il n'avait jamais rien bu d'aussi bon ! Sa soif étanchée, sa gorge apaisée, il reposa la courge. Il avait l'impression d'être un autre homme.

Suffisamment pour se demander où il se trouvait, et comment diable il y était arrivé !

Il n'était pas seul, c'était certain. Non loin du récipient improvisé, il remarqua les restes d'un feu. Un feu qu'il n'avait sûrement pas allumé lui-même. À côté se trouvait un poignard à manche d'ivoire. Il en fut déconcerté. Personne de sa connaissance ne possédait d'arme de ce genre.

Mais le feu. C'était le genre que construisait Payton. Il l'avait souvent entendue en discuter avec ses frères. Elle prétendait que les feux brûlaient mieux si on ne posait pas les bûches directement sur le petit bois, tandis que ses frères affirmaient le contraire. Le feu qu'il avait devant lui était étrange. Comme si quelqu'un l'avait construit, avait passé des heures à essayer de l'allumer et, épuisé, s'était endormi avant d'avoir ajouté le bois.

Ce quelqu'un, décida-t-il, ne pouvait être que l'Honorable Mlle Payton Dixon.

Il se leva avec difficulté et tourna lentement sur lui-même. Il commençait à reconnaître l'endroit. Bien sûr. Ils étaient sur l'île Saint-Raphaël. Il l'avait lui-même montrée à Payton, sur la carte. C'était l'une des plus petites îles de l'archipel des Bahamas, et l'une des plus retirées. L'une des seules aussi qui pût se vanter de disposer de ses propres sources d'eau pure, au lieu de dépendre des fréquents orages qui remplissaient les lacs. Cette île, entourée de tous côtés de récifs coralliens, n'était accessible que par canot. Les gros navires n'auraient pas passé les récifs. D'ailleurs, on voyait ici et là les mâts des bateaux qui s'y étaient risqués pointer hors de l'eau. Ils servaient à présent de perchoir aux mouettes et aux cormorans.

Drake ne savait pas comment Payton s'était débrouillée, mais elle avait réussi à les tirer d'affaire.

Se sentant plus sûr sur ses jambes, il se dirigea à pas lents vers l'endroit d'où lui parvenait un bruit d'eau courante.

Les indigènes – ceux qui n'avaient pas été convertis au christianisme – considéraient Saint-Raphaël comme un endroit sacré. Le nom qu'ils lui avaient donné aurait pu être traduit, approximativement, par « l'île des dieux ». C'était entre autres pour cette raison qu'elle était déserte. Une fois par an, les indigènes s'y réunissaient afin de déposer des offrandes, fruits, légumes, parfois une chèvre, mais le reste de l'année, personne n'y vivait.

Ce qui était fort dommage, car une fois passé les récifs et l'épaisse jungle qui couvrait la majeure partie de l'île, c'était le plus bel endroit du monde. Une source jaillissait du sommet de ce qui avait dû être jadis un petit volcan et était devenu une montagne fleurie, le point culminant de l'île. L'eau dévalait le long de la pente avant de former un bassin profond bordé de rochers. Il n'y avait pas d'ombre, mais à quoi bon ? Il suffisait pour se rafraîchir d'aller sous la cascade. Une des expériences les plus délicieuses qui soient ! Sans doute était-ce la raison pour laquelle les dieux avaient interdit à leurs adorateurs de s'y baigner. Drake avait remarqué, au cours de ses voyages autour du monde, que les dieux réprimaient souvent le plaisir.

Mais l'Honorable Mlle Payton Dixon ignorait tout des lois religieuses du pays, ou bien elle les défiait délibérément. Car, alors qu'il sortait de la jungle, son regard fut attiré vers la cascade.

Elle n'était pas très dense, si bien qu'il vit clairement la jeune fille qui se tenait sous le jet scintillant. Elle était entièrement nue, et visiblement ravie de l'être.

C'était certainement la première fois depuis des semaines qu'elle avait l'occasion de se laver vraiment, et il comprenait son enthousiasme. Quoi qu'il en soit, il sautait aux yeux qu'elle était pleinement satisfaite de son corps.

Payton s'était toujours sentie plus à l'aise dans des vêtements d'homme que dans des robes et, à cet instant, Drake comprit pourquoi. Pourquoi, alors qu'elle était si bien dans sa peau, aurait-elle eu besoin de s'enfermer dans un corset et de se cacher s… mètres de jupons ?

Une fois encore, cependant, il se félicita qu'elle l'eu… fait. Sans le corset et la robe de bal, jamais il n'aurait remarqué sa silhouette fascinante.

Toutefois, en ce qui le concernait, il ne voyait pas l'utilité qu'elle renouvelle l'expérience. En fait, il allait faire son possible pour la convaincre de s'habiller de nouveau en homme. Inutile que le monde sache combien le corps de Payton Dixon était parfait. L'essence même de la féminité. Qu'il continue donc à ignorer ces petits seins ronds, cette taille fine, ces longues jambes galbées… Lui les connaissait, elle aussi, cela suffisait. Il aurait assez de mal à la séduire – sans parler de la garder – pour ne pas vouloir susciter des rivalités.

Ignorant sa présence – il avait vu des prostituées plus pudiques qu'elle, y compris lorsqu'elles se croyaient à l'abri des regards –, Payton leva les bras pour se masser le cuir chevelu, son long cou flexible renversé en arrière. Elle était mince comme un roseau, plus petite que la plupart des femmes, mais elle avait des courbes là où il le fallait.

Elle se tourna vers la cascade, lui offrant le spectacle de son dos, et il fut soudain obligé de s'asseoir. Il avait déjà remarqué ses jolies fesses pleines sous le pantalon ; les vêtements masculins n'étaient peut-être pas une si bonne idée, finalement…

Des sacs de pommes de terre. À l'avenir, elle ne se vêtirait plus que de sacs de pommes de terre. Tout le reste serait trop révélateur.

Il sentit soudain sous lui une désagréable humidité, et se rendit compte qu'il était assis sur son caleçon, qu'elle avait lavé et mis à sécher au soleil. Non loin, il y avait son pantalon, la veste et la chemise de Payton. Non seulement la petite coquine lui avait sauvé la vie, mais elle avait fait sa lessive. Voilà une femme qui valait son pesant d'or !

à cela tout en l'admirant quand elle ui. Elle repoussa ses cheveux, cligna des omme si elle n'en croyait pas ses yeux poussa un hurlement et plongea dans le

, qui résonnait encore aux oreilles de Drake, effraya des perroquets qui prirent leur envol avec force bruissements d'ailes. Payton émergea de sous la surface de l'eau, et s'essuya les yeux.

— C'est bien vous, Drake ? balbutia-t-elle, le souffle court.

— Je crois.

— Mon Dieu !

Elle n'avait pas pied. Si elle avait espéré dissimuler sa nudité dans l'eau, c'était raté. Il en voyait même bien davantage qu'auparavant, car elle était obligée d'écarter les jambes pour nager.

— Quand je me suis retournée, j'avais de l'eau dans les yeux, et je ne vous ai pas reconnu. J'ai cru… Vous allez bien ?

— En toute conscience, je le crois, oui.

Elle chercha du regard un endroit où prendre pied sans se blesser sur les pierres.

— Vous ne bougiez pas, dit-elle très vite. J'étais si inquiète. Vous n'avez pas bougé de toute la nuit. Vous êtes certain que tout va bien ?

Il ne put s'empêcher de sourire. Jamais de sa vie il n'avait éprouvé une telle attirance pour une femme. C'était absurde, car elle ne faisait pas le moindre effort pour le séduire. Mais cela ne servait qu'à lui rappeler, si besoin en était, combien elle était différente de toutes celles qu'il avait connues jusqu'à présent. Payton Dixon aurait été incapable de minauder, de faire la coquette, sa vie en eût-elle dépendu.

Drake se sentait tout à coup absurdement heureux, plus heureux qu'il ne l'avait jamais été. Il se leva et se dirigea vers le bord du bassin. Payton ouvrit de grands yeux.

— Que… qu'allez-vous faire ? demanda-t-elle.
— Vous rejoindre.
Il trempa un pied dans l'eau.
Payton parut soudain fascinée par une région de son corps située juste sous le nombril. Baissant les yeux, il vit que son désir était plus que flagrant. Trop tard, il se rappela qu'il faisait sombre quand ils avaient fait l'amour dans la cale du navire. Sans en avoir l'intention, il venait d'offrir à Payton sa première vision au grand jour de l'anatomie masculine.
Et elle ne semblait pas précisément enthousiaste.
— Euh… ce n'est pas la peine, dit-elle en s'éloignant vivement. Je m'apprêtais à sortir…
Drake comprit qu'il fallait agir, et vite. Sans réfléchir à deux fois, il plongea dans l'eau fraîche.

24

Payton sortit en crachotant de la vague créée par Drake. Ce n'était pas tant à cause de l'eau qu'elle s'étranglait presque, qu'à cause de ce qui s'y dissimulait. Elle était effrayée par le volume de ce qu'elle n'avait fait que sentir sans le voir vraiment. Et ne voyait qu'une solution : la fuite. Avant même que Drake eût reparu, elle se hâtait vers le bord du bassin.

C'est alors qu'une sorte de tentacule s'enroula autour de sa cheville, l'empêchant d'avancer davantage.

Drake sortit enfin la tête de l'eau, mais il ne la lâcha pas. En fait, il la remontait, comme un pêcheur remonte sa proie. De sa main libre, il lui encercla le genou, puis la cuisse et enfin la taille, jusqu'à ce qu'elle se retrouve entre ses bras.

Le cœur battant, Payton eut la présence d'esprit de suggérer :

— Je... je crois que vous devriez vous reposer encore un peu.

— Je vous remercie, fit-il poliment, mais je me suis assez reposé.

Sur ce, il l'embrassa. À sa grande surprise, ce ne fut pas un baiser possessif. Non, c'était tendre, léger comme... un sourire.

En tout cas, il commença doucement. Ce fut seulement lorsqu'elle commit l'erreur d'effleurer sa langue de la sienne qu'il se fit passionné, exigeant.

Lorsqu'elle lui avait ôté son pantalon, le matin, elle avait décidé que sous aucun prétexte elle ne recommencerait ce qu'ils avaient fait sur le *Rebecca.* Elle avait agi sans réfléchir. Drake était un homme très viril, c'est pourquoi il avait réagi de cette façon lorsqu'elle s'était jetée à sa tête. Certes, il avait dit qu'il l'aimait, mais il s'y était senti obligé, parce qu'elle était vierge, parce qu'il s'estimait plus ou moins coupable…

Alors qu'elle était responsable de tout. Elle était amoureuse de lui depuis toujours, et elle l'avait poursuivi de ses assiduités durant ces derniers mois. Dieu, il n'avait sans doute cédé que par pitié, ou à cause de l'inactivité, ou bien encore parce que la mort le guettait, si bien qu'il ne voyait pas pourquoi se refuser quelques instants de plaisir. Il n'était sûrement pas sincère quand il avait dit qu'il l'aimait.

À moins que…

Parce que, à présent, il n'avait plus aucune raison de l'embrasser ainsi. Aucune. Il aurait pu l'ignorer. Il aurait pu s'éloigner discrètement quand il l'avait découverte sous la cascade, et elle n'en aurait jamais rien su.

Oh, Seigneur ! Bien sûr, il était attiré par elle. C'était une évidence. Et elle ne s'était pas jetée à son cou, cette fois. Au contraire. Quelle importance s'il n'avait pas été parfaitement honnête en disant qu'il l'aimait ? Son baiser ne prouvait-il pas qu'il avait… de l'affection pour elle ?

Sa décision de ne plus jamais faire l'amour avec lui disparut comme par enchantement dès que leurs lèvres se touchèrent. De toute façon, elle ne pouvait guère le repousser, car c'étaient ses bras puissants qui l'empêchaient de couler. Et puis, il y avait ce corps nu contre le sien, son torse qui caressait ses seins, sa cuisse musclée glissée entre les siennes. Elle se cramponnait à ses épaules tandis qu'il la serrait follement dans ses bras, l'embrassait comme s'il ne pouvait se rassasier d'elle.

Pourquoi ne lui avait-on jamais dit combien c'était bon d'être peau contre peau avec un homme ? Mei-

Ling ne lui en avait pas parlé. Pas plus que Georgiana. Si elle avait su, elle aurait déchiré les vêtements de Drake, l'autre jour, sur le *Rebecca*. Mais elle s'était laissé emporter dans un tel tourbillon de sensations qu'elle n'y avait pas songé.

Soudain, la bouche de Drake quitta la sienne et il glissa les mains sous ses fesses, comme l'autre nuit à Daring Park, pour avoir ses seins à hauteur de visage. Il aspira le petit bout tendu entre ses lèvres, et elle gémit doucement.

C'était absolument divin ! Il reprit ses lèvres avec avidité, tandis que sa cuisse appuyait plus fort contre son intimité. Alors elle se mit à onduler, telle une fille de joie, l'invitant à aller plus loin encore…

Brusquement, il la souleva dans ses bras, et la déposa sur une roche plate. Il se tenait entre ses jambes, et l'eau ne masquait pas ce sexe dressé qu'elle avait touché avec tant de hardiesse lorsqu'il était habillé. Cet organe dont elle était dépourvue, et qu'elle avait rendu responsable de bien des déceptions dans sa vie, dont la perte du *Constant*.

À présent, cependant, elle remerciait le Ciel d'être née femme. Sans quoi, elle n'aurait jamais connu la tendre invasion des doigts de Drake qui s'insinuaient en elle tandis qu'il la couvrait de baisers passionnés. Avec un petit soupir de contentement, elle écarta davantage les cuisses.

L'invitation suffit à Drake qui remplaça sa main par quelque chose de nettement plus imposant…

Alors elle fut incapable de parler, de penser même, parce qu'elle avait ses lèvres sur son cou, ses mains sur ses hanches, et qu'il allait et venait lentement en elle. Et que c'était incroyablement bon…

Elle se haussa vers lui, et il accéléra le rythme qu'elle épousa avec la même ardeur. Plus rien ne comptait que Drake, sa bouche, son sexe qui plongeait si profondément en elle.

La jouissance, quand elle vint enfin, ne ressemblait pas à ce qu'elle avait connu dans la cellule de Drake. Elle était tendue comme un arc, et soudain elle se retrouva emportée par une véritable coulée de lave. Elle brûlait, dans le torrent de feu et de lumière qui se déversait sur elle. Le cri qui lui échappa alors était presque un sanglot, et il eut raison de Drake qui s'enfonça en elle d'un violent coup de reins, sans plus se soucier de lui faire mal.

Il cria sa jouissance avec tant de force que les perroquets s'enfuirent en piaillant.

Puis il s'abattit sur Payton, et elle sentit son cœur qui battait follement contre le sien, tandis que la brise caressait leurs corps enfiévrés.

Elle découvrait, émerveillée, que ce moment, ce moment *précis*, était ce dont elle avait toujours rêvé, ce qu'elle avait attendu toute sa vie. Connor Drake dans ses bras, leurs cœurs battant à l'unisson. Rien d'autre au monde n'importait.

Elle adressa à Dieu une petite prière de remerciement, espérant qu'il n'était pas sacrilège de prier nue. Mais, après tout, c'était ainsi que le Seigneur l'avait faite.

25

— Vous ne pouvez pas aller vers eux et les transpercer de votre couteau, dit Drake, tandis qu'allongés sur le ventre ils regardaient le fond du bassin. Vous devez attendre qu'ils viennent à vous.

Drake essayait de lui expliquer comment attraper du poisson.

Payton prit une bouchée de banane.

— Pourquoi aurais-je besoin de savoir tout ça ? s'étonna-t-elle.

— Au cas où il m'arriverait quelque chose.

Il se tourna vers elle, si proche que leurs nez se frôlèrent. Il recula légèrement. Il était important qu'elle comprenne.

— Ils vont nous chercher, Payton. Je connais le Français, il va passer la région au peigne fin jusqu'à ce qu'il nous trouve. C'est pourquoi il est essentiel que vous appreniez à vous débrouiller seule.

Elle leva vers lui ses grands yeux tour à tour verts, dorés ou, comme en ce moment, acajou profond.

— Je sais prendre soin de moi, rétorqua-t-elle. En outre, vous semblez penser que, s'ils nous trouvent, ils vous emmèneront et me laisseront tranquille.

— Si nous sommes préparés, c'est exactement ce qui se passera. J'ai caché la chaloupe, donc ils ne la verront pas depuis les récifs. Et si nous ne faisons du feu que la nuit, à l'intérieur des terres, nous avons une petite chance de nous en sortir. Mais au cas où ils nous tomberaient dessus, je les occuperai pendant que vous vous cacherez.

Elle eut un petit rire cristallin qui ressemblait fort au chant de la source.

— Où ? s'exclama-t-elle. Pour l'amour du Ciel, où voulez-vous que je me cache ? Nous sommes sur une île, au cas où vous ne l'auriez pas remarqué.

Il désigna le haut de la colline, d'où sortait l'eau.

— Là-haut. Couchée bien à plat. Ils ne songeront pas à aller y voir.

Payton suivit la direction de son regard.

— En effet, je pourrais. Mais je ne le ferai pas.

— Pourquoi ?

— Parce que je n'ai pas l'intention de rester là à les regarder vous tuer.

Elle reporta son attention sur le bassin.

— Oh ! En voilà un, Drake !

Elle faisait diversion, il le savait. Elle était très douée pour changer de sujet lorsqu'elle était ennuyée. Cela dit, elle ne mentait pas, constata-t-il. Un gros poisson gris sortait des profondeurs de la mousse. Il semblait bien gras, vulnérable et tout à fait comestible.

— Bon. Regardez bien, Payton. Il ne faut pas qu'il devine votre présence. Et… vlan ! directement dans les yeux.

Il avait improvisé un harpon en attachant le poignard à manche d'ivoire au bout d'un long bâton.

— Vous voyez ? Il faut lancer avec l'épaule, pas le coude. Essayez. Voyez si vous réussissez à l'attraper.

Les yeux rivés sur le poisson, elle demanda :

— Qu'avez-vous fait pour que le Français soit à ce point furieux contre vous ?

— Vous l'ignorez ?

Elle haussa les épaules.

— Oui. Chaque fois que je pose la question, Ross me répond que c'est une longue histoire.

Drake se racla la gorge.

— Il a raison. C'est une très longue et très ennuyeuse histoire.

Il avait de la chance qu'aucun de ses frères ne lui ait raconté cette aventure. C'était difficile d'être avec une femme qui connaissait tout de vous… ou du moins le croyait. Il ne tenait pas à ce qu'elle sache qu'il avait fréquenté des maisons closes autrefois.

— Et vous croyez vraiment qu'il va nous pourchasser ? insista-t-elle. Le Français, je veux dire.

— Probablement. C'est pourquoi, la prochaine fois que vous construirez un feu, il vaudrait mieux que ce ne soit pas sur la plage.

— Je ne l'ai fait que parce que je pensais que vous aviez froid, et que je n'arrivais pas à vous déplacer, satané lourdaud !

Drake songea que c'était une drôle de façon de s'exprimer pour une femme amoureuse, mais leur relation était toute neuve, aussi ne protesta-t-il pas.

— Je ne vous critiquais pas. Ce que vous avez fait était très courageux. Et très fou !

— Je sais, dit-elle joyeusement. Et regardez le résultat : je suis une fille perdue.

Elle avait beau en sembler enchantée, il fut ennuyé qu'elle l'eût dit.. Simplement vêtue de sa chemise lavée de frais, ses jambes nues s'agitant gaiement, elle était l'image même de la femme aimée, comblée. Pourtant, il avait l'impression de ne pas être à la hauteur, et de plus d'une manière. Il n'avait aucun souvenir de son sauvetage. Elle lui avait dit qu'il était à demi inconscient, et il ne se rappelait rien, ce qui était impardonnable. Il aurait dû conserver assez de lucidité pour lui ordonner de s'enfuir seule. Lui interdire de se charger d'une brute qui, en remerciement, lui sautait dessus dès qu'elle passait à proximité.

Mais qu'y pouvait-il ? Il n'avait pas voulu que cela se passe ainsi. Il aurait aimé la courtiser, la gâter…

Au lieu de cela, il ne pouvait la regarder sans avoir une envie folle de lui faire l'amour.

Elle plongea la main dans l'eau, effrayant le poisson qu'il voulait pêcher. Pour une personne aussi assoiffée de sang quelques jours plus tôt, elle semblait étrangement pacifique. Elle avait refusé qu'il tue un perroquet, les privant d'un bon rôti. Elle avait même protesté lorsqu'il avait proposé de couper le cou d'une tortue. Si elle pensait qu'après un mois de soupe et d'eau il allait se contenter de vivre de bananes et d'amour...

Mais peut-être avait-elle raison.

— Drake ?

— Oui ?

Il commençait à se sentir aussi paresseux qu'elle. Il avait eu un mal fou à tirer la chaloupe sous le couvert des arbres, car ce satané canot devait peser plusieurs centaines de livres !

— Croyez-vous que Becky Whitby va rentrer en Angleterre et se prétendre votre veuve ? Même si elle n'est pas certaine que vous soyez mort ?

Becky Whitby ? Qui se souciait d'elle ? Il y avait des sujets bien plus importants à discuter. Les prénoms de leurs futurs enfants, par exemple.

— Je l'ignore. Qu'elle essaie donc ! J'imagine qu'à l'heure qu'il est, votre famille a dû lancer tous les navires de Sa Majesté à votre recherche. S'ils arrivent au *Rebecca* avant que Becky ait atteint l'Angleterre, les jeux seront faits.

— Croyez-vous qu'ils penseront à nous chercher ici ? demanda-t-elle. Mes frères, je veux dire.

Drake hocha la tête.

— S'ils ont une bonne raison de nous croire en vie, ils nous trouveront, Payton. Ne vous inquiétez pas.

Elle sourit.

— Je ne m'inquiète pas.

Il eut l'impression qu'elle était absolument sincère. Se réjouissait-elle que les événements les aient ainsi coupés du monde ? Ou bien avait-elle en lui une confiance aveugle, et ne pouvait-elle imaginer qu'on ne vienne pas à leur secours ? Il en fut un peu déconcerté. Il était habitué à donner des ordres, à être obéi, mais il n'avait jamais, à sa connaissance, inspiré ce genre de confiance à aucun de ses hommes. C'était d'autant plus invraisemblable que c'était *elle* qui l'avait sauvé, *elle* qui les avait amenés ici, en sécurité.

Il ne supporterait pas longtemps de baigner dans son adoration. Ce n'était pas sa faute, pourtant il souhaitait presque que le Français les retrouve afin de se décharger sur lui de ses frustrations.

Il se leva. Contrairement à Payton, il avait enfilé son pantalon. Il était moins à l'aise qu'elle avec la nudité.

— Écoutez, Payton. Je vais aller chercher du bois sec pour faire du feu. Vous restez là, et si notre ami le poisson réapparaît, vous le harponnez. D'accord ?

Elle prit docilement le poignard, mais elle roula sur le dos et se mit à contempler le ciel.

— Regardez, dit-elle. Le coucher de soleil est rose. Ce sera du beau temps pour demain.

Sa chemise ne la couvrait guère plus bas que la taille, aussi ne fut-il pas surpris d'éprouver une brusque bouffée de désir. C'était honteux d'avoir envie d'elle de cette façon quasi insatiable ! Il s'efforça de fixer une partie plus neutre de sa personne.

— Qu'est-ce que c'est que ça ? s'enquit-il soudain en désignant sa cheville.

— Quoi ?

— Ce ruban...

Elle se leva d'un bond, et, vive comme l'éclair, se débarrassa du ruban qu'elle jeta dans le bassin par-dessus son épaule.

— Rien du tout, répondit-elle. Juste un pense-bête. Je n'en ai plus besoin.

Il vit le ruban flotter. Le poisson le guettait, espérant quelque nourriture.

— Qu'est-ce que c'était ?

— C'est une histoire très longue répondit Payton. Très ennuyeuse.

Il lui décocha un regard aigu. Se moquait-elle de lui en répétant sa phrase au sujet du Français ? Mais elle souriait, image même de l'innocence.

— Vous rappelez-vous cette nuit, sur le *Virago*, il y a deux ou trois ans, alors que je voulais rester sur le pont pour contempler les étoiles filantes ? Vous m'aviez prêté votre oreiller et votre couverture.

Elle essayait de nouveau de changer de sujet.

— Oui.

— Vraiment ?

Elle semblait infiniment surprise.

— Ross a prétendu que vous étiez trop ivre pour vous en souvenir, ou même savoir ce que vous faisiez.

Drake fut pris d'une soudaine antipathie pour ses frères, et tout particulièrement Ross.

— Je savais parfaitement ce que je faisais ! rétorqua-t-il sèchement. Je ne voulais pas que vous attrapiez froid. Vos frères auraient dû vous accorder un minimum d'attention. Ils vous ont laissée grandir comme une sauvage, vous savez, Payton. Quand je pense à tout ce que vous avez vu, et quotidiennement – des choses inconvenantes pour une femme –, je suis furieux contre eux. Ils mériteraient d'être fouettés, tous, et principalement Ross, qui a laissé faire.

Elle lui jeta un coup d'œil, pas le moins du monde troublée.

— Mais j'ai bien tourné, finalement, lui rappela-t-elle.

— Ce n'est pas grâce à eux ! Vous avez bien tourné, parce que… eh bien, je n'en sais rien. Sans doute parce que vous avez un solide bon sens, bien plus que vos trois frères réunis.

Le sourire de Payton était aussi éblouissant que le coucher de soleil.

— Merci, dit-elle simplement.

Quelque chose se brisa en lui. Quelque chose qu'il essayait en vain de contrôler. Et brusquement, il fut à genoux devant elle et lui ouvrit les jambes de ses grandes mains hâlées.

Elle le fixa sans bouger.

— Drake ?

Il releva la tête, les dents serrées.

— Pour l'amour du Ciel, ne pourriez-vous pas, m'appeler Connor ?

— Connor, que faites-vous ?

Il préféra agir que parler. Il s'inclina sur la douce toison entre ses cuisses. Il la surprit, car elle tenta de le repousser en plongeant les mains dans son épaisse chevelure.

— Drake ! s'exclama-t-elle dans un hoquet.

Il la saisit aux hanches, l'empêchant de bouger, et la caressa de la langue. Elle avait le goût de la mer. Mais bien sûr, c'était Payton Dixon !

— *Drake*, répéta-t-elle.

Elle n'était pas prête pour lui. Ce soir-là, sur le *Rebecca*, il était entré si facilement en elle que, s'il n'avait pas eu la certitude absolue qu'elle était vierge, il n'aurait pu se douter qu'il était le premier. Il poursuivit sa tendre exploration et elle fit mine de se dérober, mais il n'avait aucune intention de la lâcher.

Et soudain, il fut comme empli d'elle. Il leva les yeux.. Elle était allongée, le cou arqué, les seins pointant vers le ciel, les doigts crispés dans ses cheveux, sa propre chevelure répandue sur le sable. Elle était l'image même de la féminité, plus encore que lorsqu'elle était entièrement nue.

Il tenait à la regarder, à graver son visage dans son esprit, et il remplaça sa bouche par sa main. Elle se pressa contre lui avec un murmure de supplication. Elle se frottait à lui comme un chaton, indifférente à tout ce qui n'était pas son plaisir.

Il n'y tint plus. Il s'agenouilla et arracha les boutons de son pantalon, puis, sans se dévêtir complètement, il se positionna sur elle. Cette fois, il était bien décidé à prendre son temps, à la regarder jouir avant de céder à son tour à l'extase.

Mais au dernier moment, elle bougea, haussa les hanches de façon à ce qu'il l'effleure du bout de son sexe. Cela suffit. Il fut traversé d'un immense frisson, poussa une sorte de grognement et s'enfonça en elle si profondément qu'il eut l'impression de la clouer au sol. Et c'était peut-être ce qu'il voulait. Car s'il pouvait demeurer ainsi jusqu'à la fin de ses jours, entre ses longues cuisses douces, il mourrait heureux.

Et juste comme il s'émerveillait de la sentir autour de lui, brûlante et si incroyablement étroite, elle le serra dans ses bras, creusa les reins. La chair qui le retenait prisonnier fut secouée de spasmes et, sidéré, il se rendit compte qu'elle avait joui avant même qu'il eût bougé en elle.

Lorsqu'il plongea à son tour dans l'extase, il ne se contrôla pas davantage qu'auparavant. Mais cette fois, elle était allongée sur un matelas de sable, et il savait qu'en la martelant de toutes ses forces, il ne lui faisait aucun mal.

Quand il releva enfin la tête, elle le gratifia d'un sourire espiègle.

— Je croyais que vous deviez aller chercher du petit bois, fit-elle d'une voix un peu enrouée.

Il baisa une mèche de ses cheveux.

— J'ai changé d'avis.

— Vous pouvez en changer tant que vous voudrez, déclara-t-elle, vous serez toujours le bienvenu.

26

Payton ne se rappelait pas avoir jamais été aussi heureuse. Oh, sans doute avait-elle été contente, lorsque, plus jeune, elle hantait librement les bateaux de son père. Et aussi, avant Mlle Whitby, quand elle s'asseyait parfois près de Drake au moment des repas.

Mais pas depuis qu'elle était devenue une femme... Elle considérait que ce changement s'était produit peu après son dix-septième anniversaire, quand Mei-Ling avait annoncé qu'elle retournait dans sa famille, sa mission accomplie. Depuis cet instant, elle ne s'était jamais sentie aussi comblée, aussi... oui, heureuse.

Elle n'avait sans doute pas le droit d'être aussi bien. Après tout, ils étaient encore en danger de mort. Le *Rebecca* et le *Nassau Queen* risquaient de se profiler à l'horizon d'un instant à l'autre. Il fallait toujours qu'ils dissimulent leurs feux de camp, qu'ils se tiennent aussi éloignés de la plage que possible.

Mais quelle importance ? Elle était perdue sur une île déserte avec l'homme qu'elle aimait depuis l'âge de quatorze ans. Et qui l'aimait aussi, elle en était absolument convaincue. D'ailleurs, il le lui avait dit. Aux moments les plus inattendus. Par exemple, lorsque, de l'eau dans les yeux, elle cherchait quelque chose pour s'essuyer le visage. Et il le lui prouvait de mille façons tout au long de la journée. Qu'elle manifeste la moindre envie – comme de manger de la langouste –, et il s'arrangeait pour la satisfaire. Elle était la jeune fille la plus chanceuse de monde, et elle en était consciente. Elle avait même fait la paix avec Dieu qui l'avait privée de sa mère. En faisant que Drake l'aime, Il avait largement compensé les blessures du passé.

Cependant, malgré son bonheur, elle gardait une certaine méfiance vis-à-vis de Drake. Non qu'elle redoutât qu'il la quitte pour une personne plus féminine quand ils auraient retrouvé la civilisation, une personne qui saurait, elle, ce qui était arrivé à son hymen. Non. Mais elle se souvenait de ce que lui avait répondu Georgiana lorsqu'elle lui avait demandé pourquoi elle avait épousé Ross. Naïvement, elle avait supposé que c'était parce que Georgiana l'aimait. Et c'était le cas, elle s'en était aperçue depuis. Mais elle l'aimait à sa façon qui n'était pas celle dont Payton aimait Drake.

En tout cas, Georgiana, qui avait quelques années de plus que Payton, en avait profité pour lui donner un conseil.

— Il vaut toujours mieux qu'une femme aime un tout petit peu moins que son époux. Ainsi, elle est sûre de conserver l'avantage.

Payton ne l'avait jamais oublié. Elle ne savait pas si elle avait raison ou pas, mais elle se doutait que dans le cas de Ross et de Georgiana, cela marchait. Et cela la tracassait un peu, car elle aimait Drake de tout son être, avec la ferveur et l'ardeur d'un premier amour. Et elle n'était pas du tout certaine qu'il l'aimât plus qu'elle ne l'aimait.

D'ailleurs comment aurait-ce été possible ? Il avait tant vécu. Il avait dû connaître des douzaines de femmes plus séduisantes qu'elle. Après leur sauvetage, dont elle ne doutait pas un instant, il resterait sans doute avec elle, mais elle ne saurait jamais si c'était par amour ou parce que ses frères le tueraient s'il la quittait après ce qui s'était passé entre eux.

C'était un véritable dilemme. Non qu'elle y songeât en permanence, mais cela lui arrivait parfois, la nuit, lorsque, lovée entre ses bras, elle contemplait les étoiles. Drake n'était pas un amant romantique. Il lui disait rarement qu'il l'aimait sans ajouter : « comme un fou » ou « comme un damné ». Il ne vantait pas sa beauté. Une fois, seulement, il avait fait remarquer qu'elle avait de tout petits pieds, comparés aux siens.

Pourtant, elle était persuadée qu'il lui était sincèrement attaché, à sa manière. Et pas seulement parce qu'il lui faisait l'amour avec une fougue incroyable, mais à cause de ces allusions subtiles qu'il lâchait parfois sans même s'en rendre compte.

Ils étaient ensemble en permanence, mais lorsqu'il ne lui parlait pas, ou ne lui faisait pas l'amour, il se contentait de la regarder, tout simplement. Ce qui lui arrivait régulièrement, au point que, lorsqu'elle le surprenait, elle lui lançait une noix de coco..

Ce qui la surprenait le plus, c'est qu'il semblait ne pas pouvoir se passer d'elle. Il s'arrangeait toujours pour la réveiller lorsqu'elle dormait. Elle avait beau être folle de lui, elle connaissait ses défauts. Et un des plus irritants était sa manie de se réveiller de bonne heure.

Comme il n'y avait pas grand-chose à faire sur l'île, il passait les premières heures de la matinée à chercher un moyen de la réveiller. Il n'osait plus la secouer, tout simplement. Il avait essayé, mais elle avait failli l'étrangler. Il n'osait plus non plus tenter l'érotisme. Plusieurs fois, elle s'était réveillée avec la tête de Drake entre ses cuisses, et elle s'était contentée de poser le pied sur son épaule afin de le repousser.

Aussi Drake avait-il pris l'habitude de la réveiller « accidentellement ». Par exemple, il avait un jour soufflé bruyamment dans un coquillage afin de s'assurer qu'il n'y avait pas de crustacé à l'intérieur. Elle aimait bien les crustacés au petit déjeuner, non ? Une autre fois, il lui avait renversé de l'eau sur la tête. Il avait glissé, avait-il expliqué… Et lorsqu'un papillon s'était posé sur son nez, il s'était défendu avec vigueur d'avoir répandu du pollen sur son visage.

Plus agaçant encore, après l'avoir réveillée sous ces fallacieux prétextes, il s'excusait à peine et se jetait sur elle. Alors elle oubliait qu'elle avait horreur d'être réveillée à l'aube, et elle lui rendait ses baisers avec passion. Il était quasiment impossible de rester en colère contre un individu capable de vous faire perdre la tête d'un simple baiser. Georgiana n'approuverait certainement pas son attitude, songeait-elle.

Et si elle l'avait vue certain soir, après un délicieux dîner de perroquet rôti – elle avait finalement fait taire ses scrupules – et de mangues, elle l'aurait sans doute reniée. Payton venait de terminer un hamac qu'elle avait mis des jours à tresser et elle pressait Drake d'aller le suspendre entre deux cocotiers, sur la plage. Comme c'était le soir, ils ne risquaient pas d'être repérés, c'est pourquoi il accepta. Il lui fit néanmoins remarquer avec bonne humeur qu'elle aurait pu fabriquer quelque chose de plus utile. Un filet de pêche, par exemple…

Payton ignora sa remarque. C'était une soirée magnifique, et elle se réjouissait à l'idée d'en profiter, installée dans son hamac. À condition qu'il soit assez robuste pour supporter son poids, ce dont elle n'était pas certaine. Du reste, elle avait l'intention de demander à Drake de l'essayer avant de l'utiliser.

Elle n'eut pas à le faire, car une fois le hamac accroché, il s'y installa de lui-même, d'abord avec prudence, puis avec plus de confiance.

— Ma foi, Payton, c'est tout à fait confortable !

Il s'y étendit, et le hamac ne protesta que légèrement sous son poids.

— Voilà la vie que j'aime, déclara-t-il, le regard perdu dans les étoiles. Pourquoi avons nous dormi tout ce temps par terre ? Nous étions fous. Venez l'essayer, Payton.

Mais une idée avait soudain traversé l'esprit de la jeune fille. Elle ne savait même pas comment elle lui était venue, toujours est-il qu'au lieu de le rejoindre, elle attrapa un morceau de liane qui pendait au bord du hamac et lui attacha les poignets.

— Que faites-vous, Payton ?

Elle s'assura qu'il était solidement arrimé et commença à se dévêtir.

— Vous vous rappelez quand vous étiez enchaîné au mur, dans la cale du *Rebecca* ?

— Je ne suis pas près de l'oublier !

— Eh bien, voilà ce que j'avais envie de faire, alors. Seulement, vous m'en auriez empêchée, à l'époque.

Elle se débarrassait de sa chemise.

Le regard de Drake s'assombrit.

— Qu'avez-vous en tête, Payton ? demanda-t-il d'une voix où perçait l'amusement.

Elle se pencha sur le hamac, ses seins effleurant le bras de Drake. D'ordinaire, il s'en serait emparé, aurait joué avec. Il était fasciné par ses seins, au point qu'elle ne les considérait plus comme ridiculement petits, mais parfaits pour les mains de Drake. Or, cette fois, il ne pouvait ni les toucher ni les prendre dans sa bouche.

— Payton…

Indifférente, elle s'occupait des boutons du pantalon de Drake.

Il essaya de briser les liens qui lui retenaient les poignets au-dessus de la tête, mais il s'aperçut que les fibres lui cisaillaient la peau.

— Payton, ce n'est pas drôle.

Elle déposa un baiser sur ses lèvres.

— Je sais. Mais ne vous inquiétez pas, je vous libérerai.

Elle laissa glisser sa bouche le long de son visage, de sa barbe broussailleuse.

— Je vous libérerai, murmura-t-elle, quand je serai prête.

Elle lui caressa doucement le torse.

— Vous aimez ?

— Pas du tout ! répliqua-t-il. Payton, ôtez ces liens immédiatement.

Avec précaution, elle passa la jambe par-dessus le bord du hamac, et se retrouva à califourchon sur lui.

— Alors ? reprit-elle en promenant ses lèvres sur sa poitrine.

Elle connaissait la réponse, car elle le sentait durcir sous elle.

— Eh bien... peut-être...

Sans vergogne, elle écarta les pans de son pantalon.

— Payton...

Elle enroula les doigts autour de son sexe et le goûta délicatement du bout de la langue, comme il le faisait si souvent avec elle.

Il se mit à s'agiter, tentant vainement de libérer ses poignets, et elle releva la tête.

— Si vous ne cessez pas immédiatement, fit-elle d'un ton sévère, je vous laisse comme ça toute la nuit !

— Payton ! s'écria-t-il, menaçant, cette fois.

Néanmoins, il se tint tranquille.

Elle revint à sa virilité. Comment réagirait-il si elle le prenait carrément dans la bouche ?

Il tressaillit si violemment qu'elle craignit de lui avoir fait mal. Mais il n'essaya pas de se débattre, au contraire, il s'immobilisa tout à fait, osant à peine respirer. Elle s'enhardit, et fit aller et venir sa main le long de son sexe dressé.

Sa réaction ne se fit pas attendre ; il se mit à haleter, et son corps se couvrit d'une fine rosée, malgré la brise. Son excitation était si contagieuse, qu'elle ne put résister. Se plaçant au-dessus de lui, elle le prit doucement en elle.

Il poussa un long gémissement, auquel Payton répondit. Jamais il ne lui avait semblé aussi énorme.

Finalement, elle avait eu une bonne idée. Elle contrôlait parfaitement la situation...

Seulement cette position la rendait plus réceptive encore, et elle ne tarda pas à abandonner les expériences auxquelles elle avait l'intention de se livrer pour onduler voluptueusement des hanches. Lui aussi bougeait en rythme, non plus pour se dégager mais pour entrer davantage en elle. Refusant de se plier à son désir, elle ne lui permit pas se plonger complètement en elle. Cela parut le rendre fou, mais il n'y avait rien qu'il pût faire pour la contraindre. Grisée par son sentiment de puissance, elle le chevaucha avec énergie, jusqu'à ce que le sang lui gronde aux oreilles.

Puis un ouragan céleste se déchaîna. Un véritable feu d'artifice, une pluie d'étoiles dans laquelle elle volait, à bord de son chariot de feu. Elle frémit de tout son être avant de s'abattre en haletant sur la poitrine de Drake.

Lui s'agitait toujours sous elle, cherchant l'assouvissement qu'elle venait de connaître. Elle ouvrit les yeux, vit son visage crispé comme s'il souffrait le martyre. En dépit de la léthargie qui s'était emparée d'elle, elle eut pitié de lui et tira sur les liens de ses poignets qui cédèrent aussitôt. Elle avait toujours été douée pour les nœuds coulants.

Choqué, il ouvrit les yeux à son tour. Elle affichait un sourire espiègle… qui ne dura qu'une seconde. L'instant d'après, elle étouffait un cri tandis qu'il la pénétrait avec une force inattendue. Il la saisit aux fesses afin de la maintenir immobile. Il la prenait avec la vigueur d'un homme privé d'amour depuis longtemps.

« Seigneur, songea-t-elle, je l'attacherai plus souvent. »

Puis il explosa en elle avec une telle violence qu'elle dut se cramponner à lui afin de ne pas être éjectée hors du hamac.

Tout de suite après, il l'enveloppa de ses bras. La joue sur sa poitrine, elle entendait son cœur qui battait la chamade.

— Ne recommencez plus jamais ça ! souffla-t-il dans ses cheveux.

— Quoi ? fit-elle innocemment. Ça ? ajouta-t-elle en lui caressant le torse. Ou bien ça ?

Elle effleura son sexe.

Il réfléchit un instant.

— M'attacher.

Elle releva la tête pour le regarder.

— Mais c'était ce qu'il y avait de meilleur ! répliqua-t-elle.

— Ah, oui ? Nous essaierons avec vous, la prochaine fois, et nous verrons si ça vous plaît.

Elle se redressa vivement.

— Nous pourrions ? Vraiment ?

Il l'attira contre lui.

— Seigneur ! soupira-t-il. Dormez, maintenant, Payton.

— Mais nous pourrons quand même…

— Oui !

Il feignait l'exaspération, mais avant de fermer les yeux, elle vit qu'il souriait.

27

Le lendemain matin, ses frères débarquaient.

Malheureusement, sans doute à cause de leurs exploits de la nuit, pour une fois, Drake ne se réveilla pas à l'aube. Ils dormaient profondément, dans les bras l'un de l'autre, quand ils entendirent un formidable rugissement.

Croyant que Drake soufflait encore dans un coquillage, Payton tenta de se boucher les oreilles. Mais son bras était coincé sous lui. Alors, comment pouvait-il souffler dans un coquillage ?

Puis le rugissement se transforma en mots, et elle ouvrit les yeux pour trouver Ross planté devant eux, cramoisi de fureur.

— Bon Dieu, à quoi pensez-vous ? hurla-t-il. Voilà des semaines que nous parcourons les mers à votre recherche, craignant que vous ne soyez morts ! Morts ! Et qu'est-ce que nous découvrons ? Non seulement vous êtes bien vivants, mais en plus vous *forniquez* !

Payton se serait sauvée en courant si elle en avait eu la possibilité. Drake, pour sa part, ne semblait aucunement inquiet En fait, il observait Ross avec intérêt, le bras passé autour de Payton, plus pour dissimuler sa nudité que pour la protéger, devina-t-elle.

Mais il était trop tard.

— Ne mens pas, espèce de démon ! continuait Ross sur le même ton. Sors de ce hamac, habille-toi, et *ôte tes pattes* de *ma sœur* !

En dépit de sa gorge sèche, Payton, trouva le courage de protester :

— Tu en fais trop, Ross. Drake et moi avons seulement…

— Chut, coupa Drake en resserrant son étreinte. Laissez-moi faire, mon amour.

— Mon amour ? s'étrangla Ross. Sors de ce hamac, Drake, tu m'entends ? Sors de là avant que je t'en extirpe moi-même.

Sur ces entrefaites, Raleigh apparut.

— Je crois que nous touchons au but, Ross, lança-t-il. Il y a une chaloupe cachée dans les buissons, tout près… Oh, tu les as trouvés ! Salut, Drake, salut, Payton. Content de vous voir. Nous vous croyions morts.

— N'avance pas, ordonna Ross à son frère. Reste où tu es.

— Pourquoi ? Il y a un serpent ?

— Oui, si on veut.

Ross ôta son manteau et le jeta sur le couple. Payton le repoussa en le foudroyant du regard.

— Drake n'a rien fait de mal, déclara-t-elle. Je ne vois pas pourquoi tu te mets dans un état pareil. Au moins, Raleigh, lui, est heureux de nous voir.

— C'est diablement vrai ! acquiesça ce dernier. Tu n'imagines pas comment c'est, à la maison. Georgiana pleure toute la journée, papa ne sort plus de son bureau, et Hudson est sans arrêt de mauvais poil. Il n'a pas bu une goutte d'alcool depuis que tu as disparu.

Il s'interrompit soudain, décontenancé.

— Vous avez l'air plutôt bien, vous deux, là-dedans, reprit-il.

— Bien ? éructa Ross. Je vais te dire à quel point ils sont *bien* ! Ils sont nus comme des vers !

Raleigh ouvrit de grands yeux.

— Oh, non, Drake, gémit-il, dis-moi que ce n'est pas vrai.

— Mais enfin, pourquoi vous en prenez-vous tous à Drake ? s'indigna Payton. C'est entièrement ma…

— Chut, répéta celui-ci en lui posant le doigt sur les lèvres.

Il déploya le manteau de Ross afin qu'il la couvre complètement, puis il lui suggéra à mi-voix :

— Hudson est sans doute dans les parages. Pourquoi n'essaieriez-vous pas de le trouver ?

— Ne soyez pas stupide, Drake. Ils vont vous tuer.

— Sottise ! répliqua-t-il avec un sourire rassurant. Nous sommes de vieux amis. Les vieux amis se trucident-ils ?

Elle lança un coup d'œil pénétrant à Ross.

— Vu les circonstances…

— Allez-y ! l'encouragea joyeusement Drake.

Décidément, il semblait d'excellente humeur. Peut-être, songea-t-elle avec un pincement au cœur, était-il ravi que l'on fût enfin venu à leur secours. Il devait commencer à se lasser de sa seule compagnie.

— Allez chercher Hudson, ma chérie, insista-t-il. Et laissez-nous parler entre hommes.

C'était bien une réflexion masculine, justement ! Comme si ce que ses frères pouvaient bien dire avait le moindre intérêt ! Avait-il oublié combien il leur en voulait l'autre jour ? Enfin, elle ne savait plus quel jour exactement, car elle avait perdu la notion du temps. Tout de même ! Il n'avait pas à la renvoyer comme si elle était une petite fille.

Elle décida cependant d'aller retrouver son frère. Pas parce que Drake le lui avait demandé, mais parce qu'elle devinait qu'il allait avoir besoin d'aide. À voir l'expression de Ross et de Raleigh, ils n'allaient pas tarder à se battre. Dieu que les hommes étaient stupides, parfois !

D'un mouvement gracieux, elle descendit du hamac, toujours enroulée dans le manteau de Ross. Avant de s'éloigner, elle fusilla ses frères du regard.

— Si vous touchez à un seul cheveu de sa tête, je vous le ferai amèrement regretter, avertit-elle.

Sur ces paroles menaçantes, elle s'en alla à grandes enjambées.

Elle ne tarda pas à dénicher Hudson. Accroupi, il examinait les traces de pas qu'ils avaient laissées la veille dans le sable.

— Hé ! cria-t-il. Je crois que j'ai trouvé quelque chose !

— Hudson.

Il se redressa et la dévisagea comme si elle était un fantôme.

— Payton ?

Il avait une mine épouvantable. Vêtu de noir de la tête aux pieds, ses cheveux s'échappaient de son catogan, formant un halo autour de son visage. Il avait l'air d'un illuminé.

— C'est bien toi, Payton ?

— Évidemment, crétin ! Qui d'autre veux-tu que ce soit ? La Vierge Marie ?

— Payton, c'est vraiment toi !

Si Raleigh ne lui avait pas dit que Hudson avait cessé de boire, elle l'aurait cru ivre. Il la rejoignit en titubant. Et pour tout arranger, tandis qu'il la serrait dans ses bras, elle eut l'impression qu'il pleurait. C'était ridicule ! Jamais Hudson ne pleurerait de joie en la voyant !

— Tu vas bien ? s'enquit-il quand il se fut un peu ressaisi.

— Très bien, assura-t-elle. Il faut que tu viennes, tout de suite, Hudson. Raleigh et Ross vont tuer Drake !

— Drake ? répéta-t-il, sincèrement ravi. Drake est en vie aussi ? On était persuadés qu'il était mort ! Quelle merveilleuse journée ! Vous deux vivants…

— Drake ne le restera pas longtemps si tu n'interviens pas. Ross est hors de lui. Il croit que Drake m'a compromise, enfin, un truc de ce genre, et il a sa tête des mauvais jours.

Hudson lui emboîta le pas.

— Quelle ânerie ! Jamais Drake ne ferait une chose pareille.

Elle lui lança un coup d'œil par-dessus son épaule.

— Je suis heureuse qu'au moins l'un d'entre vous ait gardé un peu de sens commun. Vous avez un peu perdu l'esprit depuis que je suis partie. Dépêche-toi, Hudson. Ils sont deux contre un !

— Figure-toi que je vais entrer dans les ordres, annonça son frère gaiement. J'ai conclu un marché avec le Seigneur. Je lui ai promis de me faire prêtre si rien ne t'était arrivé. Je vais être un peu ridicule avec un col blanc, non ?

— Ne dis pas d'idioties, mon vieux. Aucune Église ne voudra de toi.

— Tu crois ? demanda-t-il, visiblement soulagé. Tant mieux ! C'était surtout le vœu de chasteté qui m'inquiétait. Pour le reste, ça va, mais ça…

Ils atteignaient la plage. Drake était sorti du hamac, et avait enfilé son pantalon. Apparemment, ils n'avaient pas parlé. En revanche, ils s'étaient bel et bien battus !

Payton poussa un cri aigu, avant de s'élancer vers la forme étendue sur le sable. La poitrine de Drake se soulevait, seul signe qu'il fût encore en vie. Du sang coulait de ses sourcils, et sa bouche avait un drôle de rictus. Il n'était pas mort, mais…

Voyant sa sœur approcher, Ross cria :

— Retiens-la, Hudson, pour l'amour du Ciel. Nous n'avons pas besoin d'une crise de nerfs par-dessus le marché !

Hudson rattrapa sa sœur, la coinça sur sa hanche et l'y garda sans se soucier de ses coups de pied et de poing.

— Pose-moi immédiatement, sale type ! glapit-elle. Pose-moi, tu m'entends ? Tu me le paieras !

— Cesse de brailler, bécasse, rétorqua Ross. On ne l'a pas tué, on lui a juste donné une petite leçon.

Hudson ne put s'empêcher de remarquer que Drake avait dû perdre la forme s'il avait laissé un gros âne comme Ross lui flanquer une raclée.

Ross protesta, vexé que son frère pût mettre en doute ses talents de pugiliste.

Raleigh eut un reniflement ironique.

— Arrête, Ross ! intervint-il. Drake s'est laissé faire. Il n'a même pas levé le petit doigt pour se défendre.

Hudson répéta que ce n'était pas le genre de Drake de se laisser rosser par un gros âne.

— Arrête de m'appeler comme ça ! tonna Ross. Et heureusement pour lui que Drake n'a pas essayé de riposter, parce que je l'aurais tué !

Hudson jeta un coup d'œil à son ami qui gisait au sol.

— C'est bien l'impression que cela donne.

— Et alors ? Il a tout avoué, et il ne semblait même pas repentant. Tu aurais fait la même chose à ma place, Hudson.

— Certainement pas ! J'aime bien Drake, et je me moque de ce qu'il a fait.

Les yeux de Ross brillaient dangereusement.

— Ah, vraiment ? Parfait, si tu l'aimes autant que tu le dis, cela t'est égal qu'il ait pris la virginité de Payton, j'imagine.

Hudson parut contrarié.

— Il a fait ça ? Bon Dieu ! Raleigh, tiens Payton une minute, que j'aille rajouter quelques coups...

— Je te l'interdis ! cria sa sœur. Sinon, je ne ferai plus jamais tes nœuds de cravate.

— Et ce n'est pas tout, poursuivit Ross, ignorant l'interruption. Voilà presque deux mois qu'ils se promènent sur cette île nus comme des sauvages.

Payton poussa un cri strident.

— C'est faux ! Ça ne peut pas faire si longtemps !

— Cinq milles de New Providence, continua Ross. Cinq satanés milles. Il aurait pu mettre un terme à notre inquiétude depuis des semaines...

— Non ! Le Français nous cherchait. Marcus Tyler voulait nous tuer tous les deux ! Nous n'avions aucun moyen de savoir s'ils n'étaient pas dans les parages.

— Marcus Tyler ? coupa Ross. Marcus Tyler n'est pas en train de vous chercher. Marcus Tyler et cette garce qui se prétend la femme de Drake pourrissent en prison où ils attendent d'être jugés pour votre meurtre.

Payton sursauta.

— Quoi ? Mais comment... ?

Ross afficha un petit air satisfait.

— Oh, ce n'était pas bien compliqué. Vois-tu, quand nous avons remis les voiles du *Virago* en place, il nous a seulement fallu...

— Et le Français ? Vous l'avez capturé aussi ?

Son frère lui décocha un regard sévère.

— Si tu veux bien me laisser terminer... j'y arrivais. Le capitaine La Fond, malheureusement, s'est échappé. Néanmoins, nous...

— Vous l'avez laissé s'échapper ? s'écria Payton. Mais il a tué le frère de Drake !

— Nous n'avons *laissé* personne s'échapper, ingrate. Nous avons perdu une bonne douzaine d'hommes, à cause de ses canons, avant d'arriver assez près pour se lancer à l'abordage de son navire. Est-ce ma faute si ce lâche a préféré sauter par-dessus bord et se battre avec les requins plutôt que d'affronter un procès ? Non que cela m'ait particulièrement surpris, remarque. Ce qui m'étonne, en revanche, c'est que nous avons intercepté le navire du Français il y a sept semaines. Presque deux mois, Payton. Puisque vous n'étiez pas à bord, j'en déduis que Drake et toi vous trouvez ici, à Saint Raphaël, depuis lors !

Deux mois ! Était-il possible que deux mois se soient écoulés depuis qu'elle avait traîné un Drake inconscient sur la plage ? Non ! Quelques semaines, tout au plus... Il lui avait fallu ce temps pour fabriquer le hamac. Et l'abri que Drake avait construit afin de les protéger des averses. Oui, il avait fallu du temps. Un mois, peut-être…

Mais deux ? Non !

— Nous… nous n'avions aucun moyen de savoir que vous aviez capturé Sir Marcus, balbutia-t-elle. Et… et… j'aimerais comprendre : si vous nous croyiez morts, que faites-vous ici ?

— Un grand Noir dont j'ai oublié le nom – il était cuisinier à bord du *Rebecca* – a raconté aux magistrats que vous vous étiez échappés. Il était tout à fait sûr de lui. Alors, nous nous sommes dit : pourquoi ne pas les chercher ?

Clarence ! Ce brave Clarence !

Quoi ? L'horrible Clarence, plutôt, par la faute de qui elle se retrouvait dans cette situation inextricable !

— Mais tu sais quoi, Payton ? poursuivit Ross. J'aimerais mieux que Tyler vous ait tués tous les deux. Je préférerais un ami mort à ce débauché, ajouta-t-il en flanquant un coup de botte dans le corps inanimé. Et une sœur morte que la fille perdue que tu es devenue.

Payton le fusilla du regard.

— Je te remercie infiniment, Ross. Je t'assure que nous pouvons y remédier sans attendre. Hudson, passe-moi ton pistolet. J'aime autant me tirer une balle dans la tête que de devoir continuer à écouter de telles stupidités.

Raleigh tendit les mains en un geste d'apaisement.

— Ça suffit, tous les deux. Arrêtez vos grandes tirades. Hudson, emmène Payton sur le bateau. Ross et mois te rejoindrons avec le… débauché.

Hudson chargea Payton sur son épaule.

— Je vous déteste et je vous méprise tous les trois ! glapit-elle. Je vous souhaite de rôtir en enfer !

Ross fit signe à son frère de se mettre en route.

— Ne le prends pas ainsi, Payton. Il sera sur pied dans moins d'une semaine. À temps pour le mariage, en tout cas.

— Le mariage ? Quel mariage ?

Comme son frère ne lui répondait pas, elle hurla :

— Quel mariage ?

— Cesse de t'égosiller, marmonna Hudson en se dirigeant vers leur chaloupe. Tu me perces les tympans.

— Quel mariage ?

— Le tien, évidemment. Avec le débauché. Tu ne penses tout de même pas que Ross va se contenter d'une petite raclée ? Il doit t'épouser, Payton. Il n'y a pas d'autre choix possible.

28

— Payton chérie, essayez de manger un peu. Vous êtes toute pâle sous votre hâle.

Un plateau sur les genoux, Payton prit sa fourchette et éventra les œufs dont le jaune se répandit sur les pommes de terre. Les œufs étaient un volcan, les jaunes de la lave et les pommes de terre Pompéi… Elle n'avait aucune envie de manger.

— Vous n'avez pas trop chaud ? s'inquiéta Georgiana en tirant sur le drap que Payton avait remonté jusqu'au menton lorsque sa belle-sœur était entrée dans sa chambre. Vous ne pouvez pas avoir froid, tout de même ! On bout, ici.

— Je suis très bien, répondit Payton. Je n'ai simplement pas envie de parler. Merci pour le petit déjeuner, mais si cela ne vous ennuie pas…

— Oh, ça ne m'ennuie pas ! s'exclama Georgiana. Je comprends très bien. Je vais seulement rester près de vous et je redescendrai le plateau quand vous aurez terminé.

Sur ce, elle entreprit de parcourir le courrier qu'elle avait posé sur le plateau. Bon sang ! Il semblait que tous les Anglais de Nassau s'étaient présentés à la villa des Dixon en attendant le procès de Marcus Tyler et de Becky Whitby. Ils voulaient tous voir le témoin principal, la désormais « Déshonorée » Mlle Payton Dixon dont la réputation était à jamais ruinée.

Oubliant délibérément le besoin de silence de Payton, Georgiana lui montra une carte de visite.

— Regardez ! Lady Bisson. Saviez-vous que la grand-mère de Connor Drake était sur l'île ? Nous l'y avons amenée dès que nous avons appris votre disparition. La vôtre et celle de Sir Connor, je veux dire. Elle a fort envie de venir vous saluer.

Payton couvrit son assiette de poivre. Les cendres volcaniques.

— Puis-je l'inviter pour le thé ? Cela vous plairait ?

Payton gratifia sa belle-sœur d'un regard morne.

— Comme j'ai interdiction de quitter ma chambre, cela paraîtrait étrange que je reçoive la grand-mère de Drake ici, non ? À moins que ce plateau ne puisse servir de table à thé ?

Nullement démontée, Georgiana posa la carte de visite.

— Vous savez très bien que vos frères vous laisseront sortir dès que vous serez revenue à la raison.

— À la raison ?

Payton repoussa le plateau. Elle mourait d'envie de le lancer contre le mur, mais elle l'avait déjà fait une fois, sans résultat. Sinon qu'une femme de chambre avait été envoyée pour nettoyer les dégâts et que, honteuse, elle s'était sentie obligée de l'aider.

Cette fois, elle se contenta donc de le poser à côté d'elle, en veillant à ce que son drap ne glisse pas.

— Franchement, Georgiana, ne me dites pas que vous me trouvez déraisonnable. Pas vous. Vous êtes bien consciente que ce sont eux qui sont complètement idiots, dans cette histoire.

— Idiots ?

Georgiana contempla sa belle-sœur d'un air placide. Cette toute nouvelle sérénité était irritante au plus haut point ! Mais la raison en était plus irritante encore. Enfin, il fallait bien que cela arrive tôt ou tard. Même un ogre tel que Ross devait avoir ses moments de tendresse, or il semblait que dans l'un de ces moments, il se fût arrangé pour que son épouse tombe enceinte. Mais Payton n'arrivait pas à comprendre comment sa belle-sœur pouvait envisager aussi paisiblement de mettre au monde, dans quatre ou cinq mois, un bébé ogre !

— Ils ne sont pas idiots, Payton. Ils font ce qu'ils considèrent être le mieux pour vous. C'est vous qui êtes…

— Quoi ? coupa sèchement Payton. Je suis quoi, Georgiana ?

— Eh bien… disons têtue ?

— Oh, je vois. Je suis têtue parce que je ne veux pas épouser l'homme que mes frères ont choisi à ma place !

— Oui. Car nous sommes tous convaincus que c'est ce que vous désirez. Tout le monde sait que vous l'aimez. Alors pourquoi faites-vous tant d'histoires ? Acceptez de l'épouser, et nous formerons de nouveau une grande famille heureuse.

— Vous avez donc oublié qu'il est marié à une autre ? rétorqua Payton.

— Pour l'amour du Ciel ! Le juge O'Reardon a annulé cette parodie de mariage dès que Drake – je veux dire Sir Connor – lui a exposé les circonstances dans lesquelles la cérémonie avait eu lieu. Ne me faites pas croire que c'est cela qui vous arrête.

— Non, en effet, avoua Payton entre ses dents.

— Alors, de quoi s'agit-il ? Pourquoi tant de complications ? Vous devriez être aux anges. Vous avez exactement ce que vous souhaitiez.

— Mais, Georgiana… objecta Payton d'une voix étranglée.

Seigneur, elle n'allait tout de même pas se remettre à pleurer ? Voilà trois jours qu'elle ne cessait de larmoyer ! Elle espérait commencer à guérir… À tort, apparemment.

— Vous ne comprenez pas, Georgiana ? Ce n'est pas *ainsi* que je le veux.

— Qu'entendez-vous par *ainsi* ?

— Vous savez. Obligé. Forcé de m'épouser. Exactement comme Mlle Whitby…

— Rien à voir, l'interrompit Georgiana. Franchement, Payton, la situation est tout à fait différente. Avez-vous couché avec Sir Richard pour raconter ensuite à son frère que vous attendiez un enfant de lui ? Votre cas n'a rien de commun avec…

— Il n'empêche qu'il n'a pas le choix, s'entêta Payton. Vous ne comprenez donc pas ? Il se sentait contraint d'épouser Becky Whitby… et peu importe que cela se soit révélé sans fondement. Et à présent, il doit m'épouser pour la même raison : il s'y sent obligé.

— Que savez-vous de ce qu'il éprouve ? Le lui avez-vous demandé ?… Non. Vous refusez de le recevoir. Vous ne lisez même pas ses lettres.

Georgiana reprit le courrier sur le plateau.

— Il y en a trois, rien que ce matin, et il est à peine midi. Visiblement, il est au désespoir.

— Bien sûr, marmonna Payton. Au désespoir de restaurer sa réputation, de rentrer dans les bonnes grâces de sa grand-mère… et dans celles de Ross. N'oubliez pas, Georgiana qu'il est employé par la compagnie *Dixon et Fils*. J'imagine qu'il est prêt à tout pour satisfaire papa.

— Balivernes ! s'écria gaiement Georgiana. Connor Drake n'est pas Matthew Hayford. Il n'a pas besoin du modeste salaire que lui verse votre père. Il est suffisamment fortuné. Quant à sa réputation, il n'est pas homme à se soucier de ce que les autres pensent de lui.

Payton grinça des dents.

— Je ne me marierai pas simplement parce que mes frères l'ont décrété. Jamais !

— Dans ce cas, épousez-le parce que vous l'aimez.

Payton l'ignora.

— Toute ma vie, j'ai obéi à mes frères. J'ai vécu en les prenant pour modèle. Si l'un d'entre eux s'était retrouvé dans ma situation, sur une île déserte, il aurait fait exactement la même chose que moi. Alors pourquoi suis-je punie ?

Soudain, un flot de larmes jaillit de ses yeux. Seigneur, elle qui pensait avoir versé toutes les larmes de son corps au cours de ces derniers jours !

Avec un soupir, Georgiana saisit le plateau et quitta la chambre en prenant soin, comme son mari le lui avait recommandé, de fermer à clé derrière elle. Ce qui lui paraissait bien inutile. La chambre disposait d'un vaste balcon et, agile comme elle l'était, Payton aurait pu s'échapper sans peine si elle l'avait voulu.

Georgiana n'avait cependant pas jugé bon de le faire remarquer à son mari. Il aurait barricadé la porte-fenêtre avec des planches, ce qui aurait gâché la façade de la ravissante villa, et n'aurait servi qu'à alimenter les ragots sur la plus jeune des Dixon.

— Alors ?

Georgiana faillit lâcher le plateau. Mais ce n'était que Connor Drake qui la guettait avec impatience dans la salle du petit déjeuner.

— Rien de changé, répondit-elle en lui remettant le plateau. Elle refuse de céder.

— Lui avez-vous donné mes lettres ?

— Bien sûr, je les lui ai montrées. Elle n'a pas voulu y toucher. Je vous avais prévenu.

Georgiana détestait décevoir Drake, qui avait déjà triste allure avec sa lèvre fendue et sa blessure à l'arcade sourcilière. Cela dit, elle le considérait comme tout autant responsable de la bagarre que Ross. Après tout, il aurait dû être capable de se dominer, sur l'île. Un gentleman était maître de lui en toute circonstance.

— Pourquoi ne puis-je pas la voir ? dit-il en se retournant vers ses futurs beaux-frères. Laissez-moi monter, je saurai la raisonner.

— Non, s'écria Ross en se levant. Surtout pas ! Il ne faut pas qu'elle sache que nous t'avons pardonné.

— Parle pour toi, grommela Hudson.

— Si elle apprend que nous t'avons pardonné, poursuivit Ross, jamais elle ne t'épousera. Tu ne comprends pas la façon de penser des femmes, Drake. C'est là ton problème.

Georgiana se mordit l'intérieur des joues pour ne pas rire en entendant son mari pontifier sur les femmes.

— Vous auriez dû lui interdire d'épouser Sir Connor, intervint-elle d'une voix douce. Furieuse comme elle l'est contre vous, Ross, elle se serait enfuie avec lui à la première occasion. Mais vu la façon dont vous vous y êtes pris, elle n'a d'autre choix, pour vous punir, que de refuser de vous obéir.

— Moi ? s'indigna Ross. Qu'ai-je fait ?

— C'est toi qui as rossé son très cher amant, lui rappela Raleigh, perché sur le rebord d'une fenêtre.

— Si je me souviens bien, tu étais à côté de moi, non ? répliqua son frère. Et tu ne t'es pas privé pour lui assener quelques coups.

— Certes, mais je n'y ai pas pris plaisir. J'ai horreur du sang.

— Ce n'est pas pour cela qu'elle vous en veut, objecta Georgiana.

— Alors de quoi essaie-t-elle de nous punir ?

Georgiana soupira.

— De tout. Du fait que la compagnie s'appelle *Dixon et Fils*, au lieu de *Dixon, Fils et Fille*. Du fait que vous lui ayez appris à se servir d'une arme, à grimper à un mât, à naviguer, et que vous le lui interdisiez maintenant. Du fait que n'importe lequel d'entre vous se serait comporté comme elle sur l'île, mais que vous éprouviez tout de même le besoin de l'enfermer dans sa chambre à cause de ça.

— Ce n'est pas à cause de ça qu'elle est enfermée, rugit Ross. Elle est enfermée parce qu'elle ne veut pas épouser ce salaud !

— Elle n'a rien mangé, remarqua Hudson en examinant le plateau. Vous n'avez pas pu l'obliger, Georgiana ?

— On ne force pas quelqu'un à manger, Hudson.

— Mais elle n'a rien avalé depuis qu'elle est arrivée ici.

Hudson se passa une main lasse dans les cheveux.

— Que cherche-t-elle ? poursuivit-il. À mourir d'inanition ? C'est ça ? Pour nous punir, elle va se laisser mourir de faim ?

— Écoute, dit Ross, tout s'arrangera dès que le procès sera terminé. Une fois qu'elle aura témoigné...

— Le faut-il vraiment ? coupa Georgiana. Avec tout le bruit qu'a déjà fait cette histoire... Cela ne fera qu'aggraver la situation. Sir Connor ne peut-il témoigner seul ?

— Non. Bon sang, Georgie, Marcus Tyler est accusé de piraterie ! Rien que pour cela, il risque la pendaison. Mais il y a aussi l'accusation d'enlèvement, de tentative de meurtre, de complicité dans le meurtre du frère de Drake. Payton est un témoin-clé, son témoignage est capital.

Georgiana secoua la tête.

— Tout de même, je n'aime pas ça. Payton... n'est pas elle-même, en ce moment.

— Que voulez-vous dire ? demanda vivement Drake.

— Seulement que... eh bien, je ne l'ai jamais vue ainsi. Vous l'avez enfermée dans cette chambre depuis une semaine, Ross, et pas une fois elle n'a tenté de s'échapper. La Payton que je connais se serait sauvée au bout d'une demi-heure, et vous aurait nargués ensuite.

Ross semblait perturbé.

— Vous avez raison. Seigneur, vous avez raison !

— J'ai juste du mal à croire que la jeune fille qui a vécu pendant un mois sur un navire pirate déguisée en garçon et celle qui pleure dans son oreiller sont une seule et même personne. Elle se conduit si bizarrement ! Pour un peu, je croirais…

Elle s'interrompit brusquement. Dieu, que racontait-elle ? Et devant des hommes, en plus ! Elle devait subir l'influence de Payton, pour aborder ce genre de sujet en public, un public masculin !

— Vous croiriez quoi, Georgie ? demanda Ross.

Georgiana se rendit compte qu'elle ouvrait et fermait la bouche tel un poisson hors de l'eau, mais elle ne pouvait s'en empêcher. Chaque fois qu'une réponse lui venait, elle la rejetait ! Elle n'avait aucune preuve. Et puis, ce n'était pas comme si Payton était malade. Certes, elle refusait de s'alimenter, elle n'avait pas essayé de s'échapper, mais, après tout, elle avait vécu une épreuve, c'était donc relativement normal.

Du moins cela l'aurait été s'agissant d'une autre que Payton. Payton, elle, s'était toujours révélée assez solide pour encaisser les épreuves.

Tout le monde fixait Georgiana, et elle finit par répondre :

— Eh bien, je me disais que son comportement inhabituel, son refus de se nourrir, ses larmes, le fait qu'elle ne veuille pas voir Drake, qu'elle n'ait pas tenté de fuir… pourrait peut-être s'expliquer si elle… hum…

— Si elle… hum… quoi ? s'énerva Rosss. Parlez ! Si elle quoi ?

Georgiana avala sa salive.

— Si elle… attendait…

— Attendait quoi ? s'exclama Ross. Des excuses ? Eh bien, elle peut toujours attendre ! Je ne m'excuserai pas avant qu'elle le fasse. Après tout, personne ne lui avait demandé de secourir Drake. Il était parfaitement capable de s'en sortir seul. Il l'a déjà fait des centaines de fois.

— Ce n'est pas à cela que je pensais, reprit Georgiana, affreusement embarrassée. Je me disais qu'elle attendait peut-être… un bébé.

Elle vira à l'écarlate. Elle n'arrivait pas à y croire ! On ne parlait pas de ces choses devant des hommes, même s'ils étaient de la famille. Enfin, presque tous.

— Attendre un bébé ? répéta Ross après un instant de silence. *Payton ?*

Son incrédulité agaça quelque peu Georgiana. Payton avait sans doute raison sur un point : ils l'avaient traitée comme un quatrième frère durant toute sa vie, et à présent, ils voulaient la voir se conduire en sage petite sœur. Pourtant, lorsque l'on suggérait qu'elle pût faire partie du sexe féminin, ils renâclaient comme des ânes.

— Ce serait une conséquence naturelle de ce que vous l'avez accusée d'avoir fait avec Drake... Sir Connor.

Ross regardait autour de lui, comme s'il cherchait quelque chose. Une sorte d'assurance que cela pût être vrai.

— Mais alors, pourquoi ne veut-elle pas l'épouser ?

— Peut-être l'ignore-t-elle elle-même. Je ne sais pas. L'idée m'a traversé l'esprit ce matin, quand elle refusait de manger. Cela expliquerait sa morosité.

— Mais cela n'explique pas pourquoi elle ne veut pas l'épouser ! tonna Ross.

— Bien sûr que si. Vous ne comprenez donc pas. Elle ne veut pas être une autre Mlle Whitby qu'il se sentirait obligé d'épouser.

— Mlle Whitby ! explosa Ross. Encore Mlle Whitby ? Quand cesserai-je enfin d'entendre parler de Mlle Whitby ?

— Lorsqu'elle se balancera au bout d'une corde ? suggéra Raleigh.

— Drake ! cria Ross en pivotant sur ses talons. Tout est ta faute. Je t'avais dit de ne pas...

Sa voix s'éteignit, car Drake avait quitté la pièce.

Ils n'eurent cependant pas de mal à le retrouver. Le juron qu'il poussa se répercuta jusqu'au rez-de-chaussée lorsque, trois secondes plus tard, il ouvrit la porte de la chambre de Payton.

Le battant de la porte-fenêtre donnant sur le balcon oscillait doucement dans la brise.

29

Dès que Georgiana fut sortie, Payton releva le visage de l'oreiller. Elle devenait vraiment bonne comédienne ! Elle était à présent capable de pleurer à volonté. Avec un sourire amer, elle repoussa les draps.

Naturellement, elle était habillée. Elle alla chercher dans une armoire une cape qu'elle avait réussi à subtiliser à un moment où la surveillance s'était relâchée. Le fait qu'elle lui eût emprunté des vêtements n'aurait sans doute pas choqué Georgiana, qui n'hésitait pas à prêter ses affaires personnelles. Mais elle se serait demandé pourquoi Payton avait choisi, parmi toutes ses toilettes, la plus volumineuse de ses capes. Elle la grossissait affreusement et traînait sur le sol plus que la mode ne l'exigeait.

Mais c'était nécessaire si Payton voulait que son plan aboutisse.

Ce n'était pas le meilleur de ses plans, à vrai dire. Il n'offrait pas de solutions à ses nombreux problèmes personnels – entre autres le fait que ses frères l'obligent à épouser un homme qui venait tout juste d'échapper à un mariage forcé. Il lui permettait cependant de résoudre le problème de quelqu'un d'autre, et c'était mieux que rien.

Elle coiffa un chapeau qu'elle avait aussi emprunté à sa belle-sœur, et en noua les rubans sous le menton avant d'en rabattre la mousseline. Elle voyait mal au travers, et elle se demanda pourquoi les femmes acceptaient de porter ce genre de chose, hormis pour se protéger des moustiques.

Elle parvint tout de même à gagner le balcon. En un clin d'œil, elle enjamba la rambarde et dégringola le long d'un des bougainvillées qui s'accrochaient à la façade de la villa. Elle toucha le sol un peu brutalement, mais elle se remit vite. La dernière fois qu'elle avait emprunté ce même chemin, elle était plus jeune, songea-t-elle. Et plus innocente.

Mais, innocente ou pas, elle connaissait la ville comme sa poche, et il ne lui fallut pas dix minutes pour atteindre la prison.

Les geôliers déjeunaient lorsqu'elle se présenta à la grille. C'étaient des durs à cuire, comme leurs prisonniers, aussi ne furent-ils pas enchantés d'être dérangés. Mais comme il s'agissait d'une dame, la dame la plus célèbre de Nassau, celle qui avait ressuscité et rentrait nantie d'une solide réputation, alors ils firent contre mauvaise fortune bon cœur.

Lorsque la dame-qui-n'était-plus-morte leur exposa la raison de sa présence, ils se montrèrent franchement aimables. Elle voulait rendre visite à une prisonnière ? Mais certainement !

Le chef en personne l'accompagna à la cellule. Compte tenu des circonstances, la personne en question n'était pas internée dans la prison proprement dite, mais à côté, dans l'écurie municipale. Bien sûr, il y avait eu des protestations, l'endroit n'était pas convenable, mais, expliqua le geôlier, il n'y avait pas d'autre possibilité… À part sa propre maison, plaisanta-t-il. Hélas, son épouse avait refusé catégoriquement !

Les écuries ne parurent pas trop sinistres à Payton, et l'odeur y était moins pestilentielle qu'à la prison. Quant aux têtes aperçues dans les boxes, elles étaient nettement plus sympathiques que celles des détenus.

L'homme qui montait la garde devant la cellule était un garçon affable qui se leva et salua Payton dès son entrée. Il autorisa une courte visite, non sans l'avoir prévenue que la prisonnière était dangereuse, et qu'elle ne devait pas se fier à ses airs innocents.

Sur cet avertissement, il lui assura qu'il restait de l'autre côté de la porte, qu'elle pouvait appeler en cas de besoin. Enfin il lui ouvrit, et Payton pénétra dans la cellule ensoleillée.

Rebecca Whitby, qui avait certainement tout entendu, s'était levée de sa paillasse et considérait Payton sans dissimuler son antipathie.

— Eh bien, n'est-ce pas mademoiselle Payton Dixon ressuscitée ? lança-t-elle d'une voix dure que Payton ne lui connaissait pas, Vous êtes certainement devenue fort célèbre ! On ressuscite rarement, dans cette partie du monde. Je suis très honorée que vous ayez daigné rendre visite à ma misérable personne, et je suis navrée de ne pouvoir vous offrir un rafraîchissement. Cet établissement est au-dessous de tout !

Payton releva sa voilette afin de contempler à loisir celle qu'elle avait si longtemps détestée. Elle comprit aisément pourquoi on avait jugé bon de la séparer des autres scélérats. Huit semaines de détention n'avaient en rien flétri sa beauté. Elle était plus belle que jamais, avec le soleil qui allumait des reflets de feu dans sa chevelure et rehaussait son teint de porcelaine. Sa grossesse était visible, à présent, mais au lieu de l'alourdir, elle lui conférait une gracieuse maturité que la robe de coton informe ne parvenait pas à cacher.

Elle demeurait la plus jolie femme que Payton ait vue de sa vie, mais ce ne fut pas pour cette raison qu'elle ôta son chapeau et le lui remit sans un mot.

Becky fixa le chapeau. C'était une ravissante création qui avait dû coûter une fortune, au grand dam de Ross. Toutefois, Becky Whitby ne semblait pas ravie.

— Que suis-je censée faire de ceci ? lâcha-t-elle.

Occupée à défaire les boutons de nacre de la cape de Georgiana, Payton répondit simplement :

— Mettez-le.

Becky eut un petit rire bref.

— Vous avez perdu la tête ? On va me pendre, Payton. Cela pourrait protéger mon cou de la hache d'un bourreau, mais ce n'est pas ainsi qu'on m'achèvera. Et, bien que je vous aie emprunté des vêtements à Londres, cet accessoire ne convient guère à mon teint. Je vous remercie beaucoup, mais…

— Je vous ai toujours attribué de nombreux défauts, Becky. Égoïste, prétentieuse, manipulatrice, superficielle…

— Merci infiniment, coupa Becky, sarcastique. Puisque nous en sommes aux confidences, j'avoue que je vous ai toujours trouvée exaspérante avec votre franchise ridicule et votre passion pour la mer. Plus pathétique encore était votre obsession de Connor Drake. Ce dernier, je dois ajouter, m'a confié qu'il vous trouvait tellement peu féminine que vous le rebutiez physiquement.

Payton haussa les sourcils. La dernière fois qu'elle avait vu Drake, il ne semblait pas particulièrement rebuté. Mais l'heure n'était pas aux polémiques, aussi poursuivit-elle calmement, négligeant l'interruption :

— Jamais toutefois je ne vous aurais cru capable de stupidité, mademoiselle Whitby. Or vous vous conduisez stupidement, en ce moment.

— Vraiment ? Parce que je n'accepte pas cet absurde cadeau ?

Becky jeta le chapeau à terre.

— Je n'ai pas besoin de chapeau, petite ignorante ! J'ai besoin d'un bon avocat.

— Je suis certaine que votre père saura vous en trouver un. Sir Marcus a toujours eu des amis influents…

— Il en avait… jusqu'à ce qu'il se frotte à vous tous. Apparemment, les Dixon ont une quantité d'amis importants, en Angleterre. Le genre d'amis capables de faire pression sur les officiels et les empêcher de faire un geste en faveur d'hommes innocents comme mon père…

— Oh, je vous en prie ! s'esclaffa Payton. Vous oubliez que j'étais là, Becky. J'ai tout entendu. Je sais tout. Je témoignerai à votre procès comme à celui de votre père.

Elle secoua la tête.

— Vous vous trompez, vous savez, ils ne vous pendront pas. On ne pend pas une femme enceinte. Du reste, vous n'avez tué personne... que je sache. C'est votre père qu'ils mettront à mort, et vous savez où.

Becky frissonna. Payton n'avait pas eu l'intention de le lui rappeler, mais elle s'était montrée tellement suffisante !

Son père allait subir le sort de n'importe quel pirate aux crimes avérés. Il serait attaché à un pieu, sur la plage, à marée basse. Et il y resterait jusqu'à ce que ses ossements blanchis se désagrègent.

Ce n'était pas une mort enviable. Et on pouvait peut-être pardonner à Becky sa mauvaise humeur.

— On vous déportera après la naissance de votre bébé, Becky, continua Payton. Sans doute vers l'Australie, ou les Amériques.

— Où je serai sans doute la détenue la plus chic de toute la colonie pénitentiaire, grâce à votre beau chapeau.

Payton haussa les épaules.

— Et ma cape, ajouta-t-elle.

Becky plissa les yeux qu'elle avait aussi bleus que la baie dans laquelle son père allait périr.

— Que racontez-vous là ? demanda-t-elle, soupçonneuse.

Payton laissa le vêtement glisser au sol. Elle portait dessous une simple robe de linon blanc qu'elle avait dénichée dans sa vieille garde-robe restée à Nassau. Elle était un peu trop serrée, et pas vraiment adaptée à son âge, mais elle n'avait pas le choix.

— Mettez le chapeau, fit-elle sans hausser le ton afin de ne pas être entendue par le garde. Et la cape. Rabattez la voilette, et filez.

— Filer ? Que…

— Partez d'ici. Votre Français ne doit pas être loin. Allez le retrouver.

Becky resta un instant bouche bée.

— Vous êtes folle ! murmura-t-elle enfin. Complètement folle.

Payton secoua la tête.

— Pas du tout. Vous l'aimez, n'est-ce pas ?

Becky ne put qu'acquiescer avec un air passablement stupide pour une jeune femme aussi rusée.

— Eh bien, je suis sûre qu'il vous aime aussi. Vous serez mieux ensemble que séparés. Si je portais l'enfant d'un homme, je sais que je souhaiterais être avec lui. Si je le pouvais.

Elle désigna la porte.

— Vous feriez mieux de vous dépêcher avant qu'ils se doutent de quelque chose.

Becky regarda le chapeau, la cape, et enfin Payton.

— Vous êtes sérieuse.

Ce n'était pas une question.

— Absolument. Donnez-moi cette horrible robe. Je vais les retarder autant que je pourrai, mais…

En un éclair, Becky se déshabilla. Elle portait des dessous assez osés et une camisole de soie brodée à la main. Elle jeta pratiquement la vieille robe à Payton, comme si elle craignait que celle-ci ne change d'avis.

Payton l'enfila calmement. Elle était encore chaude et pendait sur elle comme un sac. Elle devait avoir piètre allure !

Mais c'était parfait.

Quant à Becky, elle était magnifique dans ses vêtements d'emprunt. La cape masquait son ventre proéminent, et la couleur turquoise mettait son teint en valeur. En dépit de la voilette, une femme aurait tout de suite remarqué que ce n'était pas la personne qui était entrée un peu plus tôt dans la cellule, mais heureusement, elles n'avaient affaire qu'à des hommes.

Payton alla s'allonger sur la paillasse, le dos tourné à la porte. Elle s'apprêtait à appeler le garde quand Becky lui demanda à brûle-pourpoint :

— J'aimerais savoir pourquoi vous faites ça ?

Payton s'attendait à cette question. Le problème était qu'elle se l'était posée, et n'en connaissait pas la réponse. Pourquoi, en vérité ? Pourquoi se donnait-elle tant de mal pour une femme qu'elle méprisait ?

— Il faut que je sache, murmura Becky. Pourquoi faites-vous tout ça ?... Parce qu'il est amoureux de moi ? hasarda-t-elle.

Payton se redressa sur sa couche.

— Quoi ?

— Il est amoureux de moi.

Payton ne distinguait pas son expression, mais elle vit sa tête bouger sous la voilette.

— Je le savais, continuait Becky. C'est lui qui vous a poussée, n'est-ce pas ?

— Qui ?

— Le capitaine Drake, naturellement !

Becky eut un petit rire qui avait ému nombre d'hommes, mais que Payton trouvait difficile à différencier du bruit que faisaient les occupants de l'écurie.

— Il m'a toujours aimée. Je suppose qu'il ne supportait pas de me savoir enfermée et qu'il vous a obligée à agir. Et sotte que vous êtes, vous avez accepté.

Becky secouait la tête.

— Pauvre, pauvre Payton...

Payton sourit. Ce n'était pas franchement drôle, et pourtant...

— Vous avez raison, déclara-t-elle. C'est exactement ce qui s'est passé.

Becky eut un petit geste triomphal.

— Je le savais.

Sur ce, Payton appela le garde afin qu'il lui ouvre la porte.

Elle eut tout l'après-midi pour réfléchir à la question. Était-ce parce que Mei-Ling lui avait dit que les femmes devaient toujours être solidaires ? Ou parce qu'elle n'aimait pas savoir une femme enceinte emprisonnée ? Ou encore à cause de l'expression qu'avait le Français quand il s'inquiétait tant pour la santé de sa maîtresse ? Payton ne connaissait pas alors l'identité de la maîtresse, mais elle savait que le fléau des mers du Sud était aussi follement amoureux de cette femme qu'elle l'était de Drake. Un homme qui aimait aussi intensément pouvait-il être vraiment mauvais ?

Elle tressaillit. Bien sûr qu'il le pouvait ! C'était Lucien La Fond, bon sang, l'assassin du frère de Drake ! Seigneur, qu'avait-elle fait ?

Elle feignit l'inconscience lorsque le gardien vint apporter le souper de la prisonnière, puis elle prétendit que Mlle Whitby l'avait assommée et lui avait volé ses vêtements. À vrai dire, elle avait aussi mal à la tête que si on l'avait frappée pour de bon. Mais c'était le remords qui la tourmentait. Que dirait Drake quand il apprendrait ce qui s'était passé ? Il la détesterait. Du reste, il la détestait sans doute déjà pour avoir aussi obstinément refusé de le recevoir de toute la semaine.

Les magistrats la relâchèrent à contrecœur, peu convaincus par ses réponses évasives, et lorsqu'elle sortit dans l'air frais du soir, ses frères l'attendaient. À cet instant, elle sut pourquoi elle avait agi ainsi. Précisément.

Demeurait un problème de taille : comment, diable allait-elle expliquer la situation à Drake ?

Il n'y avait que Raleigh et Hudson. Lorsqu'elle demanda où était Ross, ils échangèrent un coup d'œil complice.

— Ma foi, répondit Hudson d'un ton léger, quand il a appris ta disparition, il s'est mis à boire…

— Le choc, tu comprends, renchérit Raleigh. Il n'aurait jamais imaginé que tu oses lui désobéir ainsi.

— En effet. Et puis, un messager est arrivé pour nous annoncer que tu étais en prison…

— Alors là, il était carrément en colère.

Assise entre ses deux frères sur le siège avant de la calèche, Payton les regardait alternativement.

— Très en colère ?

— Eh bien…

Hudson réfléchit un instant avant de répondre :

— Suffisamment pour tenter de défoncer un mur avec le poing.

— Seulement, il a oublié que nous n'étions pas en Angleterre, ajouta gaiement Raleigh. Les murs, ici, sont en pierre, pas en plâtre. Il ira mieux dans quelques semaines, je suppose.

Payton secoua la tête. Il fallait que Ross soit en piètre état pour envoyer ses frères à sa place, et en voiture découverte, en plus. Avec sa robe de prisonnière, elle ne passait pas vraiment inaperçue. Les passants la montraient du doigt en s'écriant :

— C'est elle ! C'est elle qui était morte et qui a ressuscité !

Payton ne s'était jamais demandé quelle distance séparait la prison de la villa familiale, mais le trajet dura assez longtemps pour que Hudson reprenne :

— Tu dois avoir mal, là où elle t'a frappé ?

— Oui, un peu, répondit-elle vaguement en se songeant que ce n'était qu'un demi-mensonge, puisqu'elle avait réellement mal à la tête.

— De quoi s'est-elle servi, au fait ? D'un fer à cheval ?

Payton s'intéressa soudain au ciel nocturne.

— Sans doute.

— Balivernes ! railla Raleigh. Franchement, Payton, tu as intérêt à trouver une explication plus plausible si tu ne veux pas que Ross te brise en mille morceaux… Frappée avec un fer à cheval ! Et puis quoi encore ?

Hudson, qui tenait les rênes, acquiesça.

— Il demandera à voir la bosse. Alors je te conseille de te dépêcher d'inventer une autre explication.

— Je suppose que je ferais mieux de lui avouer la vérité, murmura-t-elle.

Raleigh leva les yeux au ciel.

— La vérité ? Tu la lui as dite une fois, et vois où cela t'a menée : une semaine cloîtrée dans ta chambre.

Payton soupira.

— Tu as sans doute raison. Est-ce que… Drake est au courant ?

Ils ne répondirent pas tout de suite, et elle sentit son malaise croître.

— S'il n'est pas au courant, il est bien le seul, déclara enfin Hudson. Tout le monde sur l'île sait que l'Honorable Mlle Payton Dixon…

— Plus connue sous le nom de la « ressuscitée », précisa Raleigh.

— … est impliquée dans une querelle de prison qui a eu pour résultat la fuite d'une traîtresse.

— Et qu'a dit Drake ? Quand il a appris…

— Pas grand-chose.

Ils arrivaient devant la villa.

— C'est lui qui a découvert ta disparition, tu sais.

— Quoi ? Mais comment ? Je croyais que Ross lui interdisait l'entrée de la maison ?

Raleigh mettait pied à terre.

— Ne sois pas ridicule. Tu sais bien que les colères de Ross ne durent jamais très longtemps. Drake a toujours été là, à attendre que tu cesses de te conduire comme une gamine. Lorsqu'il ne t'a pas trouvée dans ta chambre, il est parti chez lui, sûr que tu y serais. Et puis, comme tu ne te montrais pas, il s'est lancé à ta recherche. Mais à mon avis, il n'a pas songé à aller jusqu'à la prison.

— Il était là quand le messager est arrivé, intervint Hudson. Il était passé aux nouvelles. Lorsqu'il a appris que tu étais allée rendre visite à Mlle Whitby, et qu'elle s'était enfuie, il…

— Il quoi ?

— Il est parti, conclut Hudson avec un haussement d'épaules.

— Parti ? répéta Payton. Pour où ?

— Comment veux-tu que je le sache ? Je ne suis pas chargé de veiller sur lui.

Hudson descendit à son tour et offrit la main à sa sœur.

— Mais... mais comment était-il ?

— Il avait l'air dégoûté, c'est le seul mot qui me vienne à l'esprit. Je crois qu'il savait.

— Il savait quoi ?

Payton était si perturbée qu'elle ne se rendit même pas compte que son frère l'aidait à descendre de voiture, geste galant tout à fait inhabituel chez lui... en tout cas avec elle.

— Eh bien, cette pauvre vieille Mlle Whitby ne s'est pas évadée toute seule, non ?

Payton déglutit péniblement. Seigneur ! C'était pire que ce qu'elle avait imaginé. Drake dégoûté ? Dégoûté par elle ? Enfin, par ce qu'elle avait fait. Et quoi de plus normal ? Elle avait aidé une femme impliquée dans le meurtre de son frère à s'échapper de prison ! Que croyait-elle donc ? Qu'il en serait enchanté ? Un homme tel que Drake, viril, fier, ne serait pas porté sur l'indulgence.

— Oh, souffla-t-elle.

Elle cherchait un juron qui corresponde à ses sentiments, mais tout ce qu'elle trouva fut :

— Mon Dieu !

Une fois de plus, elle avait tout gâché.

30

Le sommeil fut long à venir, cette nuit-là. Pourtant Payton était exténuée. Bien qu'elle ne se fût pas dépensée physiquement, elle alla se coucher aussi lasse qu'après une journée passée à de rudes travaux sur le *Rebecca*. Sans doute l'émotion était-elle aussi fatigante…

Malgré tout, elle ne parvenait pas à s'endormir. Comment l'aurait-elle pu alors qu'elle savait que sa vie était terminée ? Elle n'avait pas eu besoin que Ross le lui dise, comme il l'avait fait brutalement dès qu'elle avait franchi le seuil du salon. Le médecin était occupé à fixer une attelle à sa main brisée, ce qui expliquait sans doute sa mauvaise humeur. Mais ses accusations étaient fondées. Elle était folle à lier. L'accueil joyeux et la chaleureuse accolade de Georgiana n'y avaient rien changé. Son frère avait raison, elle était folle. Alors que faire, sinon aller se coucher ?

Peut-être que les choses s'arrangeraient le lendemain.

Encore qu'elle ne voyait pas par quel miracle. Elle imaginait mal Drake lui pardonner. Du moment où elle avait interrompu son mariage jusqu'à celui où ses frères avaient failli le tuer, elle avait fait de son existence un enfer. Certes, elle lui avait sauvé la vie, et il avait semblé apprécier les moments qu'ils avaient passés ensemble sur l'île. Mais en dehors de cela…

Il n'était plus question qu'elle continue à lui gâcher la vie. Bien sûr, elle l'aimait encore, et l'aimerait toujours, mais elle ne le verrait plus. Elle retournerait en Angleterre, ferait son entrée dans le monde, puis elle épouserait Matthew Hayford, et aurait des enfants, comme ses frères le souhaitaient. Elle oublierait Drake. Elle oublierait la mer.

Elle oublierait son cœur.

Elle venait juste de se rendre compte qu'il lui serait impossible d'oublier Drake quand elle entendit un bruit étrange. Inattendu, plutôt. Elle s'assit dans son lit, et aperçut une silhouette sombre qui se découpait derrière la porte-fenêtre. Seigneur ! Quelqu'un tentait d'entrer !

Puis, le cœur battant, elle comprit que ce n'était pas un cambrioleur, mais Drake. Bien sûr ! Qui d'autre possédait cette silhouette imposante ? Mais à quoi pensait-il donc, pour escalader ainsi son balcon ?

Il voulait quelque chose. Une explication, probablement. Ou peut-être… *elle* !

À cette pensée, elle se rejeta contre ses oreillers et feignit de dormir. Elle n'allait tout de même pas lui laisser croire qu'elle ne trouvait pas le sommeil à cause de lui !

La porte-fenêtre finit par s'ouvrir, et la silhouette s'approcha de son lit à pas de loup. Elle se demandait si elle devait papillonner des paupières, ou continuer à faire mine de dormir, quand une énorme main se plaqua sur sa bouche.

Ouvrant brusquement les yeux, elle découvrit, horrifiée, que l'intrus n'était pas Drake, mais Marcus Tyler.

Pas le Marcus Tyler qu'elle avait vu dans la cale du *Rebecca*. Ce Marcus Tyler-là était rasé de près, élégant, froidement sarcastique, alors que celui qui se tenait au-dessus d'elle arborait une barbe hirsute et dégageait une odeur rien moins que raffinée ! Il était méconnaissable, si bien qu'il n'avait pas dû avoir de mal à circuler dans Nassau sans être identifié.

— Alors, murmura-t-il d'une voix rauque, n'est-ce pas là mademoiselle Dixon ressuscitée ? Vous êtes comme les chats, mademoiselle Dixon, vous avez plusieurs vies. Seulement, laissez-moi vous dire que celle-ci arrive à son terme.

Payton lança la main en avant, visant les yeux de Tyler, une autre tactique enseignée par Raleigh. Mais c'était compter sans la vivacité de son adversaire qui lui bloqua le poignet.

— Allons, allons, petit chat. Les dames ne griffent pas.

Il se retint de hurler quand Payton planta ses dents dans sa main. Une seconde plus tard, elle avait la pointe d'un poignard posée sur la gorge.

— Oui, c'est bien un poignard. Figurez-vous, mademoiselle Dixon, que le geste que vous avez eu envers ma Rebecca l'a tellement émue qu'elle s'est sentie obligée de l'imiter. Ses méthodes diffèrent un peu des vôtres, mais Rebecca est plus douée que vous quand il s'agit des hommes. Il y a quelques gardes fort heureux à la prison, cette nuit. Ils le seront sans doute un peu moins demain, quand ils s'apercevront que j'ai disparu, mais…

— Il n'est vraiment pas loyal de vouloir me tuer, Sir Marcus, coupa Payton, après ce que j'ai fait pour votre fille.

Sir Marcus sourit dans la pénombre.

— Pas loyal ? Vous êtes délicieuse. J'en arriverais presque à regretter d'avoir à vous tuer.

— Alors pourquoi le faire ? demanda Payton. Je vous donne ma parole que je ne dirai pas un mot sur la façon dont vous avez poussé Lucien La Fond à éliminer Sir Richard, ni comment vous avez essayé d'achever Drake…

Sir Marcus parut désolé.

— C'est que, voyez-vous, mademoiselle Dixon, je n'ai guère confiance en la parole d'une femme. Alors, pardonnez-moi, mais avant de quitter l'île, je dois m'assurer qu'aucun témoin susceptible de me traîner un jour devant les tribunaux n'est encore en vie.

Payton se figea.

— Cela signifie-t-il que…

— Hélas, non, pas encore, ma chère. Je viens tout juste de m'échapper. Mais je vous promets que mon arme dégoulinera encore de votre sang quand elle transpercera…

Une voix profonde s'éleva dans l'ombre du balcon.

— J'en doute, Marcus.

Drake !

Le cœur de Payton bondit dans sa poitrine.

Une seconde plus tard, le poignard n'était plus sur son cou. Sans perdre une seconde, elle bascula hors du lit et s'accroupit au sol, cherchant désespérément quoi faire.

— Qui est là ? lança Sir Marcus.

Un rayon de lune se refléta sur le poignard qu'il tenait toujours serré dans sa main.

— C'est vous, Drake ?

— C'est moi, répondit calmement Connor comme s'il saluait Sir Marcus dans une salle de bal. Posez ce poignard, Tyler.

Au lieu d'obtempérer, Tyler avança en direction de la voix.

— Montrez-vous, capitaine. Ou dois-je dire Sir Connor ?

— Vous auriez dû vous enfuir pendant qu'il en était encore temps, remarqua Drake d'un ton amusé. Vous seriez loin, à l'heure qu'il est. Maintenant, c'est trop tard. Vous êtes coincé.

— Certainement pas, répliqua Sir Marcus. C'est vous qui l'êtes. Je vous rappelle que je suis armé.

Le bras qui tenait le poignard se détachait sur le ciel d'encre. Vive comme l'éclair, une main fendit l'air, agrippa le poignet de Sir Marcus. Le poignard trembla un instant… puis tomba à terre. L'instant d'après, Drake avait bondi sur son adversaire, leurs deux silhouettes n'en formant plus qu'une.

Soudain, les deux hommes heurtèrent la porte-fenêtre dont l'une des vitres explosa, laissant pénétrer le clair de lune. Ils roulèrent à terre, et Payton, qui avait enfin retrouvé sa voix, poussa un hurlement strident, avant de se jeter sur le dos de Drake. Agrippée à ses épaules, elle criait :

— Drake ! Non ! Vous allez le tuer !

En effet, Drake réalisait la promesse qu'il avait faite sur le *Rebecca* de tuer Sir Marcus dès qu'il en aurait l'occasion. À cheval sur lui, il lui serrait le cou de toutes ses forces. À la lumière incertaine de la lune, Payton voyait déjà le visage de Tyler bleuir.

Cependant, Drake, fou de rage, ne lâchait pas prise.

Et tout à coup, les frères de Payton firent irruption dans la chambre. Ils ne furent pas trop de trois pour arracher Drake à Tyler. Quelques secondes plus tard, Ross se pencha sur l'homme inanimé, et annonça qu'il vivait, au grand soulagement de tous.

Pour Payton, le reste de la nuit se déroula comme dans un rêve. On envoya chercher les autorités qui menottèrent Sir Marcus sans que celui-ci, qui avait repris ses esprits, proteste. Il semblait presque reconnaissant qu'on l'emmenât de là. Sans doute avait-il compris que tant que Drake serait en vie, il serait plus en sécurité en prison que nulle part ailleurs.

On envoya ensuite chercher un médecin. Et Payton découvrit, surprise, qu'elle avait les pieds en sang. Elle ne s'était même pas aperçue qu'elle avait marché sur le verre brisé alors qu'elle tentait d'empêcher Drake d'étrangler Sir Marcus.

Elle apprit plus tard que personne n'avait alerté Lady Bisson, pourtant celle-ci était là, en bonnet de nuit, furieuse d'avoir été réveillée à une heure aussi indue, pour ce qu'elle appelait une vétille. Elle gronda son petit-fils, qui s'était battu comme un vulgaire malfrat, et annonça qu'elle allait se recoucher. Avant de se retirer, toutefois, elle insista pour voir Payton, que l'on avait installée dans la chambre de

Hudson en lui recommandant de ne pas marcher durant plusieurs jours.

Lady Bisson demeura un instant sur le seuil de la chambre, jeta un regard noir à Payton, et déclara d'un ton sec :

— C'est bien ce que je pensais.

Et Payton, qui n'avait aucune idée de ce que cela signifiait, éclata en sanglots.

Cela parut grandement satisfaire la vieille dame qui pivota sur ses talons avec un sourire de contentement.

Quant aux frères de Payton, ils accueillirent ses larmes avec incrédulité, car ils ne l'avaient pratiquement jamais vue pleurer. Georgiana prit alors la direction des opérations en les chassant tous de la chambre.

Tous sauf un.

La porte venait de fermer quand Payton découvrit la seule personne qui ne fût pas sortie.

Drake.

31

Il était là, dans un fauteuil près du lit.

À travers les larmes qu'elle était impuissante à contrôler, elle le trouva bien différent du Drake qu'elle avait vu pour la dernière fois sur la plage de Saint-Raphaël. Ses blessures commençaient à s'effacer, sa barbe avait disparu, et ses cheveux étaient coupés court. Il s'était certainement rendu chez un tailleur, car elle ne reconnaissait pas la veste bleue qu'il portait. Quant à son pantalon, il était, comme tous les autres, beaucoup trop moulant pour la tranquillité d'esprit de Payton.

Son expression était excessivement sérieuse, ses yeux plus brillants que jamais dans son visage hâlé tandis qu'il la dévisageait. Il était obligé de les plisser un peu à cause du soleil levant, ce qui creusait les petites rides qui apparaissaient lorsqu'il riait.

Payton dut se faire violence pour ne pas se jeter dans ses bras. Elle avait besoin d'être contre lui, de sentir son cœur battre contre le sien, de respirer son odeur, de se réchauffer à lui. Deux choses l'en empêchèrent : son orgueil et ses pieds douloureux.

Enfin ses larmes se tarirent, et, honteuse, elle balbutia d'une toute petite voix :

— Je… je suis désolée.

Drake demeura imperturbable.

— Désolée pour quoi ?

— Pour tout, répondit-elle en s'essuyant les yeux d'un revers de main. Désolée d'avoir aidé Mlle Whitby à s'enfuir. Seulement je ne pensais pas… je ne pensais pas qu'elle ferait une chose pareille…

— Comme d'aider son père à s'évader ?

— Oui… J'étais simplement… J'avais de la peine pour elle.

Cette fois, il montra de l'incrédulité.

— De la *peine* pour elle. Après ce qu'elle a fait ?

— Je sais. Mais je me suis rappelé ce matin, sur le *Rebecca,* quand Sir Marcus l'a giflée. Vous ne l'avez pas vu, Drake, mais il l'a frappée de toutes ses forces en plein visage. Elle est tombée, puis elle s'est relevée aussitôt, comme si de rien n'était. Si quelqu'un m'avait frappée ainsi, je… je ne sais pas ce que j'aurais fait, mais j'aurais été incapable de me relever aussi vite, c'est certain. Alors j'ai compris qu'elle était habituée à ce qu'on la traite de cette façon. On a dû la frapper tous les jours de sa vie, lorsqu'elle était enfant. Et c'est la raison pour laquelle elle est ce qu'elle est. Elle n'est pas fondamentalement mauvaise, elle n'a simplement jamais connu la bonté. L'honnêteté. Elle ne sait pas ce que c'est, car personne ne lui en a jamais témoigné. Rien d'étonnant qu'elle ait mal tourné, si on y réfléchit.

— Donc, vous avez jugé raisonnable de lâcher une femme comme elle parmi la population.

— Eh bien, non, ce n'est pas ce que j'ai pensé. Je me suis dit que peut-être, si quelqu'un lui montrait un peu de gentillesse, juste une fois, elle pourrait…

— Changer ?

Payton sentait ses joues la brûler. Elle avait tellement honte !

— C'est ce que j'ai pensé, en tout cas. Je me rends compte à présent combien c'était stupide. D'ailleurs, la première chose qu'elle a faite en sortant a été d'envoyer son père me tuer.

— Je ne pense pas qu'elle ait envoyé son père vous tuer, fit Drake, pensif. Je suis même convaincu qu'elle a essayé de l'en dissuader.

Payton esquissa un sourire.

— Vraiment ?
— Oh, pas parce que vous lui aviez montré le bon exemple. Mais parce que vous tuer était prendre un trop grand risque. Or elle a les pieds sur terre.
Le sourire de Payton s'effaça.
Elle ne savait pas exactement à quoi s'attendre, quand elle avait découvert que Drake était resté après le départ des autres, mais certainement pas à ce qu'il la traite aussi froidement. Avec une telle indifférence.
Pourtant, elle le méritait. Elle prit une inspiration un peu tremblante.
— Je suppose que vous me haïssez, à présent, Drake ?
— Pour la dernière fois, auriez-vous l'amabilité de m'appeler Connor, s'il vous plaît ? dit-il d'un ton las. Et non, je ne vous hais pas. Je pense qu'avoir aidé Becky Whitby à s'évader était l'une des choses les plus stupides que vous ayez faites de votre vie, mais je ne vous déteste pas pour cela.
— *Une* des choses les plus stupides que j'aie faites ? répéta-t-elle.
Une bienfaisante colère monta en elle. Enfin.
— Et quelles sont les autres, je vous prie ?
— Me suivre sur le *Rebecca*, commença-t-il en comptant sur ses doigts. Me désobéir quand je vous ordonnais de vous sauver. Courir sur un tapis de verre brisé… Mais je dois avouer que parmi toutes vos sottises, refuser de m'épouser était de loin la plus stupide.
Elle écarquilla les yeux.
— Mais… mais je ne voulais pas que vous soyez obligé… Je veux dire, vous sortiez d'un mariage forcé, et je ne voulais pas…
Il secoua la tête. C'était la femme la plus têtue qu'il eût connue !
— Premièrement, Payton, personne ne m'a forcé la main pour épouser Mlle Whitby… Pas la première fois, en tout cas. Je me mariais avec elle de mon plein gré, et vous aviez parfaitement raison le jour où vous

m'avez dit que je l'épousais parce que j'avais besoin d'une femme et qu'elle semblait remplir les conditions requises. Rappelez-vous, j'avais décidé de l'épouser avant de comprendre pleinement ce que vous représentiez pour moi.

Il voulait dire qu'il avait pris la décision d'épouser Mlle Whitby avant de l'avoir vue avec un corset, songea-t-elle. Mais elle s'abstint de le lui faire préciser.

— Deuxièmement, reprit Drake, comment avez-vous pu imaginer une seconde, après ce que nous avions vécu ensemble, que je pourrais passer le reste de ma vie avec une autre que vous ?

Les yeux de Payton s'agrandirent un peu plus.

— C'est... c'est que... balbutia-t-elle. Quand je vous ai vu dans le sable, après la bagarre avec Ross, je me suis dit...

— Vous avez voulu le punir, termina Drake. Et en refusant de m'épouser, vous y avez admirablement réussi. Mais ne croyez-vous pas que vos frères ont suffisamment souffert ?

Elle n'était pas certaine de bien comprendre.

— Vous... vous voulez dire que vous souhaitez toujours m'épouser ?

Il se leva brusquement et vint s'asseoir sur le lit, près d'elle. Puis il lui prit la main et baisa l'intérieur de son poignet.

— Savez-vous que vous êtes très difficile à aimer, Payton Dixon ?

— Je ne le fais pas exprès, murmura-t-elle. Mais j'aime bien faire les choses à ma façon.

— J'avais remarqué.

Il plongea son regard dans le sien, et elle en eut le souffle coupé.

Puis il baissa les yeux sur sa bouche, et elle ne vit pas combien son regard était espiègle.

— Ce... ce n'est pas une qualité pour une épouse, fit-elle.

— Non, en effet.

Il se mit à jouer avec une boucle de ses cheveux, et elle eut du mal à rassembler ses esprits.

— Une femme qui ne saura jamais raccommoder vos vêtements ou tenir votre maison… Franchement, Drake, sur terre je ne suis bonne à rien.

— Bonne à rien ?

Il posa la main sur son sein.

— Vous ne m'avez jamais semblé bonne à rien, Payton, observa-t-il en la caressant doucement. Je trouve même que vous êtes extrêmement douée dans de nombreux domaines…

Il se pencha et prit son sein dans sa bouche à travers le fin coton de la chemise de nuit. Payton faillit bondir hors du lit sous la hardiesse du geste… À la lumière du jour, dans la chambre de son frère !

— Arrêtez ! le tança-t-elle en glissant un coup d'œil à la porte.

— Arrêter quoi ? demanda-t-il innocemment.

— Vous le savez très bien.

Payton étouffait soudain, et elle rabattit le drap, révélant ses longues jambes. Drake en profita pour glisser la main entre ses cuisses avant qu'elle ait pu rectifier sa tenue. Elle n'avait pas cherché à le provoquer, pas du tout ! N'empêche que l'instant d'après, il était allongé sur elle.

— Regardez, dit-il, les yeux brillants. Pour la toute première fois, nous sommes dans un vrai lit. Pas de plancher de bateau, pas de sable, pas de rochers ni de hamac. Un bon vieux vrai lit !

Au souvenir du hamac, Payton s'empourpra. Elle essayait de garder la tête froide, en vain. Drake pesait de tout son poids sur elle, lui rappelant instantanément les plaisirs qu'ils avaient partagés. Instinctivement, elle noua les bras à son cou et ouvrit davantage les jambes. Comme elle avait envie de lui ! Peut-être valait-il mieux qu'ils se marient, finalement…

Lorsqu'il s'empara de ses lèvres, elle perdit tout à fait la tête. Elle ferma les yeux, sentant la chaleur familière se diffuser dans son ventre, et se hissa vers lui. Il gémit.

— Pas encore, mon amour, pas encore.

Il saisit le bas de la chemise de nuit et la déchira comme s'il s'agissait d'une simple feuille de papier.

— Drake ! Vous êtes fou ?

Maintenant que sa peau bronzée était offerte au regard, il semblait éminemment satisfait.

— Pas du tout, répliqua-t-il. Seulement, je ne partage pas les goûts de votre belle-sœur en matière de chemise de nuit.

Décidément, il y avait plus en lui du pirate que du pair du royaume. Elle allait le lui dire lorsqu'il prit la pointe de son sein nu dans sa bouche. Elle poussa un petit cri, et abandonna le combat.

La sentant consentante, Drake en tira avantage. Peut-être n'était-il pas honnête de la séduire ainsi après ce qu'elle venait de vivre…

Mais il n'en éprouvait aucune culpabilité. Elle était là où il avait toujours voulu qu'elle soit. Elle lui appartenait, et il allait le lui démontrer une bonne fois pour toutes sans se soucier de ce qu'elle avait à dire à ce sujet.

Il ne releva la tête que lorsqu'il fut certain qu'elle était prête à le recevoir. Alors il s'agenouilla, déboutonna son pantalon, et la pénétra sans cesser de la contempler. Il l'entendit crier lorsqu'il se retira, gémir quand il entra de nouveau en elle, plus fort, malgré ses efforts pour se montrer doux.

Puis toute pensée le déserta. La bête qui se réveillait en lui dès qu'elle était à proximité prit le dessus, et il ne fut plus que désir et passion.

La jouissance explosa en eux simultanément. Lorsqu'ils eurent retrouvé une respiration à peu près normale, Drake redressa la tête.

— Allez-vous m'épouser, à présent ?

Payton soupira.

— Sans doute. S'il le faut.

— Cela me semble préférable, puisque vous portez mon enfant.

— Je... quoi ?

— Réfléchissez, Payton, dit-il posément. Nous sommes restés deux mois sur cette île, et, durant tout ce temps, vous n'avez jamais...

— Attendez...

Payton compta rapidement sur ses doigts. La dernière fois qu'elle avait été indisposée, c'était à bord du *Rebecca*. Elle avait eu un mal fou à voler des éponges à la cuisine !

— Mon Dieu !

Pas étonnant qu'elle eût été si larmoyante, ces derniers temps. Et le mal qu'elle avait eu à descendre du balcon... Seigneur, elle n'avait pas vieilli, elle était enceinte ! Payton Dixon, qui connaissait tous les moyens de contraception, n'en avait pas utilisé un seul !

— Inutile de faire cette tête, fit Drake, un peu pincé.

— Quelle tête ?

— Comme si le monde venait de s'écrouler !

— Mais, Drake, je ne serai pas une bonne mère ! s'écria-t-elle. Pas plus qu'une bonne épouse ! Je suis bien trop autoritaire.

— Il n'y a pas de mal à ça, remarqua-t-il en souriant. C'est une vraie qualité. Vitale, même, pour un capitaine.

— Certes, maugréa-t-elle avec une pointe d'amertume. Sauf que je ne suis pas capitaine.

Il la couva d'un tendre regard.

— Payton, vous ne vous êtes pas demandé ce que je faisais sur votre balcon à 3 heures du matin ?

Décidément, elle le préférait sans la barbe, songea-t-elle en suivant du doigt la courbe de ses lèvres. Un bébé... Elle allait avoir un bébé de Drake...

— Non, fit-elle distraitement.

Il lui saisit la main.

— Je voulais vous dire, reprit-il, sérieux, qu'un navire qui vous intéresse vient d'arriver dans la baie.

Elle dressa aussitôt l'oreille, comme toujours dès qu'il s'agissait de bateaux.

— Un navire ? Quel navire ?

— Vous ne devinez pas ?

Comme elle secouait la tête, il se leva en soupirant.

— Alors il va falloir que je vous montre.

— Me le montrer ? Mais, mes pieds…

— Ne vous inquiétez pas pour ça.

Il se pencha, l'enveloppa dans les draps froissés et la souleva pour la porter jusque sur la terrasse.

Le soleil matinal incendiait l'horizon et la vue était spectaculaire. De leur position élevée, ils surplombaient tout Nassau, jusqu'à la baie.

— Regardez, fit-il.

Elle cligna des paupières, éblouie.

— Regarder quoi ?

— Ce navire, là, au milieu de la baie. Le reconnaissez-vous ?

Elle fixa le bateau en question, puis, bouche bée, leva les yeux vers Drake.

— Mais… c'est impossible. Il a coulé. Je l'ai vu…

— Non. Vous avez vu un trou dans la coque, un incendie, mais c'est un bon bâtiment. Il en aurait fallu plus pour le couler. Quand j'ai appris que Ross l'avait envoyé à Key West en réparation, j'ai eu l'idée de le faire revenir ici ensuite. J'ai pensé que ce serait un joli cadeau de mariage.

Payton écarquilla les yeux.

— Pour moi ? Vous me l'offrez à moi ?

— À une condition.

— Laquelle ? demanda-t-elle, méfiante.

— Que vous ne le sortiez jamais sans votre second. Moi, en l'occurrence.

Payton éclata de rire. Un rire clair et joyeux de pur bonheur. Elle prit le visage de Drake entre ses mains et planta un baiser sonore sur la bouche. Sa joie devait être contagieuse, car il le lui rendit avec passion.

Ils s'embrassaient encore lorsque Ross les rejoignit, quelques minutes plus tard.

— Nous avons entendu des cris. Vous n'avez pas encore fait la paix, tous les deux ?

Il les observa avec attention.

— Ah, je vois que si !

— Ross ! cria Payton sans lâcher le cou de Drake. Que penses-tu de ça ? Drake – je veux dire Connor – m'a offert le *Constant* ! Nous y passerons notre lune de miel.

— Il faudrait vous marier, avant de songer à la lune de miel, rétorqua son frère sévèrement. En outre, je crois que vous l'avez déjà eue, votre lune de miel. C'est terminé, maintenant.

Drake regarda tendrement sa future femme.

— Pas tout à fait, dit-il dans un sourire.

Le 20 janvier 2010 :

Frissons interdits **ↄ Lisa Kleypas (n°6085)**

Holly n'en peut plus : le bourdonnement des conversations oiseuses, l'éclat aveuglant des lustres, l'odeur entêtante des somptueux bouquets de fleurs, tout cela lui est insupportable. Accepter cette invitation était une erreur...
Depuis la mort de son mari, lady Taylor a vécu en recluse. Ce bal chez les Bellemont – sa première sortie depuis trois ans – met cruellement en évidence sa solitude.
De la pénombre du petit salon où elle s'est réfugiée émerge tout à coup une haute silhouette masculine. « Vous avez mis bien du temps pour venir, milady », chuchote une voix profonde et ensorcelante...

L'étrange docteur Cole **ↄ Eve Silver (n°9137)**

Darcie Finch a tout juste vingt ans quand elle pousse la porte d'un bordel dont la tenancière n'est autre que sa sœur Abigail. Ce n'est pas son talent de dessinatrice qui la fera vivre : elle est prête à se prostituer elle aussi, pour avoir de quoi manger. Mais sa sœur la renvoie aussi sec : « Va voir le Dr Cole de ma part, seulement méfie-toi de lui ! » Il est en effet inquiétant, ce médecin aux yeux gris qui accepte d'engager Darcie comme bonne à tout faire. Quelles sont ces recherches qu'il mène, dans le secret de son laboratoire ? Et quel rapport avec les meurtres commis dans les bas-fonds de Londres ? Malgré sa peur, Darcie se sent de plus en plus fascinée par cet homme qui est peut-être un fou... peut-être un génie... ou peut-être un assassin.

7691

Composition
CHESTEROC

Achevé d'imprimer en France (Malesherbes)
par MAURY IMPRIMEUR
le 02 novembre 2009.

Dépôt légal novembre 2009.
EAN 9782290021613

ÉDITIONS J'AI LU
87, quai Panhard-et-Levassor, 75013 Paris

Diffusion France et étranger : Flammarion